英美文学与英汉翻译研究

周 倩 ◎ 著

吉林出版集团股份有限公司

图书在版编目（CIP）数据

英美文学与英汉翻译研究 / 周倩著. — 长春：吉林出版集团股份有限公司，2022.9
ISBN 978-7-5731-1965-0

Ⅰ.①英… Ⅱ.①周… Ⅲ.①英国文学－文学翻译－研究②文学翻译－研究－美国 Ⅳ.①I561.06②I712.06

中国版本图书馆CIP数据核字（2022）第154345号

英美文学与英汉翻译研究

著　　者	周　倩
责任编辑	白聪响
封面设计	林　吉
开　　本	787mm×1092mm　　1/16
字　　数	220千
印　　张	10.5
版　　次	2022年9月第1版
印　　次	2022年9月第1次印刷
出版发行	吉林出版集团股份有限公司
电　　话	总编办：010-63109269
	发行部：010-63109269
印　　刷	北京宝莲鸿图科技有限公司

ISBN 978-7-5731-1965-0　　　　　　　　　　　　定价：68.00元

版权所有　侵权必究

前　言

众所周知，文学作品根植于生活，来源于生活，是反映人类社会生活的一面镜子。诚如托多洛夫所言："文学既是小说，也是宣传手册，既是历史，也是哲学，既是科学，也是诗。他们既是文学的结构，也是对真理的探索。"因此，英美文学作品蕴含着英美国家丰富的风土人情，是我国人民了解英美国家的有效途径，而实现英美文学艺术的普世价值离不开文学翻译。文学翻译是创造翻译文学的必要过程和手段。如果说诗歌是通过语言形式、小说是通过情节设置、戏剧是通过对话形式等文学手段来进行创作的，那么文学翻译就是通过"翻译"这一手段来创造翻译文学的。文学翻译从来都不是一种从属性的、缺乏创造性的活动，而是一种通过借鉴外来文学，进而促进自身文学革新和发展的重要途径。英美文学翻译是将英美国家优秀文学作品推入中国市场的关键环节，但目前的状况却是能够达到翻译标准和要求的专业人才还比较匮乏，远远满足不了社会的需求。因此，作为文学翻译人才培养基地的高校外语专业和翻译专业面临着极大的机遇和挑战，针对这种情况，笔者精心编著了《英美文学与英汉翻译研究》一书。

本书旨在通过借鉴翻译学、语言学、教育心理学等诸多领域的研究成果，开拓科学、前瞻的英美文学翻译教学原则、教学方法、教学评价体系等，一方面，力求能加强理论的指导作用进而达到提高英美文学翻译能力的目的；另一方面，也争取能为丰富翻译理论研究，为翻译学的构建贡献一分力量。

本书在编著的过程当中参考了大量书籍，并借鉴引用了诸多专家学者的观点，因此，对相关问题所给出的论述、评价是比较深入、全面的，在此要对为本书提供观点的专家学者表示最真诚的感谢。但因时间仓促，加之笔者水平有限，谬误之处在所难免，敬请各位读者予以批评指正，以求不断进步。

目 录

第一章 文学翻译概述 1
- 第一节 文学定义及语言特点 1
- 第二节 文学翻译理论 10
- 第三节 西方翻译简史 19
- 第四节 文学翻译的审美性 22

第二章 文学翻译的准备 26
- 第一节 文学翻译者的素养 26
- 第二节 文学翻译的工具 30

第三章 英美文学发展简史及翻译策略 38
- 第一节 英国文学简史 38
- 第二节 美国文学简史 52
- 第三节 英美文学翻译策略 60

第四章 英美散文翻译理论研究 65
- 第一节 散文文体概述 65
- 第二节 散文翻译原则 77
- 第三节 散文翻译风格 78

第五章 英美小说翻译研究 92
- 第一节 小说文体概述 92
- 第二节 小说翻译原则 97
- 第三节 小说翻译技巧 101

第六章　英美诗歌翻译理论研究..113
第一节　诗歌文体概述..113
第二节　诗歌语言特点..117
第三节　诗歌翻译理论..121

第七章　英美戏剧与影视剧翻译理论研究................................133
第一节　戏剧文体概述..133
第二节　戏剧翻译理论..137
第三节　影视剧概述..141
第四节　影视剧翻译原则..146

第八章　结束语..157

参考文献..159

第一章　文学翻译概述

《时代周刊》曾经将文学翻译家称为"文化信使",其就是承认文学翻译中文化传递的本质性意义,而这种文化的传递是以异国特有的文学样式为载体的,换言之,文学翻译打开了一扇了解异国风情和文化的窗口。从这个意义上来说文学翻译是一个极其复杂的文学活动,对其展开的研究同样具有很大的复杂性。

第一节　文学定义及语言特点

一、文学定义

在西方,"文学"(literature)一词是在14世纪从拉丁文litteratura和litteralis演化而来的,意思是"著作"或者"书本知识",是与政治、历史、哲学、伦理学、神学等一样的文化产品,并无特殊的或专有的性质。直到18世纪,文学才从一般的文化产品中独立出来,用以特指具有美的形式和能产生情感作用的文学作品。学界有人认为:"文学即是语言"。这一命题是基于海德格尔的观点"语言是存在的家,人就居住在这个家中"提出的,当然也只能从这个角度去解读。辞书学家认为,文学是"用文字写下的作品的总称。常指凭作者的想象写成的诗和散文,可以按作者的意图以及写作的完美程度而识别。文学有各种不同的分类法,可按语言和国别分,亦可按历史时期、体裁和题材分"(《简明不列颠百科全书》第十一卷)。韦勒克和沃伦认为:"文学是创造性的,是一种艺术。"高尔基则提出了"文学是人学"的命题,他断言:"文学是社会诸阶级和集团的意识形态——感情、意见、企图和希望——之形象化的表现"。

在我国,"文学"一词的含义也经历了一个演变过程。魏晋以前,"文学"(或"文")的意思是"学问"或"文化";魏晋时期,"文学"与"文章"和"文"渐成同义词;到公元5世纪时,南朝宋文帝建立"四学","文学"才与"儒学""玄学""史学"正式分了家,获得独立发展的地位,并被赋予了特殊的审美性质;至现代,由于受到西方文学观念的影响，我国学者主要是通过突出文学的审美特性和语言特性来理解与界定文学的。合而观之，文学有广义的文学与狭义的文学之分。广义的文学指的是一切用文字所撰写的著述；狭义的文学指的就是用美的语言文字作为媒介而创造的文学作品。

文学是人学的命题可以从不同角度加以解释。马克思主义认为，劳动"是整个人类生活的第一个基本条件，而达到这样的程度，以致我们在某种意义上不得不说：劳动创造了人本身"。劳动不仅创造了人，而且还是文学活动发生的根本原因。鲁迅先生曾对此做过通俗化的解释，他说："人类在没有文学之前，就有了创作的，可惜没有人记下，也没法子记下。我们的祖先原始人，原是连话也不会说的，为了共同劳作，必须发表意见，才渐渐地练出复杂的声音来。假如那时大家抬木头，都觉得吃力了，却想不到发表。其中一个叫道'杭育杭育'，那么这就是创作……倘若用什么记号留存了下来，这就是文学。"而哲学家认为，人是具有七情六欲的自然存在物，与世界进行着物质交换。古希腊哲学家德谟克利特说："从蜘蛛我们学会了织布和缝补；从燕子学会了造房子；从天鹅和黄鹂等唱歌的鸟学会了唱歌"。社会学家认为，人是具有规范能力的社会存在物，与人进行着道德交换。"人的本质并不是单个人所固有的抽象物，在其现实性上，它是一切社会关系的总和"。除了其生物属性外，人还具有社会属性，而后者是伴随其始终的重要属性。人与动物的区别在于："动物只要求它所必需的东西，反之，人的要求超过这个。"神学家认为，人是具有超越能力的神性存在物，与世界发生着意义联系。人与世界万物的根本区别在于："水火有气而无声，草木有生而无知，禽兽有知而无义，人有气、有生、有知亦且有义。故最天下贵也。"（荀子，王制）气之动物，物之感人。文学作品作为物之感人的产物必然表现感人之物，如"感时花溅泪，恨别鸟惊心"（杜甫：《春望》）；必然宣泄物之感人之情，如："小楼昨夜又东风，故国不堪回首月明中"（李煜：《虞美人》）。总之，作为人学的文学，必然要反映社会生活，要解读人的感性、理性和灵性。

教科书为文学下的定义是："文学是显现在话语蕴藉中的审美意识形态"。更多的人认为，"文学是一种语言艺术，它以语言或其他的书面符号——文字为媒介来构成作用于读者想象中的形象和情绪状态，从而产生审美共鸣"。

综上所述，对于文学的定义，古今中外，仁者见仁，智者见智。我们当今通行的文学作品如诗歌、散文、小说、戏剧等就属于狭义的文学。

二、文学语言的特点

语言是信息的载体，是传达意义的工具。文学是语言的艺术，离开语言，文学无法存在。语言既是文学作品存在的显现，使文学实物化，又是文学作品审美价值生成的重要条件。如果没有精湛的语言，就不会有出色的作品，语言是文学的生命，是文学生存的世界。文学语言主要具备以下几方面特点。

（一）形象性

　　文学艺术最为鲜明的特征就是形象性。作家为了表现美、创造美，必须塑造形象，把自己的情志纳入一个个生动可感的外观中。文学语言的形象性要求作家能以形象化的语言，将千姿百态的事物的性质、情状和人物所处的环境、人物之间的关系、个性特征以及心理活动，鲜明具体地展示给读者，使读者能够生动直观地去"想象"它们、感受它们。语言形象化的关键是作者运用丰富的词汇极其巧妙的组合，揭示出所写对象的具体特征，达到清晰深刻、栩栩如生的形象化效果，启发读者展开丰富的想象。

（二）自指性

　　所谓自指性，就是自我指涉性，与语言的他指性（即外部指涉性）相对。语言的他指性是指语言用于信息交流后，就完成了自己的所有使命；而语言的自指性则在语言完成信息交流任务后，还会关注语言自身的表达是否具有音乐性、节奏感、语体美等审美效果。法国象征主义诗人瓦莱里（Paul Valery）指出，文学家用语言说出的话语是为了使这些话语突出和显示自身，这就是文学语言的自指性。文学语言的自指性往往通过"突显"，亦即"前景化"的方式表现出来，也就是说，使话语在一般背景中突显出来，占据前景的位置。文学作品中这种"反常化"语言随处可见，可表现在文学语言的语音、语法、语义、语体、书写等各个方面。比如在语法上，文学语言也不一味遵循日常语言的语法常规来传情达意。为了不同的、高效的表情需求与目的，文学语言往往会偏离日常语言的语法规范，诸如语序的调整，词性的有意变换等。例如，As soon as the last boat has gone, down comes the curtain, 这句摘自南希·密特福德（Nancy Mitford）的作品"Tourists"，其出现的语境是：威尼斯潟湖中有个小岛叫托车罗（Torcello），岛上的居民都很市侩，游客一到岛上，他们就像演员演戏一样，粉墨登场，一心想着从游客身上多赚些钱，但来的游客一个个小气吝啬得很，最后这些岛民演练忙乎了半天，所获收益甚少。例句说的是"最后一班船的游客一走，演出的帷幕就拉上了"。但画线的倒装句则使我们"看到"岛民们演出结束后的"谢幕"急不可待，折射出其所获收益甚少后的不满与愠怒，言外之意仿佛是说"赶紧去你的吧！"。短短一个小句，看似写实，再寻常不过了，但其语序一颠倒，便将岛上居民的市侩举止与心理刻画得入木三分，也巧妙地表现出作者辛辣的讽刺笔调。

（三）准确性

　　准确性是对文学语言的基本要求，是优秀文学作品应具备的语言特色之一。在文学艺术中，语言的准确性是指恰到好处地抒发作家情怀，惟妙惟肖地刻画艺术形象，精致入微地营造审美意境等，在语言上表现为方方面面的协调作用。对于文学翻译而言，尤其应该注意的是词语意义之间的细微差别、词语的感情色彩、搭配习惯等。要想用词正确、贴切，需要比较一些词的细微差别，这对于文学语言是很重要的。有些词粗看起来好像差不多，但经过仔细辨别，就会发现它们的不同之处。有些词的基本意义一样，但语义轻重不同（比如：阻止——制止，失望——绝望，批评—批判，牵连—牵累……），使用时就要根据具体语境，力求轻重得当；有些词所指称的事物或现象是同样的，但语义概括的范围大小不同（比如：局面—场面，灾难—灾害，事情—事故，支援—声援……），使用时必须分辨它们之间的差异，避免大词小用或小词大用。

（四）曲指性

人们日常交流所用语言注重简洁明了，直达其意，也就是语言的直指性；但是文学语言的表达，为了追求审美效果和艺术感染力，则更看重曲达其意，也就是语言的曲指性。文学语言的曲指性是指"文学作者经常采用一些曲折迂回的表达手法表达他的意思，使他所表达的意思不费一番思索和揣测就很难被读者把握到"。文学语言曲指性的形成，从作者角度来看，是作家表意时自觉追求的结果，有时还是迫于外在环境（比如政治原因）而形成的结果；从语言自身角度来看，是由于通过形象所指涉的内容具有不可穷尽性的特点所致；从读者角度来看，则与读者的审美要求有关，读者可从中获得更多想象与回味的余地。"言有尽而意无穷""言在此而意在彼""句中有余味，篇中有余意""深文隐蔚，余味曲包""不着一字，尽得风流"等均是对文学语言曲指性的生动表述。比如：

Cool was I and logical. Keen, calculating, perspicacious, acute and astute—I was all of these. My brain was as powerful as a dynamo, as precise as a chemist's scales, as penetrating as a scalpel. And—think of it！—l was only eighteen.（Love is a fallacy—Max Shulman）

这段话中作者对"我"的诸多优秀品质可谓赞不绝口，但从其使用的比喻来看，"我的大脑"都与客观器物——a dynamo、a chemist's scales、a scalpel——紧密相连，给人以机械刻板、单调枯燥、缺乏变化、缺乏情趣的印象或联想。而事实上，在随后的语篇发展中，"我"的这类特点也的确展现无遗。作者"言在此而意在彼"——表面赞扬，实则贬抑，将此段落置于篇章的开始处，也由此定下整个语篇反讽的基调。并且文学语言曲指性的具体表现形式是多种多样的，既可体现在单个词语与句子的运用上，也可体现在多个词语或句子的共同建构中。

（五）生动性

生动性是在准确性的基础上对文学语言的进一步要求。一部作品内容再好，如果语言不生动形象，它的艺术效果就会大为逊色，很难引起读者的兴趣。文学作品中，语言的生动性主要从这几方面来把握：第一，语言要具体形象。写人要写得栩栩如生，使人如见其形，如闻其声，叙事绘景要写得有声有色，使人如临其境；第二，语言要新鲜活泼，使人读起来趣味盎然。新鲜活泼的语言是对语言的创造性运用，是从现实生活中汲取并加工提炼出来的，表现为词汇丰富多彩，句式灵活多样，修辞方式新颖脱俗等方面，从而要杜绝语词晦涩贫乏、句式死板呆滞、修辞手法陈旧等；第三，就语音形式方面而言，语言要和谐匀称。对于文学语言，除了要求语义准确外，还要求声调和谐，音节匀称。优秀的作品总是不但内容好，而且读起来上口，听起来悦耳。

（六）虚指性

尽管人们日常交流讲求说真话、讲实事，也就是真实陈述，追求生活的真实。但是文学语言的表达往往指涉的是虚构的、假想的情景，追求的是艺术的真实。文学语言的虚指性是指"文学语言所指涉的内容不是外部世界中已经存在的实事，而是一些虚构的、假想的情景"。文学语言的这种特性是由文学创作活动需要想象和虚构的特点所决定的。因而对文学作品中这种指涉虚构情景的陈述，人们称之为"虚假陈述"或"伪陈述"。"虚假陈述"不是要告诉人们现实中发生的真人真事，但也不意味着"说谎"或有意地"弄虚作假"，而是为了以想象的真实、情感的真实制造出人们颇能接受，又能更有效地感染、打动他们的某种美学效果。其目的就是要通过虚构的情景激起读者喜怒哀乐的情感，使之获得审美的愉悦，并在审美愉悦中给他们以思想和精神上的双重教益。就像贺拉斯（Quintus Horatius Flaccus）所言："虚构的目的在引人喜欢。"比如，李白的诗句"白发三千丈，缘愁似个长"中，"三千丈"的"白发"在现实生活中显然不可能有这种现象，但以此来描绘诗人所经历的愁苦之深重与悠长却又在情理之中。结合李白所处的历史语境来看，诗人的想象与虚构传神地体现了自己年过半百、日渐衰老、壮志未酬的极度痛苦与悲愤的情感。又如：

The Eagle

Alfred Tennyson

He clasps the crag with crooked hands;

Close to the sun in lonely lands,

Ringed with the azure world, he stands.

The wrinkled sea beneath him crawls;

He watches from his mountain walls,

And like a thunderbolt he falls.

这是诗人为悼念挚友阿瑟·海拉姆（Arthur Hallam）所写的诗篇。"The Eagle"喻指阿瑟·海拉姆，显而易见，诗句 Close to the sun in lonely lands 和 The wrinkled sea beneath him crawls 等是现实生活中不大可能出现的事——鹰不可能飞那么高、那么远，也不可能在太阳附近存活下来；大海也不可能像人的皱纹那样波动（wrinkled），然而正是诗人的这种想象与虚构传神地表现出友人高远的品格、宏阔的视野、超尘拔俗的境界、博大的胸怀与伟岸的形象。对于诗人来说，好友的失去犹如巨星陨落，让人感叹唏嘘，扼腕再三，不能自已。

（七）暗示性

文学语言的暗示性，就是指通过特定的词语或组句，在文学作品中营造出一种文字上的朦朦胧胧的空白，给读者留下想象与回味的空间。文学创作不可能也不必要用语言把什么都写出来，而应留有空间，让欣赏者去品味、去领略。文学作品中需要有"空白""未定点"，来推动、诱发读者进行想象和联想，丰富的"言外之意"，使作品不仅"可读""可感"，还要"可塑"，具有品味不尽的艺术魅力。文学作品中的"空白"通常是作家运用文学语言的暗示性所形成的。

文学语言所指涉的内容具有多重性及某种不可穷尽性，也是形成文学语言暗示性的一个重要原因。这些内容不像科学语言那样确指某些概念或思想，文学语言不是能指与所指的直接黏合，而是有距离的观照，文学语词的背后总是隐藏着作者复杂的情感体验和无穷的审美经验。文学语言常蕴涵着复杂的含义，暗示着更隐性的思想、感情，语词完全可能传达出与字面义不同甚至相反的含义。而在文学翻译中，尤其应该注意作品前后语义上的暗示性，某一个词、某一个句子，都不是孤立存在的，也不是可有可无、互不相干的，人物的每一句话、每一个行为，都不是无缘无故、没有缘由的。在语言的背后，隐藏着一个完整的、各部分紧密相连的形象网络，作者或是在前文留下伏笔，暗示情节未来的发展方向，或者通过一些表面的现象来暗示一些更深层的思想。译者应该首先去体会原文语言的暗示意义，让作品中某个地方发出的信号在另一个恰当的地方能够接收到，使其前后能够互相呼应起来，这样整部作品才能形成一幅完整的、有立体感的艺术画卷。

三、文学的基本属性

文学的基本属性包括模糊性、虚构性、真实性、互文性与审美性。

（一）模糊性

语言中词语的意义只是一个疏略的范畴网络。因为语言是一个符号系统，语符与语符下的意义之间不存在一劳永逸的、不变的联系，语符下的意义有可能随语境之变而蜕变、流变，从而形成了一个语义范畴的疏略网络。人类就是按这个语义范畴说话，而范畴的边界则是模糊的。"纯净"的"起点"是多少？有没有绝对的"纯"？纯金为什么是9.999？可见语言的模糊性中有自然界的道理。

语言的模糊性也为人们如何阐释、解读、表述开辟了广阔的空间。法国思想家伏尔泰认为，世界上不存在能表达我们所有观念和所有感觉的完美的语言。模糊是自然语言的本质特征。刘再复在1984年第六期《中国社会科学》上发表的《人物性格的模糊性和明确性》一文中指出："文学与科学的一个根本区别，也恰恰在于，科学是依靠数字概念语言来描述的。这种概念特征使科学带有极大的准确性和明确性，而文学是通过审美的语言，即形象、情感、情节等来描述的。这便形成文学的模糊性。这种模糊性在典型性格世界中表现特别明显，可以说，模糊是艺术形象的本质特点之一，也是人物形象的本质特点之一。"语言是文学的载体，因此可说，模糊亦是文学的基本属性。

什么是模糊？学者的释义也不尽相同。美国哲学家、数学家兼文学家皮尔斯1902年为模糊所下的定义是："当事物出现几种可能状态时，尽管说话者对这些状态进行了仔细的思考，实际上仍不能确定，是把这些状态排除出某个命题还是归属于这个命题。这时候，这个命题就是模糊的"。尽管学者们关于模糊的定义见仁见智，但模糊的几点特征是可以肯定的。首先是不确定性。不确定性可以表现在语义、句法、形象、语用等方面。如"青年"一词就具有语义不确定性。《现代汉语词典》的定义是："人十五六岁到三十岁左右的阶段。"该定义本身就用了"十五六岁"和"三十岁左右"两个意义不确定性词语。而在实际生活中"青年"一词的不确定性更大，高等学校的青年教师通常指45岁以下者；每年一度的青年语言学奖的评奖范围也是45岁以下的人；而共青团员的退团年龄28岁。"一本黄色的书"究竟该书是（1）with a yellow front cover and a back cover，或（2）a pornographic book，还是（3）a telephone dictionary，即便有一定的语境，其语义仍具有不确定性。汉语中许多时间概念词都具有语义不确定性。如"早晨""上午""下午""傍晚""夜晚""凌晨"等。表示判断性的形容词，如"强""弱""胖""瘦""厚""薄""高""矮""大""小"等也具有很大的语义不确定性，数量不胜枚举。

其次是相对性。模糊的相对性可因地而异，因时而异，因文化习俗而异，或因主观好恶而异。如"高楼"一词的语义模糊性就因地而异，在纽约40层高楼以上才算高楼，而在华盛顿10层以上即算高楼。"老年"一词的语义模糊具有双重相对性，既因时而异，又因地而异：《管子》中有"60以上为老男，50以上为老女"的说法。因此，过去的中国人认为人生70古来稀，而现在耄耋老人大有人在。另一方面，"老年"一词的语义在非洲与在欧洲和北美洲的内涵是不相同的。东西方人在文化传统和价值观上的差异体现在审美观上也有区别：以世界小姐为例，各国的佳丽汇聚一堂角逐世界小姐，甲国的美女之冠在乙国人看来可能算不上美，甚至还觉得很丑。即便是世界小姐也不会被各国人民都认可。就传统而言，东方人，尤其是中国人认可的美女应是白皙的皮肤，加上鸭蛋脸，杏仁眼，樱桃小口一点点的五官；而西方人认可的美女则是大嘴，性感加上brown的肤色。可见美女亦是相对而言的。臭豆腐虽臭，但许多人却吃得津津有味，完全是主观好恶和生活习惯使然。

（二）虚构性

读者常见文学作品中的人物飞上天空，穿越时空，返老还童，长生不老，想出常人想不到之策，做到常人难以做到之事。如《西游记》中的孙悟空，变幻万千，无所不能；蒲松龄笔下的鬼女狐仙，神出鬼没，无影无踪；奥地利作家卡夫卡小说《变形记》中的主人公格里高甚至变化成甲壳虫。这些在科幻类小说中是司空见惯的寻常事。然而，在以史实为基本素材的历史小说中也不乏虚构的情节。比较《三国演义》与《三国志》便可发现，虽然前者取材于历史事实，但作者对三国混战的描写并非历史的如实陈述，而是主观化的艺术创造，其中不乏虚构与想象。"这不啻表现在它的'七实三虚'上，就是那些有历史依据的人物、事件、场面、细节描写，也都为主体意识（'拥刘反曹'的封建正统观念与劳动人民的是非善恶美丑标准的混合）所浸透，而予以发生改造、夸饰、变形的表现；'乱世奸雄'的艺术典型曹操不是历史上那个曹操的本来面目的再现，就是突出例证。"现代历史剧《蔡文姬》的作者郭沫若曾公开申明："蔡文姬就是我！——是照着我写的。"文学是现实生活的一面镜子，它反映现实生活，但不是对现实生活的照抄照搬。基于对现实世界的认知与感悟，作家可对现实生活进行选择、提炼，通过现象与虚构使之升华为文学作品。故此可以说，虚构是作家、艺术家对其主观性的把握，是其主体性的具体体现。

（三）真实性

真实与虚构似乎是一对悖论。然而，两者却是文学的一对看似矛盾而实则不可或缺的属性。

人们常说，作家、艺术家需要深入人民群众，体验生活。体验生活当然是为了获得真实感受。真情源于体验，没有真情便不会有真正的文学。古今中外的文学家、艺术家都把真实性视为艺术的生命。屠格涅夫曾告诫年轻作家："在自己的感受方面，需要真实，严酷的真实。"当然，就文学创作而言，这儿说的真实指的是艺术的真实，不是对现实生活的自然主义的描摹，而是对现实的反映。战场上的千军万马，展现在舞台上也许只有六七个人，地域时空上的万水千山、日月经年，银屏上出现的仅是些许镜头；人们常见影剧院出现的楹联是："三五人千军万马，六七步四海九州""能文能武能鬼神，可家可国可天下"，这便是艺术真实。艺术真实具有一定的假设性，它以假定的艺术情境反映和表现社会生活。这是一切艺术，包括文学创作的共同规律，即便报告文学也是作家透过生活的表层对社会的内涵所做的概括、提炼、升华的结果。

文学创作的真实性是对现实生活的超越与升华，作家只有深入体验社会生活，细细品味其内在的蕴涵，才能提炼出本质的精髓。对此，高尔基的比喻恰如其分："作者创作艺术真实，就像蜜蜂酿蜜一样：蜜蜂从一切花儿上都采来一点儿东西，可是它所采的是最需要的东西。"艺术真实在诗歌创作中体现得尤为明显。

（四）审美性

对于"美的理解"，东西方美学家们见仁见智，既有共同点，亦有相异处。我国古代哲学家庄子认为，世界上的事物是"各美其美"的："逆旅人有妾二人，其一人美，其一人恶，恶者贵而美者贱。阳子问其故，逆旅小子对曰：'其美者自美，吾不知其美也；其恶者自恶，吾不知其恶也。'"（《庄子·山木》）英国哲学家休谟认为，美只存在于鉴赏者的心里；不同的心会看到不同的美。法国启蒙运动的领袖和导师伏尔泰说，如果你问一个雄癞蛤蟆：美是什么？它会回答说，美就是它的雌癞蛤蟆，两只大圆眼从小脑袋里凸出来，颈项宽大而平滑，黄肚皮，褐色脊背。三位哲人的共同认知是"情人眼里出西施，说到趣味无争辩"。尽管它带有个人爱好和主观倾向性，但美属于人类精神层面的认知感受与体验。这一点是三者，也是大多数人的共识。然而生物学家达尔文却认为："如果我们看到一只雄鸟在雌鸟之前尽心竭力地炫耀它的漂亮羽衣或华丽颜色，同时，没有这种装饰的其他鸟类却不进行这样炫耀，那就不可能怀疑雌鸟对其雄性配偶的美是赞赏的。显然，达尔文认为动物对美也有鉴赏能力。乍看起来，这种观点有一定的道理，但事实是，"一只雌癞蛤蟆不会因为雄的青蛙比雄的癞蛤蟆'漂亮'而去'追求'它，一只雄性麻雀也不会拜倒在姣凤鸟的'石榴裙'下。"动物只有性感，而没有美感，雌雄动物相互吸引属于物的自然属性，而非社会属性。美绝不单纯取决于物的自然属性，而取决于其自然属性与社会属性的融合，取决于两者的关系适应人类社会生活需要的程度与性质。不论是自然美，社会美，还是艺术美都是审美者认知，体验感受的结果。

由此可见，美的存在与人的关系密不可分，因为认知体验与感受的主体是人，即审美者。没有审美者也就无所谓美。审美者通过观察、认知、体验，从而获得愉悦与快感，这与文学的作用与功能一致。文学作品成功地发挥作用时，便会愉悦读者，使其产生快感，但"文学给人的快感，并非从一系列可能使人快意的事物中随意选择出来的一种，而是一种'高级的快感'，是从一种高级活动，即无所需求的冥思默想中取得的快感。而文学的有用性——严肃性和教育意义——则是令人愉悦的严肃性，而不是那种必须履行职责或必须记取教训的严肃性；我们也可以把那种给人快感的严肃性称为审美严肃性，即知觉的严肃性"。由此可见，文学作品是一种审美对象，它能激起审美经验。这也是由其审美属性决定的。

（五）互文性

这里讲的互文性并非汉语中的互文修辞格，如："不以物喜，不以己悲""秦时明月汉时关"等，而是指两个或多个文本之间的相互关系，即文本间性。《牛津英语大辞典》对 intertextuality 的释义是："the relationship between literary texts; the fact or an instance of relating or alluding to other texts"。这与学界对互文性的解读与定义大致相同：巴特声称，"每一篇文本都是在重新组织和引用已有的言辞"；热奈特认为，"没有任何一部文学作品中不在某种程度上带有其他作品的痕迹，从这个意义上讲，所有的作品都是超文本的，只不过作品与作品相比，程度有所不同罢了。正如一个人和他人建立广泛的联系一样，一篇文本不是单独存在，它总是包含着有意无意中取之于人的词和思想，我们能感到文本隐含的潜移默化的影响，我们总能从中发掘出一篇文下之文。"故此，首先提出"互文性"概念的法国符号学家朱莉亚·克里斯托娃认定，任何一个文本都是在它以前的文本的遗迹或记忆的基础上产生的，或是对其他文本的吸收和转换中形成的。因此，可以认定"互文性包含了某一文学作品对其他文本的引用、参考、暗示、抄袭等关系，以及所谓超文本的戏拟和仿作等手法。进一步而言，互文关系包含了对于特定意识形态即文学传统的继承和回忆，以及对于文本作为素材所进行的改变与转换方式"。文学界一致认同爱尔兰作家乔伊斯的小说《尤利西斯》就是对荷马史诗《奥德赛》情节的搬用和改造，因为从《尤利西斯》的人物造型中，我们既看到了荷马人物的影子，又看到了乔伊斯的创作天才与灵感。这种借鉴与参考是文学创作中常见的传承性互文。有的作者则明白无误地点明了自己的作品与其他文本的关系，如毛泽东的《浣溪沙·和柳亚子先生》《蝶恋花·答李淑一》等。

由此可以判断，一切文学作品都具有互文性，只不过不同的文学作品表现形式不同，互文的程度也不尽相同。

第二节　文学翻译理论

一、文学翻译含义

想要了解另一种语言的另一民族所居住的世界，以及该民族的文化，尤其是文学，只有通过翻译才有可能，这也是被世界各国各民族之间相互关系的全部历史所证实的。的确，如果认真地审视一个伟大民族的兴起、发展和兴旺，我们会发现，翻译艺术在民族精神的形式中占有突出的地位。

文学翻译历史悠久，在中国最早可追溯到公元前1世纪刘向《说苑·善说》里记载的《越人歌》，在西方可追溯到公元前大约250年罗马人里维乌斯·安德罗尼柯（Livius Andronicus）用拉丁文翻译的荷马（Homer）史诗《奥德赛》（Odyssey）。自从有了文学翻译以来，人们从未停止过对其进行思考与探索。时至今日，不少学者甚至撰写著作专论"文学翻译"。

由于古今中外不同学者的研究目的不同，因此，会从不同角度对文学翻译进行诸多思考与探讨，从而得出不同的结论。

王向志认为文学翻译指的是将一种文学作品文本的语言信息转换成另一种语言文本的过程，它是一种行为过程，也是一种中介或媒介的概念，而不是一个本体概念。

在加切奇拉泽看来，文学翻译是文学创作的一种形式，在这里它同原作在创作中要表现生活现实这一功能相似。译者按照自己的世界观反映自己选择的内容和形式浑然一体的原作中的艺术真实。

茅盾认为文学的翻译是用另一种语言，把原作的艺术意境传达出来，使读者在读译文的时候能够像读原作时一样得到启发、感动和美的享受。

郑海凌认为文学翻译是艺术化的翻译，是译者对原作的思想内容与艺术风格的审美把握，是用另一种文学语言恰如其分地完整地再现原作的艺术形象和艺术风格，使译文读者得到与原文读者相同的启发、感动和美的享受。

在钱钟书看来，文学翻译的最高标准是"化"。把作品从一国文字转变成另一国文字，既能不因语言习惯的差异而露出生硬牵强的痕迹，又能完全保存原有的风味，那就算得入于"化境"。

综上所述，我们可以看到，文学翻译不只是文学语言文字符号之间的转换，还是艺术表现形式与特质以及艺术形象和艺术风格的再现；它不只是语言信息的传递，还是社会文化观念的交流、沟通与融合；它不只是一种翻译行为过程，还是一种再创作过程，甚至是一种艺术创作过程；它不只是追求译文与原文的客观真实，还追求两者间的艺术真实、社会真实与同等读者接受效果。

二、文学翻译的标准

翻译标准是翻译理论的重要内容，是衡量和判断翻译质量的尺度，是翻译实践遵循的基本准则。传统翻译学和翻译学语言学派大都非常重视总结或制定一套指导和衡量翻译实践的标准。翻译标准不仅使我们能够拥有一个公认的尺度来判断翻译的质量，也让文学翻译者有章可循。三千年的翻译实践历程中，中外翻译史上都曾出现过一些著名的翻译标准或原则。

（一）西方翻译标准

西方学者有关翻译标准的论述肇始于公元前1世纪的西塞罗，他曾经在《最优秀的演说家》一文中谈及他对古希腊演说家伊斯金尼斯与狄摩西尼作品的翻译方法时指出："我不是作为翻译匠，而是作为演说家进行翻译的。我所保留的是原文的思想与形式，或者人们所说的思想的'外形'，只不过我所用的语言是与我们语言的用法完全一致的语言。这样一来，我认为没有必要追求字对字的翻译，而应该保留语言的总体风格与力量。"

16世纪法国翻译理论家多雷（Etienne dolt）在1540年《论如何出色地翻译》中列出了翻译基本原则（guidelines），他列出的五条翻译原则更具体、细化，具有较强的可操作性。

1. 译者必须熟知原文作者的含义与题材，尽管他可以随意澄清原文中模棱两可之处。
2. 译者应该精通原文与译文，不致损失语言的庄重。
3. 译者应该避免逐字翻译。
4. 译者应该尽量避免使用拉丁语派生形式或其他不常见的语言形式。
5. 译者应该熟练地运用词语的搭配与关系，避免出现晦涩之感。

18世纪英国著名翻译理论家泰特勒在1790年《论翻译的原则》一书中提出的"翻译三法则"：第一，译文应该完全摹写原作的思想；第二，译文的风格与写作方式应该与原文的风格与写作方式相同；第三，译文应该与原作的行文一样自如。

泰特勒提出的判断"好的翻译"的标准与美国当代翻译家奈达的标准其核心是一致的，即同等效应（或译为"产生共鸣"）。奈达列出的翻译四项基本要求如下：

1. 言之成理（making sense）；
2. 传达原文精神风貌（conveying the spirit and manner of the original）；
3. 表达自然流畅（having a natural and easy form of expression）；
4. 产生共鸣（producing a similar response）。

除此之外，语言学派的翻译理论家们一直纠结于"对等""等值"之类的概念：比如雅各布森的"信息对等"；卡德福特的"形式对应"与"翻译等值"；奈达的"动态对等"和"同等效应"；纽马克的"对应效应"和科勒的"五类对等"等翻译标准。这些翻译标准或原则在各自的时代都曾经发挥过重要的影响，推动了翻译实践和理论的发展。有些至今仍然是文学翻译者公认的行业标准。

（二）国内翻译标准

国内学者有关翻译标准的论述较有影响的可以追溯到唐代名僧玄奘提出的"既须求真，又须喻俗"，即"忠实、通顺"。这一准则至今对翻译实践仍有指导意义。

但是一百多年来，对我国翻译实践影响最深的还是严复提出的"信""达""雅"的翻译标准。"信达雅"三字几乎成了我国传统译论的代名词和金科玉律。"信""达""雅"源于1897年出版的《天演论·译例言》。严复开篇便道："译事三难：信、达、雅"。并对其作了较为详尽的解释：

"一、译事三难：信、达、雅。求其信已大难矣！顾信矣不达；虽译犹不译也，则达尚焉。海通以来，象寄之才，随地多有。而任取一书，责其能与于斯二者，则已寡矣！其故在浅尝，一也；偏至，二也；辨之者少；三也，今是书所言，本五十年来西人新得之学，又为作者晚出之书。译文取明深湛义，故词句之间，时有所颠到附益，不斤斤于字比句次，而意义则不倍本文。题曰达旨，不云笔译，取便发挥，实非正法。什法师有云：'学我者病。'来者方多，幸勿以是书为口实也！"

"一、西文句中名物字，多随举随释，如中文之旁支；后乃连接前文，足意成句。故西文句法，少者二三字，多者数十百言。假令仿此为译，则恐必不可通，而删削取径，又恐意义有漏。此在译者将全文神理，融会于心，则下笔抒词，自善互备。至原文词理本深；难以共喻，则当前后引衬，以显其意。凡此经营，皆以为达；为达即所以为信也。"

"一、《易》曰：'修辞立其诚'。子曰：'辞达而已。'又曰：'言之无文，行之不远。'三者乃文章正轨，亦即为译事楷模，故信、达而外，求其尔雅。此不仅期以行远已耳；实则精理微言，用汉以前字法、句法，则为达易；用近世利俗文字，则求达难。往往抑义就词，毫厘千里，审择于斯二者之间，夫故有所不得已也，岂钓奇哉！不佞此译，颇贻艰深文陋之讥，实则刻意求显，不过如是。又原书论说多本名数格致及一切畴人之学，倘于之数者向未问津，虽作者同国之人，仍多未喻，划夫出以重译也耶！"

"信""达""雅"的提出虽然已逾百年，但相关的讨论依然在继续。19世纪以来，对"信""达""雅"批评反对之声不绝于耳，然而拥护赞成者也不乏其人，但更多的人是修正、改造，或从不同角度予以解读。比如：

　　20世纪20年代林语堂等人尝试着对"信、达、雅"做出新的阐释，他在《谈翻译》中提出与"信、达、雅"大致相当的三重标准：忠实标准、通顺标准、美的标准，即对原文负责、对读者负责、对艺术负责。这在当时应该是一种创新的尝试性探讨。在此之后，人们对三字标准的理解逐渐"背离"了严复的本意，特别是对"雅"字的认识。译论者不再拘泥于严复的"原意"，对于"雅"有着诸多新的解释，比如典雅、文雅、优美、文采、风格等，以及讲究文笔、注重修辞、强调文学价值和艺术价值等。正如罗新璋在《我国自成体系的翻译理论》中所总结的那样："信达雅三字的意义和内涵，随着译事的昌盛和研究的进展，已有所扩大和加深，部分脱离严复的命意而获得独立的生命。"这种理论的开放性和多元性，恰好证明了阐释学的理论价值。文本的生命在读者的理性解读中不断延长。同样，经典理论也是在人们的认识中不断获得新生。中国古代的"道""和"是如此，作为翻译审美标准的"信、达、雅"同样如此。

　　20世纪80年代初，刘重德教授在《翻译原则刍议》提出的"信达切"标准："信于内容，达如其分，切合风格。"

　　80年代末，辜正坤在《翻译标准的多元互补论》提出的多元化翻译标准："翻译的绝对标准即原作，最高标准为对原作的最佳近似度，具体标准即分类标准。"

　　林语堂的标准与严复的"信""达""雅"大同小异，只是前者对"忠实"作了细化解释，即："忠实非字字对译之谓；忠实须求精神；绝对忠实之不可能——文字有意义之美，有声音之美，有文气之美，有文体之美，有传神之美，有形式之美。此数种美决无法同时译出"。刘重德的"信达切"用"风格的切合"来修正"雅"。辜正坤进一步将翻译标准细化，提出针对不同文体的多元标准。这些新的翻译标准的提出，在一定程度上弥补和修正了单一标准的不足，使翻译标准更切实可行。但无论从具体内容，还是从实质上看，它们都未能超越"信达雅"的内涵。

1. 信是文学翻译的基本伦理

　　严复的"信"指译作应当忠实于原作。但"信"不是字对字的死译。翻译之为翻译，最根本区别就是译作与原作的必然联系；离开原作，也就无所谓翻译了。首先，"信"在本质上是一种维持（文学）翻译存在的必然因素和基本伦理。它要求译作应当与原作保持一定的关系，这种关系使文学翻译作为一种文学形式得以维持稳定。一千个译者的笔下纵然有一千个不同的哈姆雷特，但莎士比亚戏剧的基本情节、人物、对话、背景甚至语言结构必然是相似的。其次，"信"的必要性还在于其文化价值：通过翻译了解其他文化，输入新的元素，推动本族语文学文化的更新发展是翻译作为文化现象存在的价值之一。

　　但是，由于对文学作品意义的理解不可避免地带有译者的主观因素，因此，恒定不变的意义是不存在的，绝对的"信"或"忠实"也是不可能的。"信"的程度是相对的、可调节的，或者说译作与原作的关联性对文学翻译而言是必不可少的，但关联的紧密程度却是可以调节的。一般说来，如果译作对原作的语言结构亦步亦趋，不惜违背译入语的语法规则，我们称之为"逐词对译""硬译"或"死译"；如果译作严格遵循原作的语言结构，但兼顾译入语的通顺，我们称之为"直译"；若译作与原作的语言结构若即若离，而主要关心译入语的流畅自然，我们称之为"意译"；若译作全然不顾原作的语言形式，而只是根据原作的事实和事件进行重新创作，我们不妨称之为"自由译"；最后，连原作的事实和事件都随意篡改，任意发挥的译法就只能是"豪杰译"了。历史上，这五种译法都曾出现过，当代文学翻译实践基本上排除了"硬译"和"豪杰译"，多数译者倾向于在直译、意译和"自由译"之间选择。从这个意义上说，"信"实际上是译者的一种基本责任，即译者有责任在自身理解的基础上，尽最大可能忠实地体现原作的整体（意义、形式、风格和读者反映等）。

2. "达"是文学翻译的必要条件

"达"指译作的语言通顺流畅，符合译入语的语言规范。一般而言，译文是供不懂外语的读者阅读的，因此，译文语言的正确和通畅是对翻译者的基本要求。从本质上说，"达"就是文学翻译社会性的体现。文学翻译作品要在译入语文化中存在和被接受，就应当遵循译入语的社会文化规范和语言规范。这些社会规范将按照译入语的标准判断译文优劣，决定推崇、容忍或排斥某个译本。

由于语言、文学系统和文化差异的存在，"达"与"信"的冲突在文学翻译中是不可避免的。针对这个问题，严复的观点是："顾信矣不达；虽译犹不译也，则达尚焉。"由此可见，在"信"与"达"冲突时，他选择的是"达"。不过，语言上的"达"只是文学翻译的最低标准。文学翻译针对的是创造性的文学文本，而保证文学翻译作品的文学性的根本途径有两条：一是"信"，忠实地再现、保存原作的文学性；二是充分发挥译者主体性和译入语的创造性，弥补文学翻译中语言文化空缺所导致的损失。

3. "雅"是译者的主体选择

我们今天所理解的"雅"的含义多为"古雅""高雅"之意，但严复所说的"雅"却有具体的所指，《天演论》通篇文辞古雅，使用汉以前的字法、句法，力避利俗文字。严复主张"雅"有两个理由：一是为"行远"，即译本符合当时的文章正轨，流传久远；二是为"达易"，即为了更通顺流畅地传达原作之深义。严复认为古雅的文辞不仅是翻译得以流传的保证，而且更适于用来传达艰深的理论。

其实，"雅"的本质就是译者面对具体翻译问题的主体性选择。一方面，文学翻译者必须根据自己对译本读者的接受习惯、原作的实际内容、特定文体的需要灵活地选择适当的翻译策略；另一方面，我们还必须看到，"文章正轨""译事楷模"都是随时代的变化而变化的，不存在永恒不变的标准。

三、文学翻译的过程

翻译就是理解和使人理解的过程，这里的"理解"包含译者对原文的理解行为与过程，"使人理解"则是译者对译文的表达行为与过程。在不同的文化传统、不同语言之间和不同译者的身上，这个过程不尽相同，对于不同体裁和风格的作品也各有差异。文学翻译的一般过程主要包含以下几个方面：

（一）选择翻译的文本

出版社和译者对原文的选择不是任意的，而是受到社会文化因素制约的。决定翻译文本选择的因素可能来自各个方面，如当时的意识形态、外国文化的态势、本国文化的自我意识、当时社会的政治经济状况等。出版者和译者在所处的社会文化环境中，必然会考虑社会群体对翻译作品的需要。社会文化对翻译的选择涉及三个方面：一是对翻译文本的选择；二是对翻译语种的选择；三是对译者的选择。译者对译本的选择不是完全自由决定的，译者作为译入语文化的成员，在社会化过程中，他就已习得了翻译规范。这些规范以社会共识的形式根植于译者的思维方式中。因此，看似个别的译本选择实际上也体现了社会性的一面。

（二）译者对文学文本的理解过程

确定了需要翻译的文本，文学翻译者就要对其所要翻译的文本进行解读。理解是翻译过程中的第一步，是翻译的前提，也是翻译的基础。没有理解，就没有翻译；没有透彻的理解，就没有趋于理想的翻译。理解是具体化的思维解释，是从作品的有机整体出发，披文入情、沿波讨源、因形体味，深入到作品内部的深层世界，对文本营构系统的各个层面进行具体化的品位与认知。它是以理性为主导的感性认识和理性认识高度统一的解读心理活动。

通常而言，理解可分为表层理解与深层理解。前者是对文本的字面理解和外观理解，具体包括对作品的词句、典故、比喻、拟人等各种修辞手法的理解，也包括对构成意义的表象、结构、韵律、节奏以及作品中特定的表现手法等的理解；后者是对文本的象征意蕴和营构机制的理解，具体来说，就是破译作者的象征密码，捕捉其象征含义，探寻文本艺术营构的奥秘。文学翻译过程中要实现对原作表层与深层的充分理解，就离不开对原作进行由浅入深，从微观到宏观的细致分析与探究。原作的字词是由作者创作的。大多数情况下，译者阅读原作时，作者可能已经去世或无法联络。在对当代文学作品的翻译中，译者有时也可以与作者联系沟通。但无论如何，译者所面对的主要是原作的文本，译者对原作文本的解读是作为读者对原作多样化的阅读体验之一。译者理解的"意义"并非是语言符号与所指概念的固定关系，而是一种融合文本符号、语境和主体因素的视域融合。但是，从文本客观存在的意义上说，原作的语言符号与意义之间还是具有相对稳定的关系，否则人类语言就完全无法传情达意了。因此，对原作的多样化理解还是具备最基本的共同点，即原作的基本事物和事件。文学翻译者的工作就是依据自己的理解，在另一种语言中创造一部新的作品。

对文本的解读并非一个简单的阅读过程，翻译一部文学作品，需要对作家，对另一种语言、另一种文明，有较为深入的理解与研究。在这个意义上，研究是翻译的前提，是翻译的指导，并贯穿翻译的全过程。在某种意义上说，翻译的过程，实际上也是研究的过程。负责任的文学翻译家对文本的解读往往是一个仔细、反复的阅读过程，同时，伴随着对原作和作者的其他作品的检索和研究。对原作的研究甚至可能包括对作者居住地的考察、历史研究、版本研究、文学研究和评论等。对当代作品的翻译，还可以求助于原作者，有时文学译本的翻译可以通过译者与作者的合作来完成。

（三）文学翻译的表达

在对原作进行研究和解读的基础上，译者开始用译入语创造译本，其实质就是根据其理解的程度用另一种语言进行表达。理解与表达是翻译过程中两个不同的阶段，但两者又有着紧密的联系。理解是表达的前提，表达是理解的目的。换句话说就是，有什么样的理解，就会有什么样的表达，但这并不意味着表达可以随意言说，自由发挥。

首先，表达是基于对原文充分理解的表达，表达的信息应与原文谋得一致。离开原文的理解而进行的表达，要么是译者的改写，要么是译者的个人创造，算不得翻译。在进行翻译时，文学译者必须考虑如何实现译文与原文的事件与语言结构相关的文本目的，尤其是如何创造性地使用译入语呈现原作的语言艺术形式；其次，表达是面对译入语读者的表达，这就要求译文的表达要清晰、通顺、流畅，符合译入语读者的阅读习惯，便于他们理解与接受，如果违背规范就可能会付出译本被拒绝的代价；最后，表达是对作者创作个性或艺术个性的表达。文学翻译不只是文字翻译，也不只是意义的翻译。这就要求在表达过程中，既要表达作品的意义，更要表达作品的韵味。

（四）译本的修改和出版

文学翻译的目的就是让更多人接受异国优秀文化的洗礼。所以说，无论翻译者采取何种翻译策略，任何一部译作最终必然是一个经过多重阅读、反复修订的作品。通常情况下，这些阅读和修改往往是由译者以外的人来进行，翻译规范的作用将会反映在最后出版的作品上。在正式出版之前，翻译可能受到外力的删减和改变：新闻审查制度可能会删除与译入语文化的主流意识形态不符的内容；限于译入语社会文化观念，可能会对某些被认为是"禁忌"或"反动"的内容进行净化；出于商业利益的考虑，出版社可能要求译作按特定读者的需要进行大幅度修改，比如：将原作小说译为电影对白，将成人作品儿童化等等。

更为特殊的做法是：某些出版社甚至要求译者提供"直译"译本，再交由著名作家进行润笔以产生更好的译本。

四、文学翻译的基本特性与意义

文学翻译是创造翻译文学的手段和过程。如果说翻译文学是中国文学大家族的一员，那么文学翻译也可以被视为文学创作的手段之一。如果说诗歌通过语言形式、小说通过情节、戏剧通过对话等文学手段来进行创作，那么文学翻译就是通过"翻译"这一手段来创造翻译文学。这种文学手段独立于其他手段的因素在于：两种语言、两种文学传统和两种文化在翻译家的头脑中激荡和交锋，促使翻译家创造性地理解、阐释，并用译入语重新创造出新的文学形式。因此，文学翻译不是一种从属性的、缺乏创造力的活动，而是译入语文学吸收、借鉴外来文学，从而促进自身文学革新和发展的重要途径。也可以说，文学翻译具有其他文学形式不具备的巨大的文化价值。

（一）文学翻译的基本特性

我们对文学翻译行为的认识经历了一个不断发展的过程：模仿、创造、技巧、艺术、改写、操纵、叛逆、阐释等等，而这些认识实际上反映了文学翻译的基本特性。

第一，文学翻译具有社会性。文学翻译是在特定的社会文化中进行的，文学翻译的主要目的是供译入语社会群体阅读，因此，它不可避免地会受到各种社会因素的制约。文学翻译的产品要在译入语文化中存在和被接受就应当遵循译入语的社会文化和语言规范。译者应当遵循有效的社会规范、道德规范和翻译规范，恰当处理译者主体与社会（读者、出版社、政治经济、诗学或文学传统、意识形态等等）的关系。符合规范的译文会受到译入语文化的欢迎，被奉为"经典"，而不符合规范的译文会被译入语文化排斥和拒绝，译者在选择遵循或违反规范时应当考虑到其行为的结果和代价。

第二，文学翻译具有客观性。所谓的客观性指的是文学翻译中原文的客观存在。文学翻译与其他文学形式的区别就在于：文学翻译必然与用另一语言写作的原作存在一定程度的相关性。作为原作的文学作品具有自身的语言结构，以及由这个结构所呈现的事物和事实。文学翻译的基础是再现原作的"文本目的"，即文学翻译的目标就是要生产出一个与原作有关的文本。文本目的包含两个要素：一是原作是客观存在的；二是译作必须与原作有某种关联性。原作的语言形式、艺术手法、情节内容、形象意境等对译者来说都是客观的。再现这些结构、事件和事实是文学翻译行为的道德基础或基本伦理。完全脱离原作的写作就不再是翻译，而是改写、虚构、拟作或创作了。不过，应当指出，原作的客观性并非制约文学翻译的唯一因素，译作与原作的相关程度可由社会规范和译者的主体意识加以调节。

第三，文学翻译具有主体性和创造性。文学翻译不可避免地涉及译者的主观体验，因为文学作品中"意义"的理解和生成不是完全客观的。译者作为翻译过程的执行者具有独立的自我意识和主观世界。尽管翻译会受到原文及其客观世界和译文生存的译入语社会的制约，但在译作的生产过程中，译者仍然具有相当大的自由度。他并非直接面对读者，而是在自己的头脑中预设读者的存在，并在一定程度上把自己阅读原文的主观体验用译入语再现给读者。因此，文学翻译在具体过程上是一种主观的、创造性的阐释；译作虽然源于原作但不同于原作，延续了原作生命，甚至有可能作为译者用于改变社会、对抗权威的政治武器。

原作的客观性、文学翻译的社会性和译者的主观创造性分别反映了文学翻译与原作、译入语社会文化和译者的关系。这三种性质之间并行不悖，各司其职。原作的客观存在是无可否认的事实，它控制着译作中语言结构与事实的基本指向或"文本目的"；译入语社会文化规范控制着翻译的发起、进行和接受；译者主体性支配着具体的翻译实践，译者可以选择遵从或违背社会规范。简而言之，文学翻译行为本质上是一种在译入语社会文化规范控制下，与另一文化系统中的某个原作有关的，由译者具体实施的主观性、创造性的活动。

（二）文学翻译的意义

翻译是语言符号之间的转换，是意义的传达，是文化之间的交流。文学翻译在中外文化交流中所起到的作用是不可替代的。这里主要通过艺术表现形式、文学语言、文艺思想三方面予以体现。

1. 艺术表现形式方面

翻译的艺术表现形式存在于各种文学作品中。在诗歌方面，诗风会因之变得通俗、自由，诗意的表述中渐现说理的因子，到宋代诗人借诗说理，作诗如参禅俨然形成一代风气。偈颂中极尽夸张和铺排的艺术方法丰富了诗歌的表现手法，也增强了诗歌的艺术表现力。许多现代著名诗人，如闻一多、刘半农、徐志摩、戴望舒等，都翻译出版了许多外国诗人的优秀诗篇，通过翻译中的模仿、借鉴，大大推动了中国新诗的形成与发展。在佛学典籍中，文学表现的突出特点是长于思辨和善于使用形象。随着佛典的大量译介与传播，佛典中的文学表现手法在中国文学中得到了广泛的运用。汉译佛经的通俗易懂给魏晋时期走到骈偶泛滥套路上的中国散文带来了生机与活力，并形成一种文学新体。在小说方面，中国古代小说中的主题思想、艺术构思以及表现方法也直接承继了"因果报应""人生如梦""灵验报应"等佛典中的内容。近现代的文学翻译更是给中国文学的发展带来了深刻的影响。近代著名翻译家林纾于1899年翻译出版的小说《巴黎茶花女遗事》完全摆脱了中国古典小说章回体的束缚，在当时的历史语境下，其译作不仅提高了小说的地位，扩大了小说的影响，而且使传统的中国文学形式向前推进了一大步。

2. 文学语言方面

在大量译介外来文献的过程中，受到最为直观显著影响的是文学语言的词汇与语法。佛经的翻译丰富了当时中国的文学语言。由佛典中翻译出来的反映佛教概念的词汇，经历代文人士子的收集、整理和解释，大量融入汉语，极大地丰富了汉语的词汇量。比如，有的用原有汉字翻译佛教概念，并赋之以新义，如"因缘""境界"等；有的音译外来词，如"佛陀""菩萨""菩提"等。并且这些词汇在今天的文学研究与创作中也常为人们所习用。

"五四"前后的文学翻译更是对白话文运动的兴起与发展起到了推波助澜的重要作用。许多著名作家通过文学翻译为中国现代文学语言输入了养分，也为中国现代语言的演化探索着前进的道路，辨明了发展的方向。文学翻译之于中国现代语言的演化作用之重大，诚如有的学者所言："假如没有外语的影响，我们的白话文可能永远就是古代的白话——没有新名词，没有外来语法。而现代汉语就不会是今天的这个样子。"

3. 文艺思想方面

文学翻译在带来新的词汇与新的表达法、新的文学体式与新的艺术表现手法的同时，还催生了新的社会文化思想。佛典的大量译介与传播对建立与发展中国文学理论产生了多方面的重大影响。中国文人借鉴佛典的认识论、方法论、宇宙观，对文学的性质与功能、文学创作的规律等问题提出了许多新的见解与观点。鸦片战争之后，中国思想界掀起了激烈的斗争，其中资产阶级新文化与封建阶级旧文化之间的斗争尤为激烈。这一时期的文学翻译引进了资产阶级民主主义思想，拓展了中国知识阶层的视野，对摧毁旧中国的封建思想、封建礼教、封建文化，起到了积极的作用。进入新时期，我国的文学翻译事业可以说是盛况空前。对欧美文学、拉丁美洲文学的大量译介，不仅为广大中国读者展示了一片神奇新鲜的文学景观，更为新时期中国作家的创作提供了无比丰富、无比新鲜的艺术借鉴资源，对新时期中国文学的创作产生了非常大的影响。

第三节　西方翻译简史

无论是在中国还是在西方，翻译都是一项极其古老的活动。西方的翻译活动可以追溯到2000多年以前。一般认为，72名犹太学者于公元前3世纪在埃及亚历山大翻译的《圣经·旧约全书》，即《七十子希腊文本》是西方翻译史上的第一部译作。但是就欧洲本土而言，公元前250年里维乌斯·安德罗尼柯（Livius Andronicus）翻译的拉丁文荷马史诗《奥德赛》被认为是西方翻译史上的第一部译作。无论上述两本译作中的哪一本是西方历史上真正的第一本译作，都表明西方的翻译活动距离现今已有2000多年的历史了。西方翻译大致可分为古代、中世纪、文艺复兴、近代和现当代五个时期。

一、古代

西方翻译理论开始于公元前1世纪，以古罗马帝国政治家和演说家西塞罗发表的《论演说术》为标志。他认为在翻译中既要保持原作的内容，又要保持原作的形式，但是这种"保持"也"不是字当句对，而是保留语言的总的风格和力量"。西塞罗提出，翻译家必须照顾译文读者的语言习惯，用符合译文读者的语言来打动读者和听众；翻译要传达的是原文的意义和精神，并非原文的语言形式；翻译也是文学创作；由于各种语言的修辞手段彼此有相通之处，翻译中风格对等是完全可能的。西塞罗实际上提出了"灵活翻译"，或者说类似意译的主张，这也许是人类历史上最早、最明确的一种翻译主张。

二、中世纪

第二次高潮出现在罗马帝国后期至中世纪初叶。由于这一时期教会在文化方面处于垄断地位，所以《圣经》以及其他宗教作品的翻译成为主流。《圣经》由希伯来语和希腊语写成，必须译成拉丁语才能为罗马人所普遍接受。因此，在较早时期就有人将《圣经》译成拉丁语，到公元四世纪达到高潮，出现形形色色的译本，以哲罗姆（St.Jerome）于公元382~405年翻译的《通俗拉丁文本圣经》为定本，标志着《圣经》翻译取得了与世俗文学翻译分庭抗礼的重要地位。在罗马帝国末期和中世纪初期，教会在文化上取得垄断地位，《圣经》和其他宗教作品的诠释和翻译得到进一步加强。随着欧洲进入封建社会，"蛮族"建立各自的国家，宗教翻译便占有更大的市场，《圣经》被相继译成各"蛮族"的语言，有的译本甚至成为有关民族语言的第一批文字材料。这一时期主要代表人物有罗马神学家、政治家、哲学家和翻译家曼里乌·波伊提乌（Manlius Boethius）。他提出内容与风格互为敌对，要么讲究风格，要么保全内容，两者不可兼得。在前期，大多数理论都局限于经验之谈，翻译家们多根据自己的实践对翻译进行初步的分析与论述。他们所关心的是如何正确地翻译希腊文学典籍以及《圣经》，所采用的研究方法是语文学的，主要注重原文的文学特征，热衷于讨论译者是该直译还是意译的问题。但是纵观整个中世纪，西方翻译理论研究仍然未成系统。

第三次翻译高潮是公元11—12世纪（中世纪中期），西方翻译家云集西班牙的托莱多将大批希腊典籍从阿拉伯语译为拉丁语。托莱多翻译院成为欧洲的学术中心，翻译活动持续达100年之久，是人类历史上罕见的基督教文化与穆斯林文化的友善接触时期。托莱多的翻译活动始终得到了教会的资助，翻译的作品主要是希腊作品的阿拉伯译本，其次是阿拉伯语原作和希腊原作。托莱多翻译的意义在于：标志着基督教和穆斯林教之间罕有的一次友好接触，它带来了东方人的思想，传播了古希腊文化，活跃了西方的学术空气，推动了西方文化的发展。由于不是直接译自原作，所以很难做到准确、忠实。至于翻译理论问题，托莱多翻译院则无甚贡献可言，在那里从事翻译的人大都是"翻译匠"，只管实际，不谈理论。从所译成品来看，他们主要采用意译，而不是直译。但其规模和影响巨大，社会意义深远。

三、文艺复兴时期

文艺复兴（公元14—16世纪）是西方翻译发展史上的第四次高潮，成就了一大批杰出的翻译家，并产生了一系列优秀的翻译作品。出现在众多领域中的翻译活动促成了各民族语言和文学的形成、巩固与发展。这一时期翻译理论的主要代表人物有德国的马丁·路德（Martin Luther）、法国的雅克·阿米欧（Jacques Amyot）和艾蒂安·多雷（Etienne dolt）。

马丁·路德是德国宗教改革运动的领袖和翻译家。他翻译的《圣经》德译本在西方翻译史上是第一部对民族语言的发展造成巨大影响的翻译作品，其翻译理论方面的主要观点为：翻译必须采用民众的语言；翻译必须注重语法和意思的联系；翻译必须遵循七原则。

阿米欧被称为法国文艺复兴时期的"翻译之王"，他在翻译中遵循的准则是：译者必须吃透原文，在内容的意译上狠下功夫；译笔必须纯朴自然，不事藻饰。他认为："一个称职的译者的任务，不仅在于忠实地还原作者的意图，还在于在某种程度上模仿和反映他的风格和情调。"他强调内容和形式、意译和直译的统一。阿米欧的译文自成风格，对法语的纯洁化、标准化也做出了不可磨灭的贡献。同时，他的译文对法兰西古典散文的形式，对提高读者的文学修养都起到了很大的作用。多雷是西方近代翻译史上第一个比较系统地提出翻译理论的法国人，认为译者必须遵循理解原文内容、通晓两种语言、避免逐字对译、采用通俗形式、讲究译作风格的"翻译五原则"，即：第一，译者必须完全理解所译作品的内容；第二，译者必须通晓所译语言和译文语言；第三，译者必须避免逐词对译，因为逐词对译有损原意的传达和语言的美感；第四，译者必须采用通俗的语言形式；第五，译者必须通过选词和调整词序使译文产生色调适当的效果。就其原则而言，多雷的翻译理论是相当现代的。

四、近代

这一时期从17世纪下半叶至20世纪上半叶。就翻译理论而言，这是西方翻译理论发展的黄金时代，理论家们开始摆脱狭隘思想的束缚，提出较为全面、系统、具有一定普遍性的理论模式。其中有代表性的有法国的夏尔·巴特（Charles Batteux）、英国的泰特勒（Alexander Fraser Tytler）、德国的施莱尔·马赫（Friedrich Schleier—macher）。这一时期主要是古典作品和近代作品的翻译（包括东方文学作品）。

巴特是18世纪法国最富影响的文学理论家和翻译理论家。他认为，翻译是用一种语言表达另一种语言的事物、思想、用词和风格的一个过程；在这个过程中，译者不得对原文做任何增减，不得改变原作的意思。在思想上，译文要保持原文的色彩、程度和细微差别；在风格上，译文要保持原文的激情与风趣；在用词上，译文要自然、形象、富有说服力，要选用丰富的、优美的、雅致的词句。原作者是思想、用词的绝对主人，他可以自由地凭自己的天资和搜集到的素材写作。素材给他提供想象的基础，他可以随意接受或摒弃；倘若某一思想或词句不适合，他可以另找其他的思想和词句。但译者不是主人而只是原作者的"仆人"，必须处处跟随原作者，如实地反映原作者的思想和风格。否则，译者便不再是译者，而成为作者了。

泰特勒是英国学者、翻译理论家。他提出翻译必须遵循的三大原则：首先，译作应完全复写出原作的思想；其次，译作应具备原作所具有的通顺；最后，译作的风格和手法应和原作属于统一性质。泰特勒的翻译理论比较全面、系统。他的理论不仅是英国理论翻译史，而且是整个西方翻译理论史上的里程碑。

施莱尔·马赫是德国的基督教新教哲学家、神学家和古典语言学家。他阐述了翻译的原则和方法，他认为翻译可有两种不同途径：其一，坚持译作顺从原作，采用的方法是直译，甚至是死译；其二，坚持原作顺从译作，采用的方法就是意译、活译，甚至是无节制的任意发挥。这两种途径截然不同。无论采用哪一种，都必须坚持到底。如使两者混淆，势必产生不良后果。施莱尔·马赫的理论在 19 世纪曾产生过很大的影响。

五、现当代

从 20 世纪初至今，西方现当代的翻译活动和翻译理论研究都发生了巨大的变化，翻译范围之广、形式之多、规模之大、成果之丰，是历史上任何时期都不能比拟的。翻译范围从单纯的文学、宗教翻译扩展到科技、经济、法律、商业等，从事翻译的人员从文学家、神学家转变为受过专门训练的职业译员，成立了专门的高等翻译学院、国际译联等翻译机构，出现了机器翻译技术，形成了独立的翻译学科（翻译学）。西方至今处于这一大翻译时期的延续。

综上所述，人类文明的发展与翻译事业的发展始终有着密切的联系。无论是科技文献、文艺作品、宗教经典或文化典籍的翻译都传播了思想观点，增进了文化交流。翻译对于各民族的语言文化和民族意识的形成和发展也有巨大的作用，如果没有翻译，人类的各民族文化会因为无法进行横向交流而单调呆板，停滞不前。正是通过长期的大规模的翻译借鉴，世界各民族才能开阔视野，丰富知识，更新观念，发展文化，从而推动人类社会和文明的进步。

第四节　文学翻译的审美性

文学文本是由审美信息构筑的艺术世界，是气韵生动的生命形式。文学翻译就是要求译者用另一种语言把自己在原文中感受到的审美信息传达出来。

一、文学的审美属性

关于文学的审美属性,《文学理论教程》中给出的解释是:"我们都有这样的阅读经验,读到某部文学作品时,我们往往进到了作品中所描写的那个世界,被文学世界中饱含浓郁情感的意境所吸引,从而发生一种情绪上的反应,或快适、或愉悦、或兴奋、或激昂、或悲哀、或愤怒……总之,我们是被感动了。文学作品的这种从情绪情感上打动读者,感染读者,给读者带来美的享受的属性,就是文学的审美属性。"文学审美的最高境界是"移情"。作家通过观察社会,体验生活,进而将感悟后的人生浓缩、升华、融入作品,从而使读者有亲临其境,亲历其事,亲睹其人,亲道其法,亲尝其甘,亲领其苦,亲享其福,亲受其祸,亲得其乐,亲感其悲的体验。移情的效应是共鸣。读者为作品中的人物而喜、而怒、而哀、而乐,这便是文学审美属性的作用与效应。

二、译者的审美传达

在整个翻译审美活动中,译者处于一个居间位置,一方面,他是一个特殊的读者,首要任务就是解读作者及其创造的作品;另一方面,他又作为阐释者,通过语言转换,让作者的作品各个审美要素在另一种文化语境中获得新生,以译作形式去面对新的读者,进而开创新的阅读和阐释空间。译者的地位之所以特殊,是因为他不仅仅是一个普通的读者,还是一个原作者的代言人、原作的阐释者、译文本的最终生产者。他的阅读体验、审美感知、阐释能力等都会影响译文本的质量,换言之,他的阐释对于没有阅读原作体验和没有阅读原作能力的读者来讲,是了解原作、原作者世界观、审美观的唯一途径。

因此,文学翻译对译者有较高的要求。第一,要求译者具备一定的生活积累。因为在对原文的阅读接受过程中,读者总是自觉不自觉地根据自己的直接的或间接的生活经验,去想象和再造原文中的艺术形象。如果译者的生活阅历浅薄、表象积累少,他的再造能力就弱,原作中的艺术形象不能清晰地再现在脑海中,更谈不上进行艺术形象的再创造;第二,要求译者要有过硬的双语基本功。文学是用语言塑造形象,其形象不能像其他艺术形象那样直接作用于人们的感官,而只有当读者了解某种语言所代表的意义时,他才能感受和认识用这种语言塑造的艺术形象。精通原文语言,可以让译者准确地把握原作精神,对译文能运用自如,译者则可以把原文中所塑造的艺术世界用译文语言艺术地再现出来;第三,合格的译者应该具备较高的审美能力。人的审美能力主要包括审美感受力、审美想象力和审美理解力等,它是一种特殊情感体验下所表现出的创造性的审美认知能力或敏感性,它决定着主体的审美活动能否展开以及展开的程度。如果译者具备了较高的审美能力,便可以对文学艺术美有深入感悟,从文学作品中探寻到艺术的魅力,获得精神的愉悦与陶冶;第四,译者要有艺术创作能力。文学是语言的艺术,能否熟练地运用文学语言进行艺术创作，对于译作的成败具有关键性的作用，这决定了译作的艺术水平和审美价值，直接影响到译作在译入语国家的生命力；第五，译者要有一个良好的审美心境。在良好的审美心境下，接受主体感觉异常敏锐，情感异常丰富，想象异常活跃，能够全神贯注地随着阅读而进入到作品的艺术情境中去，达至物我两忘。因此，说良好的审美心境也是文学翻译中不容忽视的一个条件。

翻译活动的本质，就是一种阐释。特别是文学翻译，更是一种艺术性的阐释，离不开译者的心智活动。翻译过程中的"心智活动"包含着译者的"创造"，这种创造是主动的、积极的，同时，又是受到一定的制约的，是以再现原著的义、形、声、情、量、质等为根本的。而翻译（文学翻译为甚）作为一种创造性活动，在具体翻译操作过程中，文本的多义性往往会对译者造成一定的障碍，典型莫过于理解和传达，能否充分理解原著的精髓是决定译作是否成功的关键。与此同理，表达得体到位与否也影响着译品的质量。而理解与表达这个翻译过程的两阶段，译者必然需要调动自己的主观能动性，包括既有的翻译经验、审美感知能力、图式知识与对译语的驾驭能力等，积极协调这个过程中遇到的各种矛盾，寻找"弥合矛盾的最佳点、线、面"。同时，译者在进行文学作品翻译时，一方面，要尽可能准确地传达原文的各种信息；另一方面，还要考虑译文读者的接受。译文读者对于译语文本的成功接受，也包含感觉、知觉、想象、联想、情感等多种心理过程。对于作品语言形式美的感知，是进入想象、联想的前提，译者应该艺术地运用具有审美价值的文学语言，充分发挥其形象性、生动性、音乐性等特点，让读者首先产生直觉式的美感，进而激发其进行想象与联想。

三、译文读者的审美接受

离开了读者，也就没有了文学。作家创作出文学作品是为了供读者阅读欣赏，文学作品的价值不仅仅存在于作品本身，没有读者的阅读接受，作品的价值就不能完全实现。所以，只有经过读者的欣赏、接受之后，文学的审美创造活动才算最终完成。任何一部文学作品不经过读者的阅读接受，它的生命存在都是不完整的。文学作品的审美价值和艺术生命，必须在读者的阅读接受中，特别是在接受主体的再创造中才能得以实现。同样，翻译的文学作品也只有通过译文读者的欣赏和接受之后，才能实现自己在译语文化中的审美价值和艺术生命，因此，研究文学翻译，就必须要考虑译文读者的审美接受。读者选择阅读某一部文学作品，往往出于一定的接受动机。接受动机主要有以下五种：

第一，娱乐动机。在繁忙的工作和处理生活琐事之余，希望在文学中求得心灵的慰藉，通过文学接受获得精神上的愉悦和休息。这是一种最常见的接受动机。

第二，受教动机。有的人力求在作品中求得精神鼓舞、道德升华和效仿的榜样。这种动机一般来自主体内在的精神需求，在探寻生活航向、求索人生答案的努力中，希望借文学一臂之力。

第三，批评动机。这主要发生在职业文艺批评家和文学研究者身上，在阅读中除获得审美享受外，他们会更专注于作品的深层意蕴、艺术风格的分析，以期对文学作品进行全面公正的评价，而对于翻译文学的评价还应该包括对译作整体审美效果的分析等。

第四，求知动机。有的人试图通过文学作品描写的社会生活，更深刻地了解社会和人生。不同职业的人，会有不同的偏向：政治家想从文学作品中求得政治斗争的经验，历史学家则更希望从其中获取史料价值，哲学家寻求的是其中蕴涵的哲理，文化学家关注的是文化风情等。

第五，借鉴动机。这种动机多发生在初学写作者身上。他们阅读文学作品常常是为了学习他人的艺术技巧，提高写作质量，他们往往会对所喜欢的作品反复阅读，仔细揣摩，甚至摘录背诵。

文学译本读者的接受有自己的特殊之处，他所接受的文本是经过译者之手重塑的文本，是译者心中、笔下的"原著"，带有译者对原文艺术世界的感知、想象和补充，带有译者对原作的情感体验，甚至带有译者对原文的"误读"，并且这个翻译的文本不可避免地带有译者的文笔风格。文学用语言塑造形象，这种形象具有间接性，不能直接诉诸人的感官，读者必须在阅读接受的过程中，在心中重塑整个艺术世界。如果译文语言没有艺术性，那些抱着"娱乐动机"来阅读的读者，很有可能会放弃阅读，译作将会失去一个庞大的读者群，那些具有"批评"等其他阅读动机的极少数读者只能"硬着头皮"来读了，有时还会不公平地慨叹某某作家的语言晦涩难懂，却不知很大一部分原因出在译者身上。同时，由于原文文本本身就是一个富于诱导性的召唤结构，这个结构中留有许多不确定性因素和艺术空白，翻译时要通过译者的想象和联想去创造、去补充，又由于译者审美心理结构的不同，便会产生不同的译本。

一部质量上乘的译本可以同优秀的原创文本一样，使读者通过最初的感知、联想等阶段，逐渐达至感情的共鸣。共鸣是指读者被作品中的思想情感、人物命运深深感动从而形成的一种审美的高峰体验状态。优秀的文学作品之所以能引起接受者的情感共鸣，一方面，在于人类情感带有一定的共同性；另一方面，在于语言的艺术运用。接受者的情感体验虽然受时代、社会、阶级、民族乃至个性因素的影响，带有特殊性的一面，但也有共同性的一面，喜怒哀乐人皆有之。读到似曾相识的情感体验时，很容易让人触景生情。同时，如果没有语言的巧妙配合，读者很难进入作品中的情景，就更谈不上情感的共鸣了。因此，译者对于译文语言的艺术化运用，是促使译文读者与作品达至情感共鸣的关键因素。

第二章　文学翻译的准备

第一节　文学翻译者的素养

傅雷曾说："译事虽近舌人，要以艺术修养为根本；无敏感之心灵，无热烈之同情，无适当之鉴赏能力，无相当之社会经验，无充分之常识，势难彻底理解原作，即或理解，亦未必能深切领悟。"译者作为翻译活动的桥梁和主体，在翻译活动中有着举足轻重的地位，尤其是对于文学作品的翻译，译者具有更大的自由发挥的空间。因此，翻译者的素养直接决定着译文的优劣。要成为一名合格的文学翻译者，必须具备以下几方面的素养。

一、扎实的双语功底

翻译既是一种语言活动，又是一种语言艺术，它要求译者熟练地掌握两种语言，这是翻译的根本前提，否则也就无法进行翻译。译者翻译的水准，首先取决于他对原作的阅读理解能力和鉴赏能力。为实现对原作的准确理解，译者需拥有足够的词汇，具有系统的语法知识，具备敏锐的语感。语感是个体把握言语的主要方式，是人在感觉层面无意识地进行言语活动的能力。要想获得敏锐的语感，提高个体的言语活动能力就必须进行大量的原著阅读及双语比读，不断丰富自己的语言知识，提高理解能力和鉴赏能力，从而提高语言感悟能力。同时，要成为一名合格的译者，必须下功夫提高自身的语言表达能力。译者的译语表达能力是决定其译文质量的第二大要素。汉语是我们的母语，一个受过高等教育、且专门从事翻译的人员，是不愿意承认自己在母语表达方面有问题的。但许多翻译实践中出现的错误却时刻在提醒着我们，有相当多的翻译错误并非出自对原文的理解上，而是出在表达上。因此，一个优秀的文学翻译者在大量阅读英语原著的同时还必须大量阅读汉语经典著作，通过揣摩其遣词造句和语言风格来培养自己熟练驾驭和自如运用汉语的能力。译者必须要对原语和译语同等驾轻就熟。如果原语功底不够，就会出现理解上的偏差；如果译语功力欠佳，译文就不可能准确。

二、一定的文学素养

　　翻译不是借助于词典和工具书而搬字过纸的工作，而是两种文化之间的交流。作为文学翻译的译者，除了要具备扎实的双语功底外，还应当具备良好的文学修养，即要有丰富的文学知识、较高的文学造诣、了解相关文学理论。文学翻译的对象是文学作品，这就需要译者首先具有丰富的文学知识，包括文学的基本特征、文学的基本样式、甚至是文学的创作过程及表现方式，特别是文学语言等。其次，还要能够把握相关文学作品的文学鉴赏，掌握各类文学文体，熟悉不同的行文风格，对作家有深入了解。这样，他才懂得如何组织语言，把用英文表达的人、物、事以及文化等用地道、流畅的汉语加以复原，译者的任务就是让读者以读原著的心理进入到阅读状态，并在阅读过程中确确实实领略到小说的艺术及语言之美。人们有类似"译诗者必诗人也"的说法，虽略显极端，却也道出了专业素养对于一个译者的重要性。例如，我国著名学者、翻译家林语堂，由于他学识渊博，对东西方文化的了解都十分透彻，且一生致力于用中文和英文进行写作和翻译，因此，著译颇丰，且著作文风严谨，译作自然。虽然并不要求所有译者都如林语堂一样，翻译与创作兼顾，但一定的文学素养却是作为一个优秀的文学翻译者所必备的。通俗的说，对作家的要求是"写什么像什么"，对译者的要求则是"译什么像什么"，翻译文学作品首先是要能够欣赏文学作品。

三、广博的文化知识

　　翻译家应该是一个杂学家。除了深厚的语言功底外，还应具备广博的文化知识。这里地方文化知识包括三个大方面的内容：一是相关国家的文化背景知识，涉及历史、地理、风土人情、自然风貌、文学艺术、文化传统、宗教信仰等各个方面；二是汉英两种语言所反映的中西文化差异的知识；三是翻译理论以及与翻译研究相关学科的知识，包括语言学及其各个分支、哲学、文学、心理学、美学等各领域的知识。对于文学翻译者来说，虽然交流的手段是语言，但交流的内容却可以是上至天文，下至地理，甚至是古今中外的一切东西。译者对与作品息息相关的信息，如作家的生平、思想和创作特点以及"作品产生的文化背景及作者创作的时代、地点、动机、心态、经历"等都应有一定的了解。知识面越广，翻译越是得心应手。虽然对于这些知识不可能样样精通，但至少应该有所了解，哪怕是浅尝辄止，有时也会在具体的翻译工作中起到意想不到的作用。

四、丰富的想象力

　　想象是通过自觉的表象运动，借助原有的表象和经验以创造新形象的心理活动与过程，是一种高级复杂的认知活动。新颖性、独立性与创造性是想象的基本特点，以此为据，可将想象分为再造想象和创造想象。文学创作离不开丰富的想象，没有想象就没有艺术世界。文学翻译作为一种再创造活动，也离不开丰富的想象，没有想象也就没有原文艺术世界的再现。在文本解读阶段，译者丰富的想象力有助于将文本理解得更深刻、更全面，从而充分发掘与领悟待译文本的审美艺术价值，为翻译的具体操作找到解决问题的途径与方法。在翻译表达阶段，译者丰富的想象可使译文简练新颖、生动形象，取得事半功倍的效果。例如，译者在翻译美国著名短篇小说《瑞普·凡·温克尔》时，将"carry a fowling piece on his shoulder"译为"掮着一支猎枪"，将"trudging through woods and swamps, and up hill and down dale,"翻译为"穿林越泽，上山入谷"，就表现出了良好的想象力。一个"掮"字把瑞普当时的形象清晰化了，而"穿林越泽，上山入谷"除表达了距离远的含义之外，也充满了调侃与幽默。译者在翻译该部分时，脑海里一定是想象出了不务正业的瑞普吊儿郎当的形象，才能够如此生动的将这一场景呈现给读者。而没有想象力的人译这一段原文时，可能就是一带而过，直白的表达出瑞普拿着枪走了很远的路去打猎而已。

五、丰富的情感

"感人深者，莫先乎情。"文学是含情的文字，是通过情来感染人、鼓舞人、教育人、陶冶人的。作为文学译者，必须具有丰富的情感，能充分感受、体悟作品中不同情感的表现形式而后予以恰当传译。文学翻译家茅盾认为："第一，要翻译一部作品，先须明了作者的思想；还不够，更须真能领会到原作艺术上的美妙；还不够，更须自己走入原作中，和书中人物一同哭，一同笑。"翻译家张谷若认为："译者更须知作者之思想感情。罗马诗人贺拉斯说过，欲令读者笑，先须作者自己笑。欲令读者哭，先须作者自己哭。一个译者也应相同。"文学翻译中如果只是关注文字语义，语法的逻辑转换和文本语义信息的传递，而忽略依情行文和文随情转的烛照，译文的艺术感染力就会大打折扣，甚至全然丧失。借用歌德的话说，"没有情感也就不存在真正的艺术"。

六、艺术感悟能力

译者要具备良好的感悟能力，即丰富的生活经验和高度的艺术修养所培养出的创造性思维和灵感，丰富的生活经历加之高度的艺术修养才会促使佳作问世。文学译者若没有相当的生活经验和艺术修养，就难以对作者感同身受，没有情感共鸣，自然也无法完美地在译文中再现原文的神韵。正如郭沫若在《论文学翻译工作》中所说，翻译是一种创造性工作，有时候翻译比创作还要困难，创作要有生活体验，翻译却要体验别人所体验的生活。傅雷在《翻译经验点滴》中说道："文学家是解剖社会的医生，挖掘灵魂的探险家，悲天悯人的宗教家，热情如沸的革命家；所以要做他的代言人，也得像宗教家一般的虔诚，像科学家一般的精密，像革命志士一般的刻苦顽强。"这段话与郭沫若所言异曲同工。傅雷全部译作有34部，其中巴尔扎克的作品占15部之多。他对选择译什么是有原则的。他在《翻译经验点滴》中还说过："从文学的类别来说，译书时要认清自己的所短所长，不善于说理的人不必勉强译理论书，不会作诗的人千万不要译诗……从文学的派别来说，我们得弄清自己最适宜于哪一派：浪漫派还是古典派？写实派还是现代派？每一派中又是哪几个作家？同一作家又是哪几部作品？……"傅雷与巴尔扎克性情相近、对文学看法一致、工作习惯相似、日常生活言行接近，而且其留法经历使他对巴黎十分熟悉，所以他翻译巴尔扎克的作品时能做到得心应手、神似至极。

七、认真负责的工作态度

翻译是一项复杂的工作，同时，也是一项自主性较强的工作，因此，作为翻译的主体，译者的工作态度在很大程度上决定了译作的质量。译者认真负责的工作态度主要体现在两方面：一是应该将严谨、端正的工作态度贯穿于翻译工作的始终，包括译前准备、译中操作和译后校核。译前的充分准备，是保证译文质量的第一步，包括仔细通读全文，了解原文的相关知识，查阅作者的背景资料；译中操作是指全面透彻理解原文语言和文化的意义，理解原文的逻辑关系，再用准确、得体的语言表达出来，这是第二步，也是最主要的一步；译后校核是第三步。译者应该对思想内容、语言表达、文体风格乃至标点符号等，从局部细节到整体效果进行仔细审校。二是，要树立敬业、乐业的主人公意识。两种文化的沟通是否成功、是否能达到预期效果，译者是关键。这也就意味着译者仅仅对原文和原作者负责是不够的，他应该认识到自己工作的意义，要对跨文化交流的效果负责。换句话说，译者不能够只把自己当成被动消极的"传声筒"，要有主人公意识，把自己当成主人。例如，诗集《新莎士比亚全集》的翻译，如果没有译者认真负责的工作态度，数十年如一日的敬业、乐业，是不可能翻译出这样好的巨著的。

除了具有上述素质外，一个文学翻译者还需要具有坚定的政治立场并掌握一定的翻译策略。这是因为文学本身具有鲜明的历史性和民族性，很多文学作品本身是对特定民族特定历史时期的客观反映，其中既有热情颂扬，又有尖锐批判。因此，作为译者在进行翻译时，应该兼顾到政治立场问题，在尊重原作的基础上进行恰当的处理。此外，对于文学作品而言，直译和意译根本无法生动的表达出作者的情感和思想，因此，必然要借助于一些翻译策略和技巧，在传递语义的同时能够让读者感受到作者或主人公的喜怒哀乐。因此，一个译者可以不去过问翻译理论，但决不能没有自己的翻译策略。长期从事翻译实践的译者应通过不断总结自己的翻译经验而获得可以具体应用于其后翻译实践中的方法，形成独特的套路，做到事半功倍、驾轻就熟。

第二节 文学翻译的工具

孔子曰："工欲善其事，必先利其器"，任何工作都离不开工具，文学翻译亦是如此。现代文学翻译者在翻译中经常使用的工具有：字词典、工具书、翻译辅助软件、网络资源和各种参考资料等。熟练并恰当地使用翻译工具可以使翻译更加高效，译文更加准确。很难想象，在电子网络时代和信息时代，仅依靠纸笔和词典，缺乏运用各种现代翻译工具能力的人能够胜任高强度、高难度的文学翻译工作。

一、字词典与工具书

对于任何译员来说，查阅工具书都是十分必要的工作。无论是从事笔译还是口译，无论从事哪个领域的翻译，也无论是译林高手还是初涉翻译的菜鸟，都在不同程度上需要查阅与翻译内容相关的信息，包括语言的、文化的以及知识性的信息。工具书的使用，往往贯穿于翻译的全过程。以笔译为例，译前的准备、翻译过程中的查证以及定稿中的修改等都离不开查阅相关的工具书及资料。当然，随着网络的日益发达，工具书并不仅仅限于纸质，电子词典的应用也日益广泛。但是，不管是纸质的还是电子的，要想灵活、熟练地使用词典和工具书，就必须要详细了解现有字词典和工具书的种类及特点。

（一）文学翻译中常用的词典

1.《现代汉语词典》（第6版）

新版词典共收单字1万3千多个，收录条目增加至6万9千多条，增收新词语近3000条，还在旧词中增加了很多新义项。该词典在辞书理论、编纂水平、编校质量上都达到了一个新高度，是辞书编纂出版的典范之作，成为包括编辑在内的几乎社会各界人士必备的语文工具书。

2.《古汉语大词典》

以古汉语语词为主，兼收现代词汇，历经修订、增补，所收词目包括单字、一般语词（复词、词组、成语）和古籍中常见的专科词语，约62000条。凡涉及古诗词的文献，或所译材料中有古文，可以通过该词典准确把握其意义。

3.《中国成语大辞典》

共收释古今汉语成语18000余条，大都直接取材于历代文献，为读者提供了成语的结构形式、语义内容、渊源、用例等众多的信息，是一部规模较大的综合参考性的成语工具书。

4.《辞海》

这是中国最大的综合性辞典，是以字带词，兼有字典、诏文词典和百科词典功能的大型综合性辞典。现行的是第 6 版，该版本《辞海》收单字字头 17914 个，附繁体字、异体字 4400 余个；词条 127200 余条；字数 2300 余万字；图片 16000 余幅。与第 5 版相比，本版删去词目 7000 条，新增词目 12300 余条，词目改动幅度超过三分之一。

5.《英汉大词典》（第 2 版）

《英汉大词典》是我国第一部由英语专业人员自行规划设计、自订编辑方针编纂而成的大型综合性英汉词典。作为一部现有学术性和实用性的参考型辞书，《英汉大词典》侧重于客观记录描述英语各品种以及各种文体、语体的实际使用状况，注意收集第一手语言资料，反映出我国英语学术研究的成果和双语词典编纂的水平。第 2 版仍奉行方便中国人使用、力求查得率高的原则，着重于更新专名和术语的信息，增补英语新词、新义、新用法。收录词条 22 万，覆盖面广，查得率高，释义力求精准。增补新词、新义约 2 万条，及时描记最新语言动态。例证近 24 万条，典型示范，举一反三，译文通达。承载大量语法、语用信息，兼顾学习型词典特征和百科信息。附录全面更新，图文并茂，兼具实用性和知识性。

6.《汉英大辞典》（第 3 版）

《汉英大词典》是一部融文、理、工、农、医、经、法、商等学科于一体，兼有普通汉英词典和科技汉英词典双重功能的大型综合性汉英词典。《汉英大词典》列主词条 24 万条，其中单字条目 1 万条，多字条目 23 万条，在前版基础上新增新词新义 15000 条，总字数增加到 1600 万，堪称国内规模最大、权威性最强的大型汉英辞书。是反映最新汉英科研成果的、语文性和科技性融为一体的综合性工具书。

7.《牛津英语大辞典》

目前被认为最全面和最权威的英语词典，被称之为英语世界的金科玉律。几乎囊括了 1150 年以来见于文献的所有语词，如乔叟、莎士比亚等著名作家只用过一次的罕见词也收入。追溯词源，查考历史词汇，对于文学翻译用处很大。

8.《兰登英语词典》

收词 26 万条，最大的特点是知识性强，附录长达 500 多页，其中包括美国总统、副总统简历，美国宪法，独立宣言，重要人名、地名，各国著名的文学艺术作品，各国地图和国旗以及其他有关地理、自然科学、技术、医学等方面的知识。该词典的附录在文学翻译中有较大用处。

9.《钱伯斯 20 世纪词典》

全书收词 18 万余条。最突出的特点是注重收集 16 世纪以来的文学语词，对阅读和翻译英美文学作品有较大实用价值。释义反映英国风土人情、文学、历史等语词。

10.《兰登书屋韦氏英汉大学词典》

共收词条 18 万条，语文百科兼收，广泛收录美国英语，反映美国语言与文化；栏目众多，包括同义词、反义词栏目。翻译中如果涉及文学文本中的辨义可以查阅该词典。

11.《新时代汉英大词典》

收词广泛，释义精确。全书共收条目 11—12 万条。除一般语词外，着重收集 20 世纪 80 年代以来大量出现的新词，所举例证不仅说明词条的各种用法和前后搭配，还阐明在不同语法中该条目意义上的差异与变化。在文学翻译的表达阶段，该词典值得参考。

12.《中国翻译词典》

本词典内容包括：翻译理论、翻译技巧、翻译术语、翻译人物、翻译史话、译事知识、翻译与文化交流、翻译论著、翻译社团、学校及出版物等。如果需要从翻译理论上来看文学翻译，扩展视野，该词典值得参考。

13.《英语姓名译名手册》

商务印书馆 1989 年出版第二次修订本。收姓氏、教名约四万个。适用于一切英语国家、英语民族的姓名。凡是文学翻译中的人名、地名，应当遵从该手册中的译法。非英语国家的人名、地名可以遵从新华通讯社的其他手册。

14.《牛津英语同义词词典》

该词典收词易懂，使用方便，不仅能查到所需要的同义词，还能查到反义词及与首词相关的同类词，有助于提高用词汇准确表达思想的能力，特别适用于翻译的表达阶段。

15.《汉英双解英语同义词词典》

把汉语译义相同的英语词划定为同义词组进行辨析。英汉双语对照、双语辨析、双语例句，提供英语写作及翻译方面的示范同义辨析精细入微，涉及同义词的语义、语势、语调、着意点、搭配等多方面的微妙差别。不同词性分别收录大量具有典型意义的例句。在翻译过程中，如果要准确进行理解和表达，可参阅该词典。

（二）文学翻译中常用词典的利弊分析

上述文学翻译中常用的词典大致分为三类：单语词典、双语词典和各种专门词典。单语词典的优点是词汇量大，释义全面，例句丰富，不易产生理解偏差；缺点是释义中会再次出现生词，有时意义在另一种语言中难以选择精确的对应表达。文学翻译者利用单语词典可以更确切地了解词语在源语或译入语中的含义和用法。在英译汉中，使用汉语词典能够帮助译者译出更准确、更地道的汉语译文。双语词典的优点是释义简明，易于理解；使用方便，有时可直接取词；缺点是释义过于简单，产生例句用法不够详细，同义、近义词不易区分，可能造成理解偏差或表达错误等。各种专门词典包括涉及特定专业领域的专业词典，人名地名词典，典故词典，俚俗语词典，成语词典等等。这些词典的作用是提供专门信息，补充普通词典的不足。在具体使用过程中，译者要根据词典的特点进行词典的选择。一般在文学翻译的原作理解阶段比较常用单语词典，以更确切地了解词语在源语中的含义及用法。而在译本创造阶段则较多使用双语词典，以获得译入语中更贴切的用语。但是，这种区分不是绝对的，二者应该相互补充，缺一不可，往往为了一个字、一个词或一个短语，译者必须交替查阅多本字词典。

（三）文学翻译者常用的工具书

文学翻译者常用的工具书包括：各类大型百科全书，专门类百科全书，历史、典故、文化风俗类图书等。不少大型百科全书都已有光盘电子版问世。例如，著名的《大英百科全书》（Encyclopaedia Britannica），《中国大百科全书》等。电子版百科全书不仅节约了大量成本，而且查询极为方便。有经验的文学翻译者在实际工作中往往会发现，其实很多时候需要查询的并不是特定的词语，而是需要了解某个人名、某个地名、某个机构或某个特定领域的背景和专门知识。这些知识的来源主要是上述各种工具书。

（四）电子词典和网络在线词典

随着科学技术的发展，电子词典和网络在线词典成为翻译工作必不可少的工具。电子词典又可细分为小型便携式电子词典和电脑用电子词典。小型便携式电子词典的特点是：便于携带，查阅快速，可发声，有同义词辨析、惯用法解释，有简单的翻译功能等。但是，多数便携式电子词典的释义不够准确详尽，例句不够多，文化背景注解有限。用于电脑的电子词典词汇量大、解释权威、例句丰富、功能多样。例如：在国内广泛使用的"金山词霸""有道词典"等，国外不少著名词典的电子版，如《牛津英语词典》（Oxford English Dictionary）、《柯林斯高级英语学习词典》（Collins Cobuild for Advanced Learners）、《朗文当代英语词典》（Longman Dictionary of Contemporary English）等等。这些电脑词典的光盘版可直接安装在电脑上使用，检索起来异常方便。有些词典甚至集成了多本词典，查询极为方便，如 Babylon 电子词典。对于采用电脑进行翻译的译者来说，电脑词典已成为一件必备工具。网络在线词典，是可以利用网络在线查询的词典。这种词典查询更为方便快捷、词汇量大，且更新极其迅速，弥补了传统纸质词典更新出版缓慢的缺陷。例如，《牛津英语在线大词典》（OED Online））是英语发展史上最权威的参考工具书之一，收录包括了1989年推出的第二版《牛津英语词典》共20册以及3册补充资料（1993年出版的第一、二册和1997年出版的第三册）。目前，正在进行修订的第三版共计超过60万英文单词，除了提供字词的解释、词性、发音、用法外，还记载了历史来源及其演变，同时，提供词源解析与丰富的指引，可选择查询全文、定义、语源和引文，可查询已知字义而不知如何拼写的字词，可通过设定年份、作者或作品来查询引用语，可查询由各种不同语种转化而来的英语单词，堪称英语的史学词典。

（五）使用字词典和工具书的注意事项

毫无疑问，字词典和工具书是译者必备的基本工具，它们在翻译工作中发挥着巨大的作用。但是，翻译工作并不是一个借助于词典和工具书而搬字过纸的工作，因此，在使用这类工具时必须注意以下几个问题。

1. 对待字词典和工具书采取正确的态度

无论经验多丰富的文学翻译者，在具体从事译本翻译的时候，都会碰见新词、难词或意义模糊的词语，因此，在翻译实践中，必须乐于、勤于查阅字词典和工具书。但是，我们也必须看到字词典的局限性。词语的确切意义更多地依赖于具体的语境，译者不能照搬字词典的解释。

2. 掌握正确的字词典和工具书使用方法

准确、快捷地查找所需的词语要求译者具有丰富的实践经验和技巧。译者需要充分地了解各种词典的特点和局限，迅速地选择和使用某部字词典，对于译者而言，应该选择大型或中型词典，英英、英汉、汉英、汉语词典都要勤于翻阅。总之，要做到了解词典、勤用词典、善用词典。

3. 文学翻译不能依赖词典

字词典中的释义仅仅是字义、词义，而字、词的准确意思必须结合上下文才能准确理解。而且，在理解原文时若某词释义较多则应该选择其中最能顺应上下文的一项。此外，翻译措辞时不可拘泥于词典里的固定释义，译者应学会在尊重原文的同时灵活变通。因此，翻译者应该将词典和工具书作为重要参考工具，但不能依赖词典。

二、网络资源检索

对于现在的译员而言，互联网是不可或缺的工具。在遇到自己不熟悉的技术领域时，可以到网上查阅相关背景材料；在遇到不懂的术语时，可以到网上查找相应的译文；在验证词语搭配（collocation）时，也要借助于互联网。因此，作为一名优秀的译者必须具备搜索信息的能力。

（一）网络资源搜索途径

网络资源以其信息量大、更新快、检索方便等优点为翻译工作带来了巨大的便利，为译者快捷有效地解决不少难题。目前，比较常用的网络资源搜索途径主要有搜索引擎、在线翻译网站、译者讨论组、综合检索资源等。

1. 搜索引擎

搜索引擎指提供信息检索服务的大型搜索网站，这类网站为文学译者提供了大量有用信息。译者可从中了解到围绕关键词的相关信息、背景知识、语言实例、双语或多语的对应翻译等。国内使用最广的搜索网站包括：Google，百度，Yahoo 等。Google 是目前最强大和使用最普遍的门户网站，该网络资源是目前世界上最大、最丰富的信息资源库，提供了来自世界各地的难以计数的信息。

2. 在线翻译

目前，比较有参考价值的在线翻译网站主要有两个：一是 SYSTRAN（http：//www.systransoft.com），它是世界上最著名的机器翻译软件之一，可以将 15 种欧洲语言和东亚语言翻译成英语和法语；二是 Google Translate（http：//translate.google.com），可以提供 20 多种语言之间的字词、句子和网页翻译。由于信息资源丰富，加上所提供的是基于科学统计的翻译系统，翻译质量相对比较高。

3. 译者讨论组

网络资源中对文学翻译起到辅助作用的还有译者组织的讨论组。比如，国内的翻译讨论组有"天声人语翻译"讨论组，Elanso 网站内的"翻译交流园"和"译来译去"栏目，专业在线翻译网的"专业论坛"等。登录这些讨论组并注册成为其会员就可以参与讨论，对翻译很有助益。

4. 综合检索资源

综合检索资源是指电子图书馆和电子数据库。这类网络资源具有覆盖面广、信息质量高、可分类检索等优点，可以使译者在较短时间内获得可信度较高的相关信息。比较常用的数据库有万方数据、中国知网、读秀资源、超星数字、Proquest、EBSCOhost、Web Science、GalePQDD 等，对于文学翻译实践而言，更多是提供参考。

（二）网络资源搜索内容

作为一名翻译，具备广博的文化知识，成为一名"杂学家"是一项重要的职业素养，但是人的精力毕竟是有限的，面对浩瀚的知识海洋和日新月异的学术研究，单靠人脑的知识储备已无法满足翻译工作的需要。而网络资源就像是一个大的百科全书一样，译者可以从中找到自己需要的各种内容，包括翻译前需要了解的背景材料、相关术语；翻译过程中专有名词的翻译，如人名、地名、组织机构名称、著作名称、专业术语等；翻译过程中搜索图像，查看实物；翻译中判断词语的搭配是否合适。下面以搜索引擎为例，分别对其进行介绍。

1. 搜索背景材料

在开始翻译之前，译者首先需要浏览原文，如果发现是自己熟悉的内容，便可以立即开始翻译；如果是自己不熟悉的内容，就需要搜索这方面的背景材料。对于文学翻译而言，尤其是英国文学，由于其经历了一个长期的发展过程，流派众多，风格迥异，所涉及的创作背景也错综复杂，翻译英国文学作品不仅要了解同一时代的文学创作风格、特点，还要了解当时的历史、政治、宗教、风俗等内容。因此，译者可以在百度输入中文关键词搜索一般的介绍文章，或者在中国知网（search.cnki.net，需要订购方可阅读全文）搜索相关方面的专业期刊文章。翻译自己不太熟悉的技术材料，功课一定要做足。

2. 搜索术语表

术语表往往是译者求之而不得的东西。在开始翻译之前，如果能找到原文所属领域的术语表，则可大大减轻后面的搜索工作量。英美文学中有许多术语，如 Abstract Painting、Accentual Verse、Afro—American Literature、Age of Sensibility、Anglo—Norman literature 等。翻译这类术语时，一定先要上网查询，不可自行翻译，这样一是可以提高翻译的准确性，另一方面也可以与其他译者相统一。术语具有专业性、科学性、单义性、系统性、民族性的特征，所以，在翻译的时候除保证准确性外还应该格外注意统一性，同一个术语，译者都采用同一种翻译可以避免读者理解上的混乱。这一点在人名上也应该格外注意。例如，欧洲文艺复兴时期著名雕塑家 Michelangelo di Lodovico Buonarroti Simoni，有人译为米开朗琪罗·博那罗蒂，也有人译为米开朗琪罗·波纳罗蒂，虽然只有一字不差，不了解的人也可能以为是两个人。这一点现在已经引起翻译者的重视，但还应该继续改进。

3. 搜索专有术语的译文

懂得如何搜索专有名词的译文对于翻译文学材料非常重要，在一些极端的情况下，原文中的每个词语都需要进行搜索。为了得到更准确的信息，搜索专有名词的译法时可同时使用金山词霸、Google 与百度，相互印证。比如在翻译文学作品时，往往会涉及大量的人名和地名，有时候单靠术语表还不能满足翻译需求，因此，需要相关的译文资料。目前，人名和地名的英译中翻译主要参考新华通讯社译名室主编的《世界人名翻译大辞典》（2007）和中国地名委员会编的《外国地名译名手册》（1993）。当然，也可以在网上搜索人名与地名的译法，但其权威性似乎不够。例如，Langkawi 在网上主要有两种译法：兰卡威和凌家卫。在百度中搜索 Langkawi 兰卡威，查得约 13600 项结果；搜索 Langkawi 凌家卫，查得约 3490 项结果。不过，《外国地名译名手册》上的译名为"凌家卫"。

4. 搜索图像

Google 图像搜索对译者而言主要用于实物辨认。例如，如果不理解 Westminster Abbey 是何物，可以打开 http://Himages.google.com/，然后搜 Westminster Abbey，即发现它指的是威斯敏斯特教堂。另外，对原文中有多种含义的专有名词，如果有图像与影像可查，应尽量去查一下，否则可能会闹笑话。例如，pink slip 这一词组，字典上的解释一般为"解雇通知书"，但 slip 一词还可以指衬裙。在 Google 图像搜索中查 pink slip，既会看到"粉色的解雇通知书"的意思，又会看到"粉色的衬裙"的意思，这就需要进一步的确认了。

（三）网络资源搜索技巧

网络虽然极大地扩展了我们的搜索范围、使我们有可能找到极其丰富的可用资料，但有时也增加了查找最确切资料的难度。为了准确快速获取所需的资料，我们还需要掌握资源检索的一般方法。网络搜索引擎是目前包含词汇量最大、类型最广泛、文本容量最大的动态更新的词典和语料库，是译者普遍使用的查询工具。其中最具代表性的当属 Google，因此，我们以 Google 为例介绍其使用方法和技巧。

1. 一般性搜索

Google 双语网页以各种形式存在，诸如分类词汇、翻译研讨、双语应用文、双语企业站点、双语新闻等，这其中的中英文对照格式，给译者迅速查找对应译文带来了极大的便利。例如，输入 Ballad，可以得到民谣、歌谣、短歌等多种译法，译者可以从中选择最符合语境的选项；再如，输入 Avant—garde，可以得到前卫、前哨部队的解释，如果这是在介绍具有革新实践精神的艺术家或文学家，则译者可以轻松地将其译为先锋派。

2. 关键词搜索

在使用 Google 进行英文检索时，关键词区分单复数，如检索"thesis"与"theses"，"dissertation"与"dissertations"会出现不同的检索结果。但 Google 不区分大小写，"thesis""Thesis"与"THESIS"检索结果是没有差异的。但是，关键词的词序很重要。如果同时检索多个关键词，Google 认为第一个最重要而末一个最不重要。Google 的检索结果也是从人气高到人气低排列的。

3. 标点符号问题

除双引号外，标点符号一般会被 Google 忽略掉。如果在 Google 搜索框内输入多个关键词，且不加双引号，就会发现这些关键词出现在检索结果网页的不同位置或者连续位置。需要注意的是，如果双引号内的关键词出现拼写错误，检索往往会失败。检索时，双引号可以用 . 号代替。如"corpus linguistics"的检索结果与 corpus.linguistics 是一样的。注意""号两边没有空格。

4. 高级搜索功能

为方便检索，降低使用者记忆检索规则的困难，Google 专门提供了高级搜索（Advanced Search）功能。点击 Google 首页的"高级搜索"，进入高级搜索页面。"搜索结果"项下的四类从上到下分别对应 AND、双引号（""）、OR、减号（—）。搜索网页语言可以选择"任何语言"，也可以从 40 多种语言中选择其一，对搜索结果加以限制。例如，采用默认的"任何语言"检索"meta cognition"，检索页面既有中文内容、也有英文内容；选择"简体中文"检索该词，检索结果将只显现中文网页。"区域"指的是网站所在的国家和地区。在只需要检索英式英语或美式英语，内地简体中文或港、台繁体中文时，这一选项会非常有用。

此外，Google 还可以区分多种文件格式，如 PDF、PFrr、DOC、RFT、TXT、XLS 等。我们可以选择"仅"检索某种格式，也可以选择"除去"某种格式。

第三章 英美文学发展简史及翻译策略

第一节 英国文学简史

英国文学源远流长,经历了一个长期、复杂的发展演变过程。在这个过程中,文学本体以外的各种现实的、历史的、政治的、文化的力量对文学产生着影响,文学内部遵循自身规律,经历了盎格鲁—撒克逊、文艺复兴、新古典主义、浪漫主义、现实主义、现代主义等不同的历史发展阶段。

一、古代英国文学（5世纪初—11世纪）

如同世界上许多民族的文学一样,英国最初的文学不是以书面形式存在,而是以口头形式传诵的。在古英语文学中,英格兰岛的早期居民凯尔特人及5世纪入侵的盎格鲁、撒克逊和朱特人,起初都没有留下书面文学,主要为凯尔特人创造的口头文学。这些故事与传说经口头流传,并在讲述中不断得到加工、扩展,最后才有写本。公元5世纪时,原住北欧的盎格鲁、撒克逊和朱特三个日耳曼部落侵入英国,创作了游吟诗歌。盎格鲁—撒克逊人的史诗《贝奥武甫》（Beowulf）是古英语文学中最具影响力的作品,也是中世纪时整个欧洲最早用当时一种民族语言写成的长篇诗作。《贝奥武甫》讲述主人公斩妖除魔、与火龙搏斗的故事,具有神话传奇色彩。这部史诗取材于日耳曼民间传说,随盎格鲁—撒克逊人传入英格兰。现存最早的抄本于8世纪初叶出自不知名的英格兰诗人之手。当时的英格兰正处于从中世纪的异教社会向以基督教为主导的新型社会过渡的历史时期,因此,《贝奥武甫》还在一定程度上反映公元7、8世纪英格兰社会生活的风貌,呈现出新旧生活方式的混合,兼有氏族社会时期的英雄主义与封建社会时期的理想,既体现出异教的日耳曼文化传统,又带有基督教文化的印记。《贝奥武甫》被认为是英国的民族史诗,是英国最早的文学作品,它与法国的《罗兰之歌》及德国的《尼伯龙根之歌》并称为欧洲文学的三大英雄史诗。

公元5世纪末期西罗马帝国陷落之后,欧洲结束了古典时代,进入中古时代和漫长的中世纪。6世纪末到7世纪末,由于肯特国王阿瑟尔伯特皈依基督教,该教教徒开始以拉丁文著书写诗,其中以盎格鲁—撒克逊神学家和历史学家比德(Bede,672—735)所著《英国人民宗教史》最有历史和文学价值。阿尔弗雷德大帝后来将该书从拉丁文翻译成古英语,成为历史上用古英语进行翻译和创作散文的第一人,被誉为"英国散文之父"。除此之外,他还翻译了古罗马哲学家波伊提乌以柏拉图思想为理论依据的名著《哲学的慰藉》。阿尔弗雷德对英国文学最重要的贡献,是在他的指导下开始编写并且在他死后由他人继续编写的《盎格鲁—撒克逊编年史》。该编年史记载了从9世纪中叶到1154年的英国历史,包括有关盎格鲁—撒克逊和朱特人的英雄史诗《贝奥武甫》和《朱迪斯》,以及一些抒情诗、方言诗、谜语和宗教诗、宗教记叙文、布道词。从中可以清楚地看出古英语向中古英语的演变,是英国文学史上第一部重要的散文著作,其简洁明快的散文风格对后世作家产生很大影响。

二、中世纪英国文学(1066年—15世纪末)

(一)概论

公元1066年,居住在法国北部的诺曼人在威廉公爵带领下横渡英吉利海峡,打败哈罗德国王,成为英格兰的统治阶层。诺曼人占领英格兰后,封建等级制度得到强化,法国文化占据主导地位,法语成为宫廷和上层封建贵族社会的语言。这一时期文学开始流行模仿法国的韵文体骑士传奇。传奇文学专门描写高贵的骑士所经历的冒险生活和浪漫爱情,是英国封建社会发展到成熟阶段一种社会理想的体现。在整个中世纪,亚瑟王及其绿衣骑士们的传奇故事不断出现在史书或文学作品里,第一个把亚瑟王传奇故事收集起来并使之初具某种系统的是杰弗里(Geoffre of Monmouth,1100—1154)。约1154年,诗人韦斯在杰弗里的影响下,以法文形式写了《不列颠人的故事》(le Roman de Brute)一书,该书在半个世纪以后又成为诗人莱亚曼(Layaman)的长诗《不列颠》(Brut)的张本,这是用英文写成的,他是说法语的诺曼底人征服英国后第一位用英文写作的著名诗人。

14、15世纪的中古英语文学更具多样性,除了法国乃至意大利的种种因素对这一时期的文学有重要影响以外,也因英国内部尚未形成集中统一的文学而呈现出诸多地域色彩。在北部和西部地区,用古英语的口头韵诗体写成的寓言依然盛行,其中最著名的是威廉·兰格伦(约1330—约1400)的《农夫皮尔斯》(Pierce the Ploughman,一译《农夫彼得之梦》),他把教堂语言概念化为俗人能理解的形象和比喻,用天堂、地狱和生活的寓言,用梦幻的形式和寓意的象征,写出了1381年农民暴动前后的农村现实,笔锋常带严峻的是非之感。作品以中世纪梦幻故事的形式探讨人间善恶,讽刺社会丑行,表达对贫苦农民的深切同情。作品结构十分散漫,但富有独创性,是集空幻、有趣、感情真挚于一体的好诗,与乔叟温文尔雅的风范不同,其用韵比较粗俗,是后世流行的头韵用法。此外,浪漫传奇作为这期间的一种主要文学样式,是中世纪骑士精神的产物。《高文爵士和绿衣骑士》以亚瑟王与其圆桌骑士的传奇故事为题材,歌颂勇敢、忠贞等美德,是中古英语文学中最为精美的作品之一。传奇文学专门描写高贵的骑士所经历的冒险生活和浪漫爱情，体现了英国封建社会发展到成熟阶段的一种社会理想。另外，中古英语时期，口头文学也占有一席之地，民间抒情诗以及讲述历险故事的民间歌谣是这一时期下层人民喜闻乐见的文学样式。总之，15世纪并不生产文学性很强的诗歌，而主要是一个民谣的伟大时代。许多流传下来的最好的英格兰韵文和苏格兰民谣都使用的是15世纪的语言，民谣的内容涉及恋爱故事、类似于罗宾逊的奇迹探险、人物传奇等等，与中世纪盛行的叙事诗及浪漫传奇有着明显的联系。民谣对英国的文学产生了重要的影响，具有真正诗歌一样的魅力。

（二）主要代表人物及作品

1. 乔叟

乔叟（Geoffrey Chaucer，1343—1400）是中古英语文学最重要的代表人物，也是英国文学史上出现的第一位大诗人。乔叟以其诗体短篇小说集《坎特伯雷故事集》（The Canterbury Tales）和其他长短诗集成为英国文学的重要奠基人，被认为是英国文学史上除莎士比亚之外最重要的文学大师，同时，他也是这一时期最优秀的译者。乔叟之前的英国文学更多地隶属于历史，而非艺术，但乔叟的出现改变了这一现状，他如一颗耀眼的星在平庸的英国文学界脱颖而出，其横溢的才华使其出类拔萃、鹤立鸡群。此时期，国王查理第二当政，以法语为高雅身份的象征，甚至在一定程度上蔑视英文，当时英语被视为一种不登大雅之堂的粗俗语言，致使当时大多数英格兰文人用拉丁语或法语创作。乔叟以诗人敏锐的目光，从属于中古英语的伦敦方言中发现其旺盛的生命力，无论翻译或创作，都坚持以这种语言为表现工具并把它提高为英国文学语言。因此，乔叟有"英国诗歌之父"之称，是英国文学史上现实主义奠基人和为文艺复兴运动开路的伟大诗人，乔叟的出现标志着以本土文学为主流的英国书面文学历史的开始。

乔叟首创英雄诗行，即五步抑扬格双韵体，对英诗韵律做出了很大贡献。他的不朽名作诗体短篇小说集《坎特伯雷故事》是从许多源头获取灵感，但又在一条主线下统一起来的故事集。这部作品包括"总引"、二十一个完整故事、三个残篇、"结语"和故事之间的"引言"和"尾声"。该书以去坎特伯雷朝圣为线索刻画了三十位来自英国的香客，他们中有骑士、修士、修女、修道院长、托钵修士、教士、商人、海员、学士、律师、医生、地主、磨坊主、管家、店铺老板、伙房采购、自耕农、厨师、法庭差役和卖赎罪券的教士等，这些人几乎涵盖了英国所有社会阶层和各主要行业。同时，故事的体裁也几乎囊括了当时所有的体裁，既有高雅的宫廷爱情传奇、虔诚的圣徒传，也有粗俗不堪的市井故事、宗教寓意的说教故事、布道词，以及动物寓言等。因此，英国著名诗人德莱顿认为该书具有"上帝的丰富多彩"，是中世纪晚期英国社会的缩影。乔叟的文笔精练优美，流畅自然，他的创作实践将英语提升到一个较高的文学水平，他的作品是中世纪用英语写作的代表，推动了英语作为英国统一的民族语言的进程。

乔叟通晓拉丁语、意大利语和法语，曾翻译、改编了《特罗伊勒斯和克西达》《骑士的故事》《弗兰克林的故事》《法庭差役的故事》和《大学生的故事》。此外，他还翻译了《玫瑰传奇》《贞洁的女人传奇》和波伊乌提的全部作品。为此，法国诗人德尚（Eustache Deschamps）将乔叟誉为"翻译大师"（grant translateur）。乔叟的翻译为英语翻译打开了广阔的前景，并为确立英语成为文学语言，对英国文学的发展做出了卓越的贡献。如果没有乔叟大胆而富有创造性的实验与探索，英语语言的成熟和英语文学的繁荣还得推迟相当长时期，而莎士比亚等伊丽莎白时代那些杰出的文学家们的成就，恐怕也得大打折扣。

2. 高尔

高尔也是中世纪英国文学的一个代表人物，他的作品不管是在语言上还是思想上都能与乔叟相媲美。高尔是一个沿袭传统的韵文诗人，他用法语、拉丁语和英语写作，但是他不注重诗歌的音乐性。他的代表作有《沉思之镜》《原野的呼声》《恋人的自由》等作品，其中《沉思之镜》是用法文写的一首长诗；《原野的呼声》是用拉丁文写的古典挽诗对句体的一首长诗；《恋人的自由》是用英文写的一首长诗。《恋人的自由》（Confessio Amantis=Confession of a Lover）模仿宗教忏悔的体裁，共八卷及引言一篇，大体上使用的是每行八音节双行押韵体，近三万四千行。在引言里，高尔旧调重弹，侈言世风日下，除了祈祷与忏悔之外无可救药，他笔锋一转，谈到爱情。五月一天清晨，林中散步，邂逅维诺斯与丘比特。丘比特不理会他，维诺斯看他是困于情场中的人，便把他交付给她的祭司"天才"，令他在祭司面前忏悔，坦述他在爱情上所犯的过失。"天才"便教导他七大罪及其补救之道，并且施用到爱情方面，谈到每一项目便讲一个或一个以上的故事作为实证（exemplum），一共讲了一百多个故事，故事来源有古典的也有中古的。最后维诺斯再度现身，举起镜子让他照照他的华发，让他知道他已年迈，不宜于再谈情说爱，令他离去她的宫廷。这一部作品是用一个简单的结构连缀起若干故事，高尔的文笔是流畅的，中间不乏好的诗句，但过于正式，缺乏幽默且忽略了人物描写的细腻情节，因而显得枯燥。

3. 马洛里

陶玛斯·马洛里（Thomas Malory，1408—1471）是十五世纪散文作家的巨擘，他的《亚瑟王之死》（LeMorte d'Arthur）成了亚瑟传奇中最有影响力的一部作品。《亚瑟王之死》是玛洛利留下来的唯一作品，而且是他在狱中之作。此书所述包括亚瑟王的诞生与其作为，以及他的高贵的圆桌武士之冒险事迹，寻获圣杯的经过，以至终于悲惨的全部死去，永离尘圜。因此，以《亚瑟王之死》作为书名显然是不恰当的，全书之名应按马洛里自己的卷末题记所云："亚瑟王及其高贵的圆桌武士之故事"（The Book of King Arthur and of his noble knights of the Round Table），但此书流传至今，一直被称为《亚瑟王之死》。《亚瑟王之死》使众说不一的零散故事终于规范化，从而形成一部记述自亚瑟王出世至他遁居仙岛时止的完整故事体系，也使这部书成了后世作家引用亚瑟王故事的摇篮。亚瑟王的故事在不同程度上反映了当时的各种社会影响，体现出人们的各种愿望与理想。在英国古代史上名震一时的亚瑟王和他的气概豪迈的圆桌骑士们,为后世遗留下一些蕴涵深刻的传奇故事。随着时间的流逝,这些传奇故事浸染了一种神话色彩,与古希腊神话和基督教圣经一道形成英美文学的三支伏流,对英美文学产生了深远影响。《亚瑟王之死》词句优美,今天读起来依然明白易懂,成为英国小说的雏形。

三、近代英国文学（16世纪—18世纪初）

（一）伊丽莎白时代暨文艺复兴时期的英国文学

伊丽莎白（Elizaberth，1533—1603）时代正值文艺复兴。文艺复兴的文化和学术开创了现代的自然研究和自然科学,也开启了文学创作的新气象。此时的英国是一个文学高峰的时代,文学创作可谓百花竞艳、万紫千红,最突出的是诗歌和戏剧。

1. 诗歌

怀亚特（Sir Thomas Wyatt，1503—1542）和萨里（Henry Howard Surrey，1517—1547）首先揭开了伊丽莎白时期的文学序幕,二人从意大利为英语带来了一种新鲜的形式。怀亚特翻译并模仿彼特拉克的短诗,为英国的诗歌开辟了一个优良的传统,他还尝试着用其他韵律方式创作。他的爱情抒情短歌,以感情真挚,语言自然见称。萨里以其《伊尼德》译本将最初的无韵诗—即后来莎士比亚和密尔顿的十行诗——带进了英国文学。

西德尼（Sir Philip Sidney，1554—1586）集诗人、小说家、批评家、宫廷人士、军人于一身,是十六世纪最有人望的作家之一,被誉为最能代表这一时代之理想的高雅之士（ideal gentleman）。西德尼的一生都奉献给了诗词,他的短诗感情相当真挚,而真诚的感情正是文学中最重要的价值所在。西德尼工于十四行诗,并且使之成了英文诗的自然形式。十四行诗在当时是非常流行的诗体,高雅的绅士和专业的诗人像学习剑术一样,热衷于学习十四行诗的创作。其中一些十四行诗注重形式,极具优雅的格式;而另一些则是富含热情的佳作。西德尼第一部英文体十四行诗系列《阿斯特洛和斯苔拉》（Astrophel and Stella），对莎士比亚产生了重要影响。另外,西德尼最具代表性的作品主要有三部:《阿凯地亚》（Arcadia）、《阿斯脱菲与斯苔拉》（Astrophel and Stella）、《诗的辩护》（The Apologie for Poetrie）。其中,《阿凯地亚》是一部具有时代特征的作品,莎士比亚的《李尔王》（King Lear）一剧中的情节即来自于此。散文之中羼入了不少诗歌韵语,约有八十首之多。主要的故事是关于两对情人的悲欢离合,而故事的发展和琐细情节的穿插却极为繁复,开卷几页是写牧人的浪漫故事,随后就荡开文笔,写到海难,写到乡绅之家,写到国家大事,写到国王宫掖,牧人成了配角,每卷末的牧歌（eclogue）成了插曲。武侠冒险与谈情说爱的成分在书中平分秋色,而西德尼兴之所至还要利用各个机会大作其政治的哲学的文章。总之,此书性质并不单纯。在文学方面,极充实缛丽之能事,句子长,里面有过多的直喻隐喻和奇思幻想,有过多的拉丁语法,有过多的描写与刻画,使得现代一般读者可能无法卒读。但是这全是当时的人所最喜爱的东西，西德尼用那样的文字写那样的题材是很自然的一回事。

斯宾塞（Edmund Spenser，1552—1599）是继乔叟之后第一个运用绝妙的概念和技巧处理艺术主题的英国诗人，被兰姆称为"诗人中的诗人"。他翻译和创作了许多歌颂爱情和女王的诗歌。1579年斯宾塞发表了他的《牧人日记》，这在英国诗歌史上是一件具有重大意义的事件。它宣告了一流诗人的诞生，紧接着问世了《短诗集》和精品寓言长诗《仙后》（The Faerie Queen）。《仙后》既有人文主义关怀，也有新柏拉图主义的神秘思想，还带有清教伦理和资产阶级爱国情绪，情节结构和人物塑造仿古罗马史诗和骑士传奇文学。赛宾塞备受推崇的原因不仅因为他的诗中蕴含的力量，还在于他对韵律、节奏和形象具有无可企及的天赋。即使不能通读《仙后》（除了诗人、学者和考据者，没有人能够通读），只要随意翻开任何一章，都能够遇到像古代挂毯般璀璨的诗句。那些"陈旧的语调和过时的言辞"曾被同时代的人所诟病，却为他的辞章平添了许多色彩。此外，斯宾塞还是一位非常高产的诗人，他的作品还有《牧羊人日志》（The Shepherd Calendar）、《达芙娜依达》（Daptmaida）、《情诗集》（Amoretti）、《婚礼颂》（Epithalamion）等多首诗或诗集。琼森（Ben John—son，1572—1637）生前在英国文学史上享有的威望是无人可比的，他是稍晚于莎士比亚被同时代的其他诗人誉为"歌之王"的大诗人。他擅写社会讽刺诗剧，是当时最遵守古典观念的剧作家，经常指责其他剧作家只懂迎合"低俗客"的鄙陋趣味。琼森擅长使用喜剧来谴责罪恶与愚行，使得许多人称他的剧本为纠正喜剧（corrective comedy）。他的诗歌不仅有优美的形式和精当的遣词，而且蕴含着优雅的感情和压制的热情。或许因为琼森的博学多识使他的悲剧略显沉重迟缓，但是在他的歌谣中，他的博学犹如被优雅有力的翅膀载着自由飞翔，他的声音如云雀般清脆动听。琼森对于古典诗歌所做的贡献，对他自己的诗歌以及追随他的人的诗歌产生了全面的影响，这些皆缘于琼森从不盲目因袭古人，他学习古人并能取其精华为我所用。琼森深受贺拉斯、卡特拉斯、马西阿尔的影响，将其视为楷模；同时，他也敬佩罗马的诗人，相信他们对艺术对称美的要求，让英国诗歌具有重要意义。伊丽莎白时代的诗歌有流于怪诞的危险，琼森则借助自身的权威使诗歌虽然有规则却不生硬，考究却不因袭传统，清晰却不流于俗泛。此外，琼森在戏剧方面也是成绩斐然。他的剧作《人人高兴》嘲弄了那个时代的弊端，是一部非常有力度的"风俗喜剧"。他的学者风范在悲剧《西亚努欺斯的覆灭》和《卡塔林的阴谋》中有所体现，在这两个剧本中，琼森没有卖弄文学，但剧中的悲剧感是深刻的。琼森的罗马剧在人物的塑造和语言的运用上丝毫不逊色于莎士比亚。他的罗马剧《蹩脚诗人》是莎士比亚和其他诗人都无法写出的。在整个17世纪，琼森的名声和威望都在莎士比亚之上。

邓恩（John Donne，1572—1631）是玄学派诗歌的代表人物。玄学派诗歌的特点是采用奇特的意象和别具匠心的比喻，糅细腻的感情与深邃的思辨于一体，以善于表达活跃躁动的思绪和蕴含哲理而独树一帜，但其语言质朴而且口语化。玄学诗派在诗歌艺术上独辟蹊径，对现代主义诗风产生过很大影响。邓恩作为权威人物与琼森风格迥然相异，他是一个含糊的、注重内省，不遵守诗歌韵律的人，而琼森在言行举止上都是一个古典主义者，虽然很少受到约束，却仍然注重诗歌的形式。邓恩是最具原创性的英国抒情诗人之一，其诗歌代表了英国17世纪玄学派诗歌的巅峰成就，他的代表作有《挽歌与讽刺诗》（The Elegiesand Satires）、《歌谣与十四行诗》（The Songs and Sonnets）。由于他的模糊性和神秘性使得人们很难更好地了解他。他在青年时代写过许多恋歌和讽刺诗，后来他成了一名著名的传教士，并把写诗的热情转移到宗教诗的创作上。邓恩的诗作的音律往往参差不齐，格律不严，多数情况下，他的诗篇之所以美妙是因为他的热情。但他也能够写出和约翰逊一样格律齐整的诗篇。

弥尔顿（John Milton，1608—1674）的一生跨过了整个17世纪的四分之三，他是他那个时代的文坛巨匠，也是继莎士比亚之后主要的英国诗人。他以炽烈的感情、壮丽的想象、优美的语言使17世纪英国无韵体诗歌达到一个新的美学高度。雪莱在《诗辩》中将弥尔顿与荷马、但丁并列称为三位伟大的史诗诗人。在英国资产阶级革命中，弥尔顿担任克伦威尔政府的拉丁文秘书和共和国国会议员，先后写下了《论出版自由》（Areopagitica）、《科马斯》（Comus）、《为英国人民声辩》（Pro Populo Anglicano Defensio）等遒劲有力的政论文参加斗争，为英国资产阶级革命的正义性辩护，使整个欧洲为之震惊。继而创作《沉思的人》（Penseroso）、《快乐的人》（L'Allegro）、《利西达斯》（Lycidas）等足以使他在英国抒情诗中占有重要地位的精致美妙的短诗。其中《利西达斯》是他最感人的诗篇，这是哀念逝去的朋友的挽歌，与雪莱的《阿多尼斯》和丁尼生的《怀念》并称为英国文学中的三大哀歌。弥尔顿晚年在双目失明的情况下以惊人的毅力创作了三部伟大作品：《失乐园》（Paradise Lost）、《复乐园》（Paradise Regain）和《力士参孙》（Samson Agonistes）。《失乐园》是弥尔顿根据《创世纪》中寥寥数言的故事，创作出来的具有十二个篇章的宏大的无韵诗。《失乐园》的语言非常优美以至于它被奉为诗歌艺术的范本，其结构、表达方式、繁多的隐喻和象征又使它带有了异教的色彩。由于诗人的才情缺乏自省精神，而使得有些语句单调枯燥以外，就整篇诗作而言，《失乐园》仍不失为"雄壮的文体"。

2. 戏剧

16世纪的后半叶，英美文学中最繁荣的是戏剧。英国戏剧起源于中世纪教堂的宗教仪式，取材于圣经故事的神秘剧和奇迹剧在十四五世纪英国舞台上占有主导地位，随后出现了以抽象概念作为剧中人物的道德剧。到了16世纪末，戏剧进入全盛时期。马娄（Christopher Marlowe，1564—1593）是莎士比亚之前最重要的戏剧家，他冲破旧的戏剧形式的束缚，创作了一种新戏剧，成为新剧的先驱。他的剧作歌颂知识，财富和无限的个人权利，反映了新兴资产阶级力图摆脱封建束缚以求发展的强烈愿望。他短暂的创作生涯共留下六部剧作，《迦太基女王狄多》（与托马斯·纳什合作）、《帖木儿大帝》（上、下部）、《浮士德博士的悲剧历史》《马耳他岛的犹太人》《爱德华二世》和《巴黎大屠杀》。不过马娄的声誉主要取决于《帖木儿大帝》《浮士德博士的悲剧历史》和《马耳他岛的犹太人》这些以一个主人公为中心的悲剧。其中《帖木儿大帝》的重要性不仅在于它是马娄的成名作，而且在于它吹响了"英国文艺复兴时期戏剧革命的第一声号角"。在这部剧作中，作者第一次成功地将无韵的素体诗运用于人物的对白。全剧分上下两部，第一部讲述帖木儿如何战胜一个又一个敌人，从默默无闻的牧羊人首领成为亚洲最有权势的征服者的过程，第二部则重在展示他在面对不可抗拒的死亡时的悲哀。马娄笔下的帖木儿是独特的文艺复兴式想象的产物。他目空一切，具有将整个世界置于自己控制之下的决心和勇气，永无止境地寻求个人意志的实现。虽然帖木儿最终孤苦伶仃地死在心上人的墓前，但是他试图颠覆一切现存秩序的壮举，却将文艺复兴时期得到高度提升的人的主体性发挥到了极致。该部作品被琼森誉为"马娄伟大的诗章"。莎士比亚（William Shakespeare，1564—1616）是欧洲文艺复兴时期英国最伟大的剧作家和卓越的人文主义思想的代表，他以奇伟的笔触对英国封建制度走向衰落和资本主义原始积累的历史转折期的英国社会做了形象、深入的刻画。他的创作按思想和艺术的发展分为三个时期：历史剧和喜剧时期（1590—1600）、悲剧时期（1601—1608）和传奇剧时期（1609—1613）。莎士比亚的历史剧是在16世纪80年代流行于英国戏剧舞台上的编年史剧发展而来的。这种历史剧的产生与广受欢迎有两个重要的客观原因，一是现实政治的需要，再就是当时大量历史著作的出版。前者为其产生提供契机，后者则为其产生提供依据。莎士比亚主要的历史剧包括反映从百年战争中期到玫瑰战争结束之间近一个世纪英国历史的两组四部曲。第一组是由《亨利六世》上、中、下三部和《理查三世》组成，再现了英国历史上著名的玫瑰战争的全程。第二组由《理查二世》《亨利四世》上、下部和《亨利五世》组成，叙述了从理查二世登基到亨利五世去世近半个世纪的英国君王荣辱兴衰的历史。其中，最出色的是《亨利四世》上、下部。该剧主要表现了亨利登上王位之后国内的政治纷争与战乱。但值得注意的是，《亨利四世》的主人公并不是亨利四世，而是他的儿子哈尔王子。可以说，使得《亨利四世》有别于莎士比亚其他历史剧的根本就在于，它展示了似乎玩世不恭的哈尔王子转变成令人尊敬的哈里国王的过程。

2. 戏剧

莎士比亚喜剧的代表作有《仲夏夜之梦》《威尼斯商人》《皆大欢喜》和《第十二夜》。其中，最具代表性也最广为人知的喜剧作品是《威尼斯商人》。这部喜剧以古代传说为基础，巧妙地将两个原本互不相干的故事缝合起来，使得它们完美地形成一体并呈现出一个充满浪漫主义气息的幻想世界。剧中除夏洛克之外的所有人物都是这个世界的享有者，公正、宽恕、友谊是他们的主要价值观和行为准则，明显具有文艺复兴时期人文主义者理想化的倾向。尤其是鲍西娅，她集财富、智慧和美貌于一身，被认为是莎士比亚笔下最成功、最完美的人物之一。

莎士比亚悲剧中最为人称道的是四大悲剧《哈姆莱特》《奥瑟罗》《麦克白》和《李

尔王》。其中，尤其是《哈姆莱特》，不仅代表着莎士比亚本人戏剧创作的最高成就，而且还被视为整个文艺复兴时期文学创作的顶峰。在这些作品中，莎士比亚虚构的是无常、凶险、充满死亡的悲剧世界，表现以主人公的死亡而告终的人间灾难。除四大悲剧之外，莎士比亚创作的爱情悲剧《罗密欧与朱丽叶》也是他最受欢迎的剧作之一。该剧不仅具有其早期喜剧《爱的徒劳》和《仲夏夜之梦》中的那种有时显得做作的抒情风格，而且在人物刻画方面标志着剧作家艺术上的成熟。该剧取材于亚瑟·布鲁克的抒情长诗《罗密欧与朱丽叶的悲剧》，当然故事的源头还可以上溯到更早的时候。另外，值得注意的是，与莎士比亚后来的悲剧不同，罗密欧与朱丽叶的悲剧是命运所致而不是由人物性格的悲剧缺陷所引发。尽管两个情人存在自身的弱点，但最终毁掉他们的是他们所面临的社会条件。

莎士比亚传奇剧创作于剧作家戏剧生涯的最后阶段。他用娴熟的艺术手法将喜剧因素与悲剧因素糅合在一起，借用传统的浪漫传奇的形式，创作出《泰尔亲王佩力克里斯》《冬天的故事》《奥瑟罗》《辛白林》等四部以圆满的结局化解悲剧性矛盾冲突的传奇剧。其中，《暴风雨》是最为人称道的一部，论者一般认为，该剧是莎士比亚总结自己一生的压卷之作，表明了剧作家用道德感化的方式改造人类社会的愿望。

韦伯斯特（John Webster，1580—1625）的《马耳费公爵夫人》恐怖而令人心碎，所蕴含的感情非常强烈，以至于冲破了诗和韵律的束缚。兰姆评价道："《马耳他公爵夫人》中描绘了一种令人昏乱的庄严肃穆的哀伤情感。"韦伯斯特的另一部力作《维多利亚·科隆波拉》，讲述一位美丽的女子，她所到之处必会带去死亡和灾难。这部剧作对于死亡和毁灭的冥想，阴森恐怖，呈现了一种病态，但是却达到了和希腊悲剧或者莎翁悲剧相媲美的程度。

（二）詹姆斯王朝期间的英国文学

詹姆斯王朝时期也称"王政复辟时期"，指共和时期后1660年王政复辟后的文学。许多现代的典型文学形式包括小说、传记、历史、游记、新闻报道等在这一时期开始成熟。当时，新的科学发现和哲学观念以及新的社会和经济条件开始发挥作用，还出现了大量以政治、宗教为内容的小册子文学。

王政复辟后，新古典主义使学风气为之一变。这一时期，文坛最受欢迎的作家是班扬，他的《天路历程》（The Pilgrim's Progress，1678）被视为英国近代小说的发端。作品采用梦幻的形式讲述宗教寓言，但揭开梦幻的面纱，展现在读者面前的是17世纪英国社会的一幅现实主义图景。作品用朴素而生动的文字和寓言的形式叙述了虔诚教徒在一个充满罪恶的世界里的经历，对居住在"名利场"的上层人物作了严峻的谴责。这里有清教主义的回响，而作品的卓越的叙事能力又使它成为近代小说的前驱。虽然叙事写得十分真实，但技巧上却是采取寓言形式，这是一种新散文，这是班扬作为本时期重要的散文家所做的贡献。

这种新散文，实际也是写实小说这一新的文学样式的先驱。18世纪写实小说兴起，不能不说班扬有很大的文学贡献。这一时期，英国抒情诗的代表人物有德莱顿（John Dryden，1631—1700）和蒲柏（Alexander Pope，1688—1744）。德莱顿驰骋文坛，集桂冠诗人、散文家、剧作家于一身，曾一度左右伦敦文坛，成为叱咤风云的人物。德莱顿在英国文学史上成就非凡，以至于他的名字成为他所处文学时代的代名词。由于他对押韵对句定型的贡献而成了18世纪英国诗坛的鼻祖，成为诗歌和散文真正的革新家。他的《戏剧论》以及其他论文是英国文学批评史上和英诗体著作中划时代的作品。德莱顿之后的世纪是散文的时代，而他则是开山鼻祖。他的重要作品是《一切为了爱情》（All for Love）。蒲柏是一位以讽刺诗见长的伟大诗人，善于用庄重华贵的语言形式表现滑稽可笑的生活内容。他的诗以精雕细琢、优美动听悦耳、诗体变化纷繁著称，特别是英雄双韵律诗，成为当时人们学习的样板。代表作有《书信》和《讽刺》。

复辟时期的君主对文学的重视，在很大程度上推动了诗歌艺术的发展。"桂冠诗人"这一王室御用诗人称号，就始于詹姆斯一世。德莱顿、华兹华斯、丁尼生等人都曾被授予这一称号。这一时期的诗歌创作，除了邓恩为代表的玄学派，主张诗歌描写爱情、田园生活与宗教感情，强调诗人个人的内心感受，以意象奇幻取胜，还有骑士派的诗作，主张诗歌以爱情为主题，宣扬及时行乐。这些诗人与戏剧家、散文家的共同创作为王政复辟时期的文坛吹来一股清风。

（三）启蒙时期的英国文学

18世纪社会的相对稳定和启蒙主义思想的传播，使英国文学出现新的盛况，写实小说的兴起，相继涌现一批作家和作品。启蒙时期的重要作家有笛福（Daniel Defoe，1660—1731）、斯威夫特（Jonathon Swift，1667—1745）、菲尔丁（Henry Fielding，1707—1754）等，他们既是启蒙运动的思想家，也是启蒙文学家。他们把文学创作看成是宣传教育的有力工具，致力于反映人民大众的日常生活，描写普通人的英雄行为和崇高精神，深刻揭露封建社会腐朽与黑暗，甚至暴露资产阶级的缺点。

笛福是18世纪英国现实主义小说的奠基人，有英国"小说之父"之誉，第一部小说《鲁滨逊飘流记》（Robinson Crusoe）是流传最为广泛的英文作品，也是英国近代小说的开山之作和现实主义小说的创始之作。斯威夫特的《格列佛游记》（Gulliver's Travels，1726）中寓含的讽刺力量是英国文学或者其他任何文学都无法企及的。这部书一直吸引着各类读者，除一般普通读者欣赏其情节的奇幻有趣，其讽刺的犀利深刻外，历史学家看出了当时英国朝政的侧影，思想家据以研究作者对文明社会和科学的态度，左派文论家摘取其中反殖民主义的词句，甚至先锋派理论家把它看作黑色幽默的前驱。菲尔丁的作品善写广阔的社会画景，巧于运用讽刺，对当时英国上层社会进行了深刻讽刺。他的小说代表了18世纪英国现实主义小说的最高成就，是现实主义小说的进一步发展，并且是英国文学史上第一个比较系统提出现实主义小说理论的作家。菲尔丁因其书信体小说、散文体史诗、第三人称叙事等小说创作的突破被誉为"英国小说之父"。理查逊（Samuel Richardson，

1689—1761）继承了笛福的现实主义传统，同时，他又特别注重人物的感情描写，从而产生了现代小说一种新的文学类型——感伤主义文学，他的书信体小说《帕米拉》（Pamela）即是这一体裁的代表作。他擅长用一系列书信讲述一个连续的故事，从而树立了英国的"书信体小说"。他的书信体小说描写家庭生活，刻画人物内心活动，推动了浪漫主义运动在18世纪末的兴起。斯特恩（Laurence Stern，1713—1768）是感伤主义文学主要代表，宣扬感情的自然流露，强调个人和社会的不可协调，认为文学的主要任务是描写人的内心世界和变化无常的情绪。因此，对当时小说的模式感到不满，义无反顾地进行革新，在《项狄传》（The Life and Opinions of Tristram Shandy）中打破传统小说的框架结构，摒弃以时间为顺序的创作方法，以一种全新的小说文本来描述主人公内心世界。《项狄传》被认为是"世界文学中最典型的小说"。评论家指出20世纪小说中的意识流手法可以追溯到这部奇异的小说。斯特恩的文学实验为英国小说艺术增添了新活力，开后世现代派小说先端，可谓英国最早的实验性写作的大手笔。

18世纪的诗歌创作也是一派繁荣景象，不仅有世纪初的蒲柏和汤姆逊在创作，就是一些散文名家，如斯威夫特、约翰逊、哥尔德斯密斯和蒲柏，也善于写诗。葛雷（Thomas Glary，1716—1771）也是这一时期重要的诗人。他的诗作中以《墓园挽歌》（Elegy Written in a Country Churchyard，1750）最为著名，该诗发表后引来诸多仿作，一时形成所谓"墓园诗派"。

《墓园挽歌》因为凝集了一个时期中的某种社会情绪，加上以完美的形式表达了这种情绪，在一定程度上解决了如何革新旧传统的问题而具有较高的艺术价值，因而被誉为英国18世纪甚至英国历来诗歌中最好的诗。

四、现代英国文学（18世纪—1960年）

（一）浪漫主义时期的英国文学

英国浪漫主义文学的主要成就体现在诗歌和散文上。作为浪漫主义文学的典型代表，它们表现出一些共同特征。首先，着重抒发对理想世界的热烈追求，有很强的抒情色彩。浪漫主义的繁荣与作家对社会现实的失望有关，因此特别重视对个人理想的描绘，表现主观世界，抒发强烈的情感；其次，崇尚自然，歌颂自然。浪漫主义作家在卢梭"回归自然"口号的影响下，致力于对自然景物的描写。但与古典主义不同的是，浪漫主义诗人强调的是充满野性的自然界，旨在从中去获取在人类社会难以获得的对人性的认识。这种自然情结产生于浪漫主义诗人对工业化进程的忧虑，它诉诸情感和想象，反对理性对自然天性的束缚和扭曲；再次，重视中世纪民间文学，提出"回到中世纪"的口号，从中世纪民间文学中学习灵活自由的表达方式及风格特点，汲取民族民主因素的养分，作为自己创作的借鉴和楷模。此外，在艺术表现手法上，浪漫主义作家喜欢运用热情奔放的语言、瑰丽的想象、夸张的手法、大胆的幻想、怪异的情节、鲜明的形象，将神话色彩和异域情调与普通的日常景象交织在一起，形成对照。在格律方面，浪漫主义诗歌是英国文学史上第二个"诗歌的黄金时代"，对世界文学的影响极为深远。

这一时期，浪漫主义诗歌的代表人物有华兹华斯、柯尔律治、拜伦、雪莱、济慈等，它们以各自不同的方式丰富和阐释了"几乎无限多样性的浪漫主义的主导原则"。尤其是拜伦、雪莱、济慈三大诗人将浪漫主义推向高潮，把浪漫主义诗歌带入一个更为广阔的境界。拜伦、雪莱、济慈三人各有特色，但都忠于法国革命的理想。拜伦是出于对暴政的反感和叛逆，因此，他的诗作表现出追求自由、反抗压迫的精神，注重揭露现实。其作品以东方叙事诗和拜伦式英雄著称于时，最显著的艺术特点是辛辣的讽刺，锋芒指向18世纪末19世纪初欧洲广阔的社会人生，而把讽刺、叙事、抒情三者融为一体，更是他独特才能的突出表现。拜伦的讽刺诗《审判的幻想》被誉为"英国文学史上最成熟、最完整的政治讽刺诗之一"。雪莱是着眼于未来的理想社会，他的诗风自由不羁，惯用梦幻象征手法和远古神话题材。雪莱的浪漫主义理想是创造一个人人享有自由幸福的新世界，他注重对未来的描绘，并试图在创作中描述对人类远景的看法，被恩格斯称为"天才的预言家"。济慈具有资产阶级民主思想，向往古代希腊文化，幻想在"永恒的美的世界"中寻找安慰。他的诗篇被认为完美地体现了西方浪漫主义诗歌的特色，成为欧洲浪漫主义运动的杰出代表。

这一时期，在散文方面有开创历史小说新领域的司各特（Sir Walter Scott，1771—1832）和开创风俗小说天地的奥斯汀（Jane Austen，1775—1817）等人的创作。司各特创作的历史小说内容涉及从"十字军"东征起，经过17世纪英国资产阶级革命到18世纪君主立宪时期为止的历史事件。司各特擅长在艺术虚构的同时引入历史真实的细节，情节曲折，富于传奇色彩，从而使得他的小说成为18世纪和19世纪英国文学现实主义和浪漫主义两种不同趋向的完善和发展，为他赢得了"西欧历史小说之父"的声誉。司各特的去世，标志着英国浪漫主义的结束。奥斯汀的作品不触及重大社会矛盾，而是以女性特有的观察力，以女性作家特有的敏锐和细腻刻画英国乡村中产阶级的生活和思想，描写她周围的小天地，尤其是绅士淑女间的婚姻爱情风波，富有戏剧冲突，深受读者欢迎。她的小说突破了18世纪末19世纪初的"感伤小说"和"哥特小说"模式，展现了当时尚未受到资本主义工业革命冲击的英国乡村中产阶级的日常生活和田园风光，在英国小说史上具有重要意义，深受当代批评家的注意。

（二）维多利亚与现实主义时期的文学

维多利亚时代的英国小说主要以现实主义为特征。作为整个欧洲现实主义文艺思潮的一部分，维多利亚时代的现实主义小说表现的是普世意义上的生活经验。实际上，其关注、描写乃至预期的读者对象都是中产阶级，表达的是中产阶级的价值观。现实主义最基本的特征是真实地描写现实，小说家往往采用编年史式的叙述结构、单一的叙述视角和写实的手法，刻意营造一种照相式逼真。在维多利亚小说家中，狄更斯、萨克雷、勃朗特姐妹、乔治·艾略特、特罗洛普、哈代等人是杰出的代表，他们直面社会现实，表现出强烈的使命感、道德感和忧患意识，将笔触伸向社会的方方面面，描绘出一幅幅维多利亚时代社会生活画卷，塑造出众多栩栩如生的人物形象。他们的作品不仅包含丰富的思想和社会内容，还使得现实主义小说的写作技巧达到炉火纯青的地步。除了现实主义主流以外，维多利亚时期的小说还呈现出多样化发展态势。除以罗伯特·史蒂文森为代表的新浪漫主义小说家表现出对冒险和异域风情的浓厚兴趣之外，廉价犯罪小说、侦探小说也都红火一时。

此外，这一时期的诗歌依然堪与小说平分秋色。作为对19世纪初期浪漫主义感情泛滥的反拨，维多利亚时代的诗歌表现出凝重、典雅的诗风。该时期可以称为大诗人的只有丁尼生和勃朗宁，他们不仅以充满使命感和忧患意识的叙事长诗挑战同时代的小说家，而且还以技艺精湛的短诗传世。

（三）批判现实主义文学

19世纪七八十年代后期出现了哈代、高尔斯华绥等巨匠，他们运用社会心理小说和社会讽刺剧等形式，对资本主义社会的政治、道德、宗教和文化等方面作了淋漓尽致的揭露和批判，这便是批判现实主义文学。批判现实主义作家们以手中的笔反映工业资产阶级发展后的社会生活，揭露了资本主义社会人与人之间的冷酷关系和资产阶级的伪善。英国19世纪的批判现实主义小说，是文学成就最高的文体，因为小说一直是中产阶级最喜欢的文类，它的形式较有弹性，除了呈现现实生活的情况外，也提供一个想象的世界。小说中的道德寓意也多附和中产阶级读者的期盼，人性本善，善有善报，恶有恶报。作者也多批判有钱人为富不仁，对穷人寄予同情。哈代（Thomas Hardy，1840—1928）是维多利亚时期的最后一位小说家，他的小说一直以故乡多塞特郡和该郡附近的农村地区作为背景，早期作品描写的是英国农村的恬静景象和明朗的田园生活，后期作品明显变得阴郁低沉，带有悲观情绪和宿命论色彩，其主题思想是无法控制的外部力量和内心冲动决定着个人命运，并造成悲剧，代表了19世纪末20世纪初英国以"幻灭"为主题的小说创作。代表作有《德伯家的苔丝》（Tess of the D'Urbervilles，1891）和《无名的裘德》（Jude the Obscure，1896）。康纳德是一位承前启后、伟大而深刻的作家，被誉为英国的文学语言大师，他的创作处于现实主义和现代主义交替的时代。他继承了英国小说创作的优秀传统，又在许多方面大胆开拓，表现出鲜明的现代主义特征。他的小说展示了西方扩张主义转型的历史过程，并对此进行反思，其主要作品"为最杰出的维多利亚小说与最出色的现代派作家提供了一个过渡"。进入19世纪的后30年，英国小说依然活力不衰，题材范围继续扩大，有梅瑞狄斯、劳瑟福德、莫里斯、吉卜林等代表人物。小说的艺术性也有新发展，如詹姆斯和康拉德等都十分讲究小说艺术。梅瑞狄斯的文采，勃特勒的犀利，莫里斯的以古朴求新鲜，吉卜林的活泼和嘲讽，都使英国小说更加丰富多彩。

（四）现代主义文学

在1910年至1940年的30年间，英国文坛发生了巨大变化，一时流派林立，理论更迭，五花八门的实验主义作品竞相问世。一批追求革新的作家争先恐后地登上文坛,以标新立异的艺术手法反映现代意识和现代经验,英国文学史上迎来了又一个辉煌的黄金时代。这便是半个世纪之后才被人们认识和接受的现代主义文学思潮。这一时期的重要作家有福斯特（E. M. Forster, 1879—1970）、萧伯纳（George Bernard Shaw, 1865—1950）、高尔斯华绥（John Galsworthy, 1867—1933）、叶芝（William Butler Yeats, 1865—1939）、奥威尔（George Orwell, 1903—1950）、戈尔丁（William Golding, 1911—1993）、艾略特（T. s. Eliot, 1888—1965）、劳伦斯（David Herbert Lawrence, 1885—1930）、乔伊斯（James Joyce, 1882—1941）、吴尔芙（Virginia Woolf, 1882—1941）以及曼斯菲尔德（Katherine Mansfield, 1888—1923）等人。他们对资本主义社会的政治、道德、宗教和文化等方面作了淋漓尽致的揭露和批判,表现出强烈的社会责任心和对极权主义威胁的忧虑。同时,用敏感的笔触发掘人物内心深处细微的变化,揭示出人生欢乐与痛苦的真情。

此外,战后英国小说创作出现了一个令人瞩目的现象——妇女作家的崛起,她们的创作不仅有从女性视角去表现当代妇女在男权社会所受的压抑以及女性自我意识的觉醒一面,还有回避女性自我意识,以非性别化的作家身份去观察世界、表现生活一面。主要代表人物有莱辛（Doris Lessing, 1919—1994）、斯帕克（Muriel Spark, 1918—1996）和默多克（Iris Murdoch, 1919—1999）等人。其中,莱辛是战后英国最杰出的妇女作家,她的作品带有强烈的现实主义倾向和鲜明的时代特色,立足于人和社会,反思当代政治和文化思潮,并从不同的角度反映人和社会的真实状况。

五、当代英国文学

第二次世界大战结束后,英国文学并没有因为战争的破坏出现真空。在小说方面,一些在战前已经成名的作家如沃、格林、伊丽莎白·鲍温等笔耕不辍,继续推出有影响的作品。到了50年代,戈尔丁成为文坛新宠,他的《蝇王》以探讨人性的本质为主题,用象征主义的手法表达他对西方社会悲观主义的看法。这一时期,还出现了一批"新现实主义"小说家,他们的特点是用新的主题和题材表现传统观念中发生的变化。金斯利·艾米斯、韦恩和布赖恩等所谓"愤怒的青年"小说家在作品中发泄他们对英国社会等级森严、贫富不均状况的愤懑。这些小说家的作品虽然展示了50年代英国社会的真实状况,但在艺术上并没有什么创新。进入60年代,实验主义开始在英国兴盛起来。福尔斯在《法国中尉的女人》中革新传统的小说观念和叙述技巧,成为英国最为著名的实验主义小说家。当时积极从事小说形式实验的重要作家包括威尔逊、德雷尔、伯吉斯等人。他们的努力使得60年代成为"最富创造性、最生机勃勃的年代"。在"后现代主义思潮"冲击下,这一时期的B·S·约翰逊、安·奎因、和加布里尔·贾希乔维希等作家以极大的热情进行小说形式的创新。不过这些作家的形式革新只是喧闹一时,他们的作品因过于偏离传统而难以传世。

此外，60、70年代以来，女性小说家的队伍随着女权主义运动的发展迅速壮大，莱辛、默多克、斯帕克、拜厄特、德拉布尔、布鲁克纳等是其代表人物，她们当中有些人同时还属于实验主义小说家的队伍，可见女性作家的革新意识与男性作家相比丝毫也不逊色。80年代以来，新一代英国小说家迅速成长，其中的佼佼者有马丁·艾米斯、斯维夫特、艾克罗伊德、巴恩斯和麦克尤恩等人，他们各具特色的创作将英国小说带入了一个极富创造性的时代。这一时期另外一个令人瞩目的现象是少数族裔小说家异军突起，他们富有特色的表现素材和手段，给英国小说创作注入新的活力。其中，尤其以拉什迪、石黑一雄和奈保尔成就最大，被并称为"英国文坛移民三雄"。

60年代以后，英国诗坛呈现出多元化趋势，没有出现过大的文学运动，诗人的创作个性更加突出。这种多元化表现为诗歌流派纷呈、地方性诗人群体的涌现、女性诗人和少数族裔诗人的崛起，以及诗歌日益走向大众。当代北爱尔兰诗歌是20世纪末英国诗歌中最重要的组成部分。希尼的诗歌在描写北爱尔兰乡村生活风物的同时，探索物质与精神的交流和融会，具有鲜明的民族色彩和纯美的语言风格。

英国的戏剧在战后初期总体上呈现一种不景气的局面。直到50年代，贝克特的《等待戈多》和奥斯本的《愤怒的回顾》的创造又重新拉开英国戏剧新高潮的序幕。这两位剧作家的创作分别代表50年代英国戏剧的两个主要方向：即荒诞戏剧和写实主义戏剧。品特于50年代登上剧坛，在将近半个世纪的时间里，创作了不少优秀作品，奠定其战后英国戏剧最重要剧作家的地位。60年代以来，英国戏剧已经摆脱传统戏剧体裁的束缚，斯托帕德善于用滑稽、闹剧的手法表现严肃的思想，谢弗的剧作着重用视觉形象和声效形式来烘托人物间和人物内心的冲突。韦斯克、邦德、黑尔、格里菲斯等人的剧作关注现实社会和政治，取得可喜的成绩。

第二节 美国文学简史

美国文学与英国文学虽然都是英语文学，但它仍有着自己的特点。首先，美国文学并不像英国文学那样源远流长，经历了长期、复杂的发展演变过程，它几乎是和美国自由资本主义同时出现，因而较少受到封建贵族文化的束缚。其次，美国文学与英国文学各有自身的精神风貌，这是由于美国早期人口稀少，有大片未开发的土地，为个人理想的实现提供了很大的可能性，使美国人民有着不同于英国人民的性格特征。这种性格一方面体现在美国人民富于民主自由精神，个人主义、个性解放的观念较为强烈，这在文学中有突出的反映；另一方面也体现在美国作家敏感、好奇，往往是一个浪潮未落，另一浪潮又起，日新月异，瞬息万变，作家们永远处在探索和试验的过程之中。20世纪以来，许多文学潮流起源于美国，给世界文学同时带来积极地与消极的影响。还体现在许多美国作家来自社会下层，这使得美国文学生活气息和平民色彩都比较浓厚，总的特点是开朗、豪放。再次，内容庞杂与色彩鲜明是美国文学的另一特点。美国是一个多民族的国家，移民不断涌入，各自带来了本民族的文化，这决定了美国文学风格的多样性和庞杂性。美国文学发展的过程就是不断吸取、融合各民族文学特点的过程。同时，个性自由与自我克制、清教主义与实用主义、激进与反动、反叛和顺从、高雅与庸俗、高级趣味与低级趣味、深刻与肤浅、积极进取与玩世不恭、明快与晦涩、犀利的讽刺与阴郁的幽默、精心雕琢与粗制滥造、对人类命运的思考和探索与对性爱的病态追求等倾向，不仅可以同时并存，而且形成强烈的对照。从来没有一种潮流或倾向能够在一个时期内一统美国文学的天下。

一、近代美国文学（1590—1810）

（一）殖民地时期的文学（1590—1750）

殖民时期主要是印第安人和早期移民两支文化。印第安人是北美洲的土著居民，当欧洲人发现新大陆的时候，他们仍处于原始公社制度各种不同的阶段。印第安人在向大自然的斗争中创造了自己的文化，主要是民间口头创作，包括神话传说和英雄传说。由于他们没有文字，这些传说后来才得以整理问世，并启发了后世美国作家的灵感。最初的殖民地文学在很大程度上是宣传性作品，它们出自殖民者之手，出版地点主要在英国，其目标读者也是包括英国在内的欧洲大陆的人们。这些作品记录殖民者横渡大西洋的经历，描述"新"大陆的地理环境，着力渲染美国广袤的土地和丰饶的自然物产，详细叙述当地印第安人的情况，希望引起英国政府和商人投资开发的兴趣，并吸引更多的人参与投资进程。此后，清教徒为寻找宗教自由来到新英格兰建立殖民地，他们所信仰的宗教信念为此后美国整个民族意识和文化产生了深远的影响。因此，这一时期虽然是美国文学的初始阶段，但其多元化的风格已初露端倪，大体上可以分为殖民地叙事文学、殖民地叙史文学、殖民地清教文学、殖民地诗歌、殖民地其他散文五大类。第一位美国作家是史密斯（John Smith，1580—1631），他的作品是关于新大陆的报告文字《新英格兰记》（1608），诞生于弗吉尼亚。美国诗人诞生于17世纪，主要有布雷德福德（William Bradford，1590—16 57）、温斯罗普（Edward Winslope，1550—1678）、布拉兹特里特（Anne Bradstreet，1612—1672）和泰勒（Edward Taylor，1645—1729）。诗歌在这一时期有不少创作，但清教思想的影响使得作品多以叙述真实事件的形式，显得冗长乏味。此外，在独立革命之前，以记录反映个人经历为主的日记、书信、游记等文学作品甚为流行。这些看似简单的叙事文学抒写了作者对美洲殖民生活的感想，生动地再现了北美殖民地的种种社会风貌。

（二）独立革命时期的文学（1750—1810）

独立革命时期是美国民族文学开始形成的时期。独立革命期间充满反抗与妥协之间的尖锐斗争，迫使作家们采取政论、演讲、散文等简便而又犀利的形式投入战斗，这些无畏的战士为了战斗的需要锤炼自己的语言艺术。此时期的诗歌也具有强烈的政治性,大量的革命歌谣出自民间。不过,在北美殖民地人民争取独立的岁月里,政治成为社会生活的中心舞台,那些有影响的作者都不是专业作家,而是独立革命的战士和参加者。

独立革命时期的美国文学不同于殖民地时期处处反映清教精神,具有浓烈的政治论辩风格,均带有强烈的政治色彩。独立时期在整个美国文学史上具有极为特殊的意义,斗争中产生了大量的革命诗歌和散文,造就了美国头一批重要的散文家和诗人,为日后美国文学的独立发展创造了基本前提。有小说家和戏剧家们努力从历史和文化上说明美国的辉煌传统,与弗瑞诺等人在诗歌领域的爱国主义精神相呼应,力图缔造美国的民族文学。当然,这一时期的美国文学仍带有浓厚的欧洲风格。

二、现代美国文学(1810—1945)

美国独立后,真正意义上的美国文学开始经受炼铸、形成。作家们吸取欧洲浪漫派文学的精神,对美国的历史、传说和现实生活进行描绘,一些以美国为背景、美国人为主人公的作品开始出现,美利坚民族内容逐渐丰富和充实起来,民族文学开始诞生。自此以后的100余年间,美国文学蓬勃发展,先后经历了浪漫主义、现实主义和现代主义文学等几个明显的发展阶段。

(一)美国浪漫主义文学

1. 早期浪漫主义时期的文学

早期浪漫主义代表人物有欧文(Washington Irving,1783—1859年)、库珀(James Fenimore Cooper,1789—1851年)、坡(Edgar Ailan Poe,1809—1849)、布莱恩特(William Cullen Bryant,1794—1878年)、朗费罗(Henry Wadsworth Longfellow,1807—1882)等人。其中,欧文是美利坚合众国建立后的第一个美国职业作家,他的创作打破了美国对英国文化的依附,成为美国文学的先驱,开创了美国的浪漫主义文学运动,被称为"美国文学之父"。欧文熟知殖民地时期的逸闻掌故,虽然旅居欧洲多年,但其作品的场景都在美国,因此,他的创作致力发掘北美早期移民的传说故事。在他的小说中,"美国文学"这一概念第一次浮出水面。

欧文致力于发掘北美早期移民的传说故事,开创了美国短篇小说的传统,但是作为美国文学史上第一个发掘与表现美国历史和风土人情的作家,他却认为美国缺乏文学创作的素材,因而面向欧洲寻找他的写作灵感。这种观念在库珀那里也得到了印证。库珀是美国文学的奠基人之一,他认为美国自然单调,人民性格天真,历史短暂平和,因而缺乏文学创作所需的素材。他指出,弥补这种遗憾的途径之一是到历史中挖掘无尽的宝藏。因此,库柏的散文作品也是关于英国田园式生活的,包括他的札记、政论。爱伦·坡是第一位在小说和诗歌领域都取得显著成就的美国作家,他的作品触及了前人很少涉及的心理学领域,并且将神秘、幻想等元素融入小说创作之中。他的创作不同于那些满怀乐观向上的时代精神作家,色彩较为阴暗,但他在诗歌、短篇小说和理论批评方面达到了新的水平,标志着美国民族文学的多样性和在艺术上的发展。他的创作被欧洲文学界誉为诗歌和小说创作风格的开拓者。布莱恩特是第一位赢得杰出诗人荣誉的美国人。他创作了大量象征美国独立和民主政治的诗歌,与欧文开创美国散文新时代一样,布莱恩特开创了美国诗歌的新时代。评论家阿诺德称其诗作为"语言最完美、最简洁的诗歌"。朗费罗致力于介绍欧洲文化和浪漫主义文学,一生创作了大量抒情诗、歌谣、叙事诗和诗剧,有"革命诗人"之称。同时,他还是第一个扬名海外的美国诗人。

2. 先验主义与后期浪漫主义文学

19世纪30年代以后是后期浪漫主义的创作,其理论是先验主义,代表人物有梭罗(Henry David Thoreau,1817—1862)、爱默生(Ralph Waldo Emerson,1803—1882)、霍桑(Nathaniel Hawthorne,1804—1864年)、迪金森(Emily Dickinson,1830—1886)、麦尔维尔(Herman Meville,1819—1891)、惠特曼(Walt Whitman,1819—1892)、罗威尔(James Russel Lowell,1819—1891)及荷尔默斯(Oliver Wendel Holmes,1809—1894)等人。其中,迪金森与惠特曼被称为19世纪美国最伟大的两位诗人。迪金森的诗作充满灵性和智慧,结构精巧,深入心灵,与当时的美国社会格格不入,很多诗作都以死亡为主题,并带有揶揄的意味。主要作品是《艾米莉·迪金森诗集》(The Poems of Emily Dickinson)。惠特曼是美国现代文学开创者之一,他以丰富、博大、包罗万象的气魄反映了广大劳动群众在民主革命时期的乐观向上精神。他歌颂劳动,歌颂大自然,歌颂物质文明,歌颂"个人"的理想形象;他的歌颂渗透着对人类的广泛的爱。诗人以豪迈、粗犷的气概蔑视蓄奴制和一切不符合自由民主理想的社会现象。英国小说家劳伦斯曾评价惠特曼说:"他是第一位向人类的灵魂高于肉体的陈词滥调开炮的人"。他那种奔放不羁的自由诗体,同他的思想内容一样,也是文学史上的创新,产生了广泛的影响。

(二)美国现实主义文学

19世纪下半叶的美国文学受到欧洲文学思潮的影响,产生出具有美国特色的现实主义。美国现实主义的大本营是美国文学的中心波士顿,代表人物是当时的文学泰斗豪威尔斯。由于美国自身的文化和文学传统,美国的现实主义表现得更加多元化。这个时期是美国文学建立自己文学身份的时代,在小说、诗歌等方面逐渐形成了美国文学的特征。

1. 小说创作的高潮

19世纪下半叶是美国小说获得大发展的时期,在这个时期,以马克·吐温为代表的美国小说家用小说的形式树立了美国的文化形象,和惠特曼、迪金森一起奠定了美国文学的根基,使美国文学第一次具有和欧洲文学传统不同的文学身份。南北战争之后美国小说转向现实主义,强调可信性和真实性。这个时期是美国小说最有活力的时期,不仅作品数量剧增，其内容题材也反映了社会生活的方方面面。而且，现实主义作家们也表现出了不同的风格。马克·吐温代表了西部边疆现实主义的高峰，恰到好处地融合了地方色彩小说和民间传说的幽默，反映的现实最朴实原始。相反，詹姆斯的心理现实主义往往使读者进入主人公的大脑来观察他的思维。豪威尔斯采用的则是英国式的现实主义，并且已经不时显露出自然主义的痕迹。克莱恩、诺里斯和德莱赛的自然主义反映了原始资本主义过渡到垄断资本主义给社会造成的触目惊心的后果，他们在批判的力度、描写的深度上都远远胜于同时代的现实主义小说家。

2. 诗歌的新发展

19世纪开始后的很长一段时间里，美国文学仍然受到英国和欧洲文化的左右，诗歌也不例外。美国诗人和小说家一样，一直思考着如何在形式和内容上表现他们所面对的新世界。布赖恩特在20世纪初提倡真正"美国"式的诗歌理论和实践，十几年后，爱默生在《美国学者》中进一步发挥了这种主张，在《论诗人》中指出了新世界诗人的特点和做法。爱默生的主张显然影响了惠特曼，惠特曼的革命性在于他用诗歌形式树立起一个美国和美国人的形象。另一个足以代表美国精神的诗人是迪金森。"她是美国诗人中成功地联系起19世纪抒情诗歌——坡、麦尔维尔、爱默生的传统——和惠特曼所倡导的自由体诗歌的第一人"。威廉斯认为她和惠特曼代表了19世美国心灵拓荒最高的才智。但是，他们的风格却迥然不同，惠特曼是大海大河滔滔，骄阳当空；迪金森则是小桥流水，月明星稀。惠特曼大气磅礴，更多关心的是宏观世界；迪金森细致入微，更多注重的是微观世界。正如斯托弗所说："惠特曼的诗歌是通过他持续的、为了包罗万象而向外冲刺的努力而取得的，而迪金森的诗歌是通过她迅疾的零散的洞察而取得的。"然而，作为当时美国精神的代表，他们却有着一个鲜明的共同点，即在诗歌艺术的追求上执着勇敢，在任何时候都不会趋时媚俗，宁可遭受占主流地位的保守诗人、评论家、编辑、出版家乃至读者的误解、讽刺、嘲笑，甚至抨击，却毫不妥协地与传统的诗歌美学决裂，表现了一个创新者所具备的胆略和气魄。这也是世界上独领风骚的大诗人所具备的基本气质。

此外，和地方色彩小说一样，这一时期出现了数量颇多的地方色彩诗歌，比较有代表性的就是西部诗歌。由西部开发所产生的西部精神曾被认为是蓬勃向上的美国民主精神的体现。哈特的诗歌曾经风靡一时，确也给美国诗坛带来一股清风。

3. 戏剧的进一步发展

现实主义出现之前的百多年间，风靡美国戏剧舞台的是情节剧。情节剧继承浪漫主义传统，倚重剧情的跌宕起伏，而人物大都类型化、脸谱化，剧作家只在惊奇神秘、情感宣泄上下功夫。这种剧对现实的反映流于表面，很少顾及人物心理刻画，对剧本艺术本身也疏于发掘。内战之后，尤其是19世纪70年代之后，这一现象得以改变。戏剧更加注重演出效果和强调事先的总体策划，为满足现实主义戏剧的需要，演出时常常使用具体真实的道具，一些特殊的效果如大火、洪水等要求更加逼真。此外，在早期现实主义的影响下，剧作家们逐渐摆脱情节剧的俗套，转向美国本土的社会现实，寻常百姓的日常生活，以及大众化的生活语言，表现"未被美化的真实"。对欧洲浪漫主义戏剧传统的摆脱也是美国剧作家逐渐本土化的过程，表现在他们对美国社会现实的关注。

（三）美国自然主义文学

到19世纪90年代，在欧洲现实主义与自然主义文学的影响下，一批新兴的作家从许多方面反映社会消极的一面，自然主义的思潮开始风行。克兰（Stephen Crane，1871—1900）是自然主义代表作家，他的长篇小说《街头女郎梅姬》（Maggie：A Girl of Streets）是美国第一部自然主义小说，很多细节都取自贫民窟的真实生活，使用了贫民窟的语言，逼真地反映了美国大城市最下层人们的生活状况。他的第二部小说《红色英勇勋章》（The Red Badge of Courage）被称为美国的"第一部反战小说"，同时，该作品也被视为克兰的代表作。诺里斯（Frank Norris，1870—1902）也是美国自然主义重要的作家，他追随左拉和自然主义派的榜样，强调遗传和环境在人生中起决定性的作用，竭力主张小说家的责任就是描写在自然环境影响下的寓言式的人物。他的作品促进了美国自然主义流派的形成，其中最出色的是《小麦史诗》（The Epic of the Wheat）三部曲中的第一部《章鱼——一个加利福尼亚的故事》（The Octopus）。此外，自然主义流派的重要作家还有伦敦（Jack London，1876—1916）、德莱塞（Theodore Dreiser，1871—1945）、凯瑟（Willa Cather，1873—1947）、威廉斯（William Carlos Williams，1883—1963）等人。这些作家都对美国文学的成熟做出了贡献。总之，20世纪初这段时期因其文学题材之丰富、内容之新颖、技巧之大胆创新，被人称之为美国文学的"第二个文艺复兴时期"。尤其是20世纪20年代是美国文学史上伟大的十年，占有独特的地位。大量的文学作品，充分地反映出时代的精神面貌，值得后世传诵。

（四）美国现代主义文学

美国文学经过19世纪中后期的"文艺复兴"之后迅速走上了民族文学的发展道路，并且一直保持了良好的发展态势，不断推陈出新。时至20世纪初，它已经成为世界文学不可忽视的一支主力军，开始逐渐影响世界文坛。自20世纪开始，美国进入了一个新的发展时代。在国际性的"现代主义"文艺运动影响下，各种文学样式纷纷登场，出现了各种流派并立的局面。

1. 美国现代诗歌的发展

美国诗歌在19世纪末20世纪初基本上处于沉寂时期。随着两位划时代的诗坛巨擘迪金森和惠特曼的相继去世，美国诗坛被一些模仿英国浪漫主义末流诗歌的"风雅派"所垄断。美国诗歌的不景气局面持续了相当长的一个时期，好在还有一些诗人比较倾向于诗歌意象和表现形式的革新，他们的诗歌革新举措和1912年门罗创办的《诗刊》共同触发了一场新诗运动，从而结束了美国诗歌的沉寂期。从此，一批新诗人纷纷登上美国诗坛，开创了美国现代诗歌的传统。个性化的诗歌创作，是这一时期的突出特点。各种诗歌派别如"垮掉派""黑山派""纽约派""具体派""自白派"和"新超现实主义派"纷纷出现。这些派别各有主张，但其共同点是企图摆脱艾略特的"非个性化"的影响。新一代的诗人直抒胸意，突出个人因素，具有一种"现时性"。他们强调美国特色，不再视伦敦为英语诗歌中心；他们干预政治，不再以超然物外而自傲；他们反对权力机构，蔑视传统规约，他们的诗歌描写吸毒、性爱（包括同性爱）、精神分裂与对自杀的眷恋。这一切，可以看作对西方机械化、标准化、非人性化的社会的一种反叛。

在这段被称为文艺复兴大写新诗的历史时期，美国诗歌最大的收获之一是艺术形式的百花齐放：象征派、印象派、未来派、超现实主义诗、日本俳句、五行诗、多音散文诗、散文诗、新吟游诗和跳跃幅度大而诗行破碎的自由诗等。它们不但构成了新诗的新范式，而且提供了新诗的多样化的新方法，表现了新诗的创造性和活力，从而把新诗提高到了空前的地位。新诗的贡献在它在风格上作了许多革命性变化，这种变化的成果依然被后现代派诗人所接受、所使用，尤其他那经济、具体、通俗口语、悖论的艺术手段依然被当代诗人所运用。新诗的另一个突出的成果是把自由诗体作为主要的艺术形式确立下来。

此外，由于门罗的倡导，《诗刊》抛弃了一切成见，注意提携新人，一时成了介绍不知名诗人的作品、促进诗歌运动的重要媒介，也为美国诗歌培养了一批诗歌新秀。这一时期著名的诗人有艾略特（Thomas Stearns Eliot，1888—1965）、庞德（Ezra Pound，1885—1972）、弗罗斯特（Robert Frost，1874—1963）、桑德堡（Carl Sandburg，1878—1967）、卡明斯（E. E. Cummings，1894—1962），威廉姆斯（William Carlos Williams，1883—1963）等人。他们分属于不同的流派，但共同点是都致力于表现现代资本主义社会中越来越突出的人的异化，并或多或少流露出彷徨和悲观的情绪。

2. 美国现代小说的发展

第一次世界大战爆发前，美国文化界普遍是一片欢乐的景象。美国文化的中心从具有浓厚清教传统的波士顿转到了芝加哥和纽约，这一转变有力地推动了美国文化的进一步开放，也标志着美国文化界开始摆脱清教的严格束缚。在这一转变过程中，不仅欧洲的现代主义思潮纷纷流进美国，而且国内形成了新的政治团体和艺术团体，发展了一种放荡不羁约束的新文化。这个时期的美国文学一方面出于激动和喜悦回应新的社会进程，因而引吭高歌，对新世纪作别样的礼赞；另一方面又保持了一种颓唐的怀疑态度，认为一种新的使人类丧失人性的社会力量正日益冲击和改变着美国人的生存环境及昔日的观念和偶像，因而显得格外的冷峻与沉郁。

欧洲现代主义思潮的传入给美国青年们带来了巨大的影响，他们在尊崇和仿效欧洲现代主义文化的同时强烈的渴望欧洲文明。然而，残酷的战争击碎了他们的精神支柱，在情感上受骗的同时也对前途丧失了信心。他们自我放逐，被称为"迷惘的一代"。主要代表人物有海明威、菲茨杰拉德等。他们旅居欧洲，并在吮吸了欧洲现代派的文学滋养后发展了各自的风格。他们所取得的举世瞩目的艺术成就使20世纪20年代成为美国有史以来小说创作最辉煌的时期,大大促进了美国现代主义文学的繁荣。与此同时,美国南方的一部分小说家也对战后美国做出了应有的反应。在他们的作品中滋生了一种怀旧情绪,留恋一种文明秩序和道德传统,因此,被称为"逃逸派"作家。当时活跃在南方的女作家波特虽不属于这一派,但以其独树一帜的创作在美国小说史上留下辉煌一笔。而1930年,刘易斯首次夺得了诺贝尔文学奖,成了举世瞩目的美国小说家,更是结束了美国文学被蔑视的局面,也标志着美国文学已经完全走向了全世界。然而,随后爆发的经济危机却又将美国民众推向了绝望的边缘。一些正直的作家拂去20世纪20年代失望和迷惘的尘埃,将个人的哀愁转向社会问题的探讨。他们在目睹了经济危机造成的种种社会弊端之后开始接触马克思主义、社会主义。一部分进步作家开始设想一种可以代替资本主义的新的社会秩序,于是"左翼文学"应运而生。"左翼"小说家的出现又使美国小说沿着更加激进的道路发展。他们同其他小说流派一道共同构筑了20世纪三、四十年代色彩斑斓的美国小说世界。

3. 美国现代戏剧的发展

美国戏剧在进入20世纪后迎来了其发展的"黄金时代"。现代主义在戏剧方面的代表人物是被誉为"美国戏剧之父"的奥尼尔,他的剧作受到象征主义、表现主义和弗洛伊德主义的影响。奥尼尔是新戏剧运动的主力,他对美国社会的合理性表示怀疑,在题材和技巧上为美国戏剧开辟了一条全新的道路,创造了美国现代的悲剧。他用现实主义白描手法,寻找自我、反映人类的孤独。在欧洲先锋派文艺思潮的影响下,他又用象征主义手法写了《琼斯皇帝》《毛猿》《上帝的儿女都有翅膀》等,在更为广阔的背景下表现了现代美国生活的那些被扭曲了的心灵。当20世纪20年代意识流方法在小说中广泛应用时,奥尼尔也开始探索如何把这种方法用在戏剧舞台上,写有《奇异的插曲》和《素蛾怨》,都获得成功。奥尼尔是位严肃的剧作家,他对戏剧创作有明确的认识,"戏剧就是生活",戏剧反映生活,揭示生活的本质并传达给观众。奥尼尔的剧作涉及美国社会生活的不少侧面,他不直接写社会冲突,而侧重写这些冲突对人心内心的影响以及因此而导致的悲剧。除奥尼尔之外,这一时期的杰出剧作家还有安德森、莱斯、海尔曼、怀尔德等人。在他们的戏剧思想影响下,美国出现了一系列紧扣时代脉搏,不受商业化倾向左右的高品位戏剧作品。这些剧作不仅注重艺术性,而且注重思想性。

三、当代美国文学(1960年—)

当代美国文学在题材内容和文学种类上更为丰富多样。从诗歌和戏剧看,虽然没有大师级杰作,但大量的作品也构成了绚丽多彩的局面。诗坛既有先锋派与新形式主义诗歌的新旧并举,又有日记体与抒情系列的长短共存。戏剧仅以现实题材而论,就广泛涉及政治、社会、家庭、种族、理想等多个方面。至于小说,如英国评论家马尔科姆·布雷德伯里(Malcolm Bradbury)所说:"已经成为由各种不同声音朝多个方面呼吁的组合。"在这个"组合"中,现实主义长篇在蓬勃发展，由"极简派"小说代表的短篇发展到了一个新阶段。处于潮落阶段的后现代派小说，又与其他形式文学共同衍生出如"电脑小说"一类新型作品。妇女小说重在借助现实主义以外的手法来探索女性的自我建构。此外，除了少数民族小说展示出辉煌外，科幻小说的发展也令人瞩目。这一时期科技的高度发展激发了人们对科幻小说的兴趣。同时，科技领域的日益复杂化和专业化也促进了科幻小说水平的提高。较之于早期科幻作品，这一时期的科幻小说内容更丰富，更吸引人，风格更多样。虽然仍有人不重视科幻小说，但它们已作为一种文学类型进入了文学的"主流"。这些作品从各个不同的侧面反映出美国社会生活和文化心理状态。

此外，创作主体也呈现出多元化趋向，少数民族文学异峰突起是其显著特点之一。这次少数民族作家群的崛起具有全方位态势，即不仅黑人作家，其他如印第安和华裔作家也取得了前所未有的成就。他们不再以被排斥者身份向白人讲述"自己的"故事，而是力求从有别于白人的角度与白人一起讲述"美国的"故事。在他们的作品中，对民族感、民族文化的弘扬，对自我建构、历史和世界的关注取代了单纯的社会反抗意识。应该说，这一时期的少数民族文学是以不曾有过的积极主动姿态，用自己灵活多样的艺术形式和手法、深厚的历史文化意蕴丰富、影响了美国文学，为之带来了活力、生机与新的方向。

第三节 英美文学翻译策略

好的翻译等于创作，甚至超过创作，这一点在文学翻译上尤为明显。一部文学作品既是作者心灵世界的艺术，又是客观现实的反映，而它所要表达的思想、情感、态度既体现在语言文字上，又流露于字里行间所隐含的语气、氛围中。因此，一部好的译作，既需要作者有良好的文学素养和语言理解能力，又需要具备一定的翻译策略。只有这样，才能解决直译、意译所不能解决的问题，才能将原作的情感、意境最大程度的原汁原味地呈现给读者。

一、创造性翻译

翻译也是一种创作，不过是在原作允许范围之内的创作。在两种语言的转换中，译者应该有自己的创造空间，通过发挥译语的创造性，力求将原作所蕴含的各种文本价值成功地在译文中表现出来。简言之，翻译就是将一种文化的完美性转换成忠实于原作的另一种文化的完美性。

如"When in Rome do as the Romans do."意译为"入乡随俗"。从内容上看，意译是释义，而不是翻译；从文字上看，意译也不是翻译，而是创作。许渊冲先生在《翻译的艺术》一书中也曾指出："好的翻译等于创作，甚至超过创作""文学翻译是两种语言的竞赛"。在英美文学中，由于受中西方文化差异、不同历史时期社会背景以及作者写作风格等因素的影响，很多时候直译或意译都不能表现出原文的语气或感觉，因此创造性翻译可以很好地解决这个问题。

例如："I suppose I must," said Miss Sharp calmly, and much to the wonder of Miss Jemima; and the latter having knocked at the door, and receiving permission to come in, Miss Sharp advanced in a very unconcerned manner, and said in French, and with a perfect accent,

"Mademoiselle, jeviens VOUS faire mes adieux."（William Makepeace Thackeray：Vanity Fair）

【译文】"我想这是免不了的。"夏泼小姐说话的时候不动声色，吉米玛小姐瞧着直觉得诧异。吉米玛敲敲门，平克顿小姐说了声请进，夏泼小姐便满不在乎地走到屋里，用完美的法文说道："小姐，我来跟您告别。"（杨必译）

这是英国著名长篇小说《名利场》中的一段内容，作者是十九世纪英国批判现实主义作家威廉·梅克比斯·萨克雷。作者通过描绘十九世纪英国贵族资产阶级上层骄奢淫逸、钩心斗角的生活图景，无情地揭露了封建贵族荒淫无耻、腐朽堕落的本质和资产阶级追名逐利、尔虞我诈的虚伪面目。故事主角蓓基·夏泼是一个聪明机智、美丽大方的姑娘。她尝过贫穷的滋味，一心要掌握自己的命运，摆脱困境。她不择手段，谄媚奉承，同时，又意志坚强、精力充沛，不顾一切地利用自身的优势以谋得上流社会的稳定地位。译者把"must"译为"免不了的"，而不译为"必须、得"；把"calmly"译为"不动声色"，而不译为"平静地"；"unconcerned"译为"满不在乎"，这些译笔更为切合语气和气氛，使人物的性格和神态鲜明突出。这段原文是描写夏泼与她告别时的神态，语气中充分地表现了夏泼的刚强性格和反抗精神，使夏泼这一人物性格更为丰满。

再如："Curiouser and curiouser！" cried Alice（she was SO much surprised, that for the moment she quite forgot how to speak good English）.（Lewis Carroll，Alice's Adventure in Wonderland）

【译文】"太希（奇）怪了，太希（奇）怪了！"爱丽丝惊叫起来。（因为她这会儿实在太诧异，连怎么说好英语也忘记了。）（朱洪国译）

这是英国儿童文学《爱丽丝梦游仙境》中的一段内容，作者是英国作家查尔斯·路德维希·道奇森。故事叙述一个名叫爱丽丝的女孩从兔子洞进入一处神奇国度，遇到许多会讲话的生物以及像人一般活动的纸牌，最后发现原来是一场梦。原文中的"curiouser"是作者为了表达爱丽丝的惊讶程度而杜撰的一个词，意为表达爱丽丝因太过于惊讶连怎么说好英语都忘了。这本身就是作者一个创造性的发挥。而译文和原文一样生造了一个词"希（奇）怪"，其发音与"奇怪"相近（正如 curiouser 和 curious 相近一样）。为方便读者理解，译者还用括号注明了"希"与"奇"相通，以免读者造成意义的误读。这是从艺术内容出发进行创造性翻译的典范。

二、顺应性翻译

翻译方法的选择一直是学者们所关注的话题。就文学翻译而言，有人认为翻译方法应以归化为主，有人主张"文学翻译应采取'异化为主，归化为辅'的策略"。孰是孰非，愈辩愈令人困惑。

顺应论从认知、社会和文化的综合功能视角对综观语用现象及其运用的行为方式进行了系统的描述和阐释，认为使用语言的过程就是在不同意识程度下为适应交际需要而进行语言选择的过程。而语言的使用，说到底就是一个不断选择语言的过程，不管这种选择是有意识的还是无意识的，也不论它是出于语言内部还是语言外部的原因。翻译既然也是一种语言的使用，那么在语言使用过程中，译者能够从可供选择的诸如归化、异化等翻译策略中做出灵活的变通、选择，从而顺应翻译目的的需要。

例如：It was the best of times, it was the worst of times, it was the age of wisdom, it was the age of foolishness, it was the epoch of belief, it was the epoch of incredulity, it was the season of Light, it was the season of Darkness, it was the spring of hope, it was the winter of despair, we had everything before US, we had nothing before US, we were all going direct to Heaven, we were all going direct the other way——in short, the period was so far like the present period, that some of its noisiest authorities insisted on its being received, for good or for evil, in the superlative degree of comparison only.（Charles Dickens：A Tale of Two Cites）

【译文】那是最好的年月，那是最坏的年月；那是智慧的时代，那是愚蠢的时代；那是信仰的新纪元，那是怀疑的新纪元；那是光明的季节，那是黑暗的季节；那是希望的春天，那是绝望的冬天；我们将拥有一切，我们将一无所有；我们直接上天堂，我们直接下地狱——简言之，那个时代跟现代十分相似，甚至当年有些大发议论的权威人士都坚持认为，无论说那一时代好也罢，坏也罢，只有用最高比较级，才能接受。（石永礼、赵文娟译）

这是英国长篇小说《双城记》中的一段内容，作者是英国作家查尔斯·狄更斯。小说描写了贵族如何败坏、如何残害百姓，人民心中积压了对贵族的刻骨仇恨，导致了不可避免的法国大革命。故事情节曲折紧张而富有戏剧性，头绪纷繁而充满忧愤，深刻地揭露了法国大革命前深深激化了的社会矛盾。这一段中原文用了矛盾修辞法，用大量的反义词来表达强烈的情感，如"best"与"worst"，"wisdom"与"foolishness"，"belief"与"incredulity"，"light"与"darkness"，"hope"与"despair"，"everything"与"nothing"等，译文在顺应原文语义的同时，也选择了大量的最高级、比较级词汇（最高比较级）诸如"最好的、最坏的、智慧的、愚蠢的、信仰的、怀疑的、光明的、黑暗的、希望的、绝望的、拥有一切、一无所有"等等；在语言结构方面，也忠实地顺应了原文，既曲折变化，又一气呵成，大有波澜壮阔之势。

再如，He would carry a fowling piece on his shoulder, for hours together, trudging through woods and swamps, and up hill and down dale, to shoot a few squirrels or wild pigeons.(Washington Irving：Rip Van Winkle)

【译文】有时他还会为了打几只松鼠或野鸽子，掮着一支猎枪，穿林越泽，上山入谷，一连跋涉好几个钟头。（万紫、雨宁译）

这是美国著名短篇小说《瑞普·凡·温克尔》中的一段文字，作者是美国作家华盛顿·欧文。小说的主人公瑞普·凡·温克尔是个游手好闲、不务正业的人。他身为农民，却厌恶耕作，虽然脾气随和，乐于助人，在家里却懒懒散散，诸事不管不问。他可以钓一整天鱼，即使鱼儿一口也不来咬饵，他宁可只有一个便士也挨饿，却不愿为一个金镑而工作。然而，他可以为了打几只松鼠或野鸽子，穿林越泽，上山入谷，一连跋涉好几个钟头。作者正是通过这种对比将公瑞普·凡·温克尔的形象刻画的生动形象，既揭示出他的不务正业，又充满了幽默与讽刺的意味。译文根据汉语的行文习惯，将目的置前，行为置后，采用了归化的方法，把"carry"译成"掮着"，而不是"扛着"，用词精准地道，使主人公进山打猎时的形象跃然纸上。"穿林越泽，上山入谷"译得简洁明了，且暗含些许幽默色彩。用"跋涉"一词来形容 Rip Van Winkle 为了打猎不辞辛苦地到处奔波，颇能传神地传达这其中的幽默意味，与原文在主旋律上达成统一。

三、杂合性翻译

杂合是不同语言文化相互交流、碰撞后形成的具有多种语言文化特点但又独具特色的混合体。随便翻开一部翻译文学作品，总能找到一些来自于原文，而且也为译入语文化所缺乏的语言文化成分，如一些新异的词汇、句法、叙事手法、文化意象、思维观念等等。通过对译文的考察发现，不包含异质性语言文化或文学成分的译文几乎是不存在的。杂合不仅表现在语言上，也表现在文化和文体等文学因素上。即便是在语言上，杂合的译文也要保留一些源语的成分。虽然这些成分违反了译入语的习惯或规范，但只要掌握好分寸，就不会导致译文晦涩难懂，反而有可能因为语言具有新意而备受读者的欢迎。由于源语文化和译语文化之间的差异，以及受语境、时空、思维方式等因素的制约，源语和译语不可能在指称、语用和言内三个意义层面上一一对应。翻译是可能的，但它应该有限度。文学翻译的艺术性所在，不是说译文和原文机械地相等，也不是说译文可以脱离原文、任意增删，而是要求译文能够达意传神，能把原作的艺术意境传达出来，从而达到艺术创造的境地，这样就必须灵活地运用各种翻译方法。

例如：I cover my face with the bedclothes, and turned from her to the wall.(Charlotte Bronte：Jane Eyre)

【译文】"我用被子盖着脸，转过身去朝着墙，不理她。"（祝庆英译）

这是英国长篇小说《简·爱》中的一句话，是主人公简·爱和女仆白茜的对话，"她"

指的是里德太太。里德太太是简·爱的舅母，因为嫉妒丈夫对简·爱的重视多过自己的子女而加倍讨厌简·爱，将其视为眼中钉，因此，简·爱也非常讨厌她。译文中，祝庆英补译了"不理她"，忠实地传达了原文的情感意义，将简·爱对舅母的厌恶、对抗情绪表达得淋漓尽致，使简·爱自尊、倔强的形象跃然读者眼前。同时，也使译文意思表达更为完整，增强了译入语的感染力。

再如：The May—day dance, for instance, was to be discerned on the afternoon under notice, in the disguise of the club level or "club—walking" as it was there called. (Thomas Hardy: Tess of the D'Urbervilles)

【译文】譬如现在所讲的那个下午里，就可以看出五朔节舞的旧风以联欢会（或者像本地的叫法，游行会）的形式出现。（张谷若译）

这是英国著名作家托马斯·哈代的长篇小说《德伯家的苔丝》中的一句话。由于中西文化的差异，很多读者都不知道"五朔节"到底是一个什么样的节日，而译者以加注的形式解决了这个问题。这样的注释不但不会打断读者的阅读过程，相反还有助于读者了解外国文化。

第四章 英美散文翻译理论研究

散文在中西文学及文化史上都具有崇高的地位。在古代中国,散文指"区别于韵文、骈文,凡不押韵,不重排偶的散体文章"(《辞海》,第1471页),如《四书》《五经》《庄子》《古文观止》等概称散文。在某些历史时期曾将小说及其他抒情、记事文学作品统称散文,以区别讲求韵律的诗歌,但现代散文指的是与诗歌、小说、戏剧并称的一种文学体裁。

第一节 散文文体概述

一、英美散文发展历史

英美散文史分期既然是研究其演变的历史,那么首先就应该当作一门历史去考察,遵循历史学原则,贯彻有关历史分期的方法。英美散文作为英、美文学的一大分支,与英、美文学史一样,有自身发展的历史,是一门"依据时间以为变迁"的学科。因此,研究英、美散文的翻译,首先便是了解英、美散文发展的历史。只有了解其历史,才能把握其创作及风格特点与语言文化特色,正确解释某一特定时期的散文内容、风格及特点,在翻译实践中,在讨论如何翻译时才具有针对性。并且处于不同分期阶段的散文创作总是受到历史事实或现象的制约,呈现出不同特征和面貌。因此,对于具有史学意义的散文发展史研究来说,历史发展的分期问题至关重要。

(一)英国散文发展历史

1. 古代英国散文(5世纪初—11世纪)

在古英语文学中,英格兰岛的早期居民凯尔特人和其他部族没有留下书面文学作品。直到6世纪末,基督教传入英国,出现了宗教文学,僧侣们开始用拉丁文写书。其中,比德用拉丁文写所著的《英国人民宗教史》(731年)既有难得的史实,又有富于哲理的传说，受到推崇，并译成英文，英国散文的历程由此开始。这种以拉丁文书写散文的风气在英国延续了数个世纪，散文大都用拉丁文写，或是从拉丁文翻译成英文，主要的内容是关于历史与宗教方面的，比如摩尔用拉丁文写的《乌托邦》，特里维莎翻译的《世界全史》和《物之属性》等。此后，丹麦人入侵，不少寺院毁于兵火，学术凋零。至 9 世纪末，韦塞克斯国王阿尔弗雷德（King Alfred，849—899）用古英语翻译了比德的拉丁语著作《英国教会史》、波伊乌提的《哲学的慰藉》以及《圣经·诗篇》。阿尔弗雷德还大力振兴学术，组织一批学者将拉丁文著作译为英文，并鼓励编写《盎格鲁—撒克逊编年史》（Anglo Saxon Chronicle），这是一部伟大的古英语散文著作，是用英国当地语言写史的开始，也是英国散文创作的真正起点，它所开创的散文传统甚至影响到了马洛、黎里、弥尔顿以及培根等散文大师。

2. 中世纪英国散文（1066 年—15 世纪）

中世纪散文经历了 11 世纪至 15 世纪的漫长历程。在这个时期，散文主要用于传记，如圣·玛格丽特（St Margaret）、圣·凯瑟琳（St Katharine）、圣·朱丽安娜（St Julianna）传记以及修女指导书籍《安克林·鲁利》（Ancrene Riwle）。散文写作的这种传统一直到 15 世纪，如佩科克（Reginald Pecock）的《镇压者》（The Repressor，1455）。这一时期，更为重要的是翻译奠定了散文的基础。英国文学的丰饶最开始获益于对外国文学的翻译和吸收。1066 年诺曼人入侵，带来了欧洲大陆的封建制度。此后，翻译的散文逐渐多起来。

比如早期的散文作家和翻译家特烈维沙（John Trevisa，约 1342—1402 年），他翻译过自然科学百科全书。他用散文体翻译，译笔朴素有力，有时译得直，有时译得活。他说："在一些地方，我用单词对单词，主动式对主动式，被动式对被动式，词序也原封不动。但在另一些地方，我必须改变词序，并用主动式译被动式，用被动式译主动式。有的地方，我必须给某个词附加说明，以解释词的含义。然而，尽管作了这些改动，意思却保持不变。"

因此，他的翻译开辟了世俗散文的新天地，也奠定了英国散文的基石。特烈维沙被认为是他所属那个时代最伟大的翻译家，1609 年詹姆斯国王版本的《圣经》的序言里写道："早在理查德二世的时期，约翰·特烈维沙就已经把福音书翻译成英语。"随后他为柏克莱伯爵将《圣经》中的几个部分翻译成法语，包括《启示录》，这一部分被他的赞助人刻在了柏克莱城堡教堂的天花板上。他很可能是约翰·威克利夫（John Wycliffe）所组织翻译的《圣经》早期版本的撰稿人之一。在翻译艺术上，特烈维沙也为后世留下了珍贵的遗产。他在翻译《圣经》的时候，简单而生动，不像是在翻译《圣经》，更不像威克利夫的风格。许多他所用的词现在仍然在使用，例如，表示剧院和地方两个词：theatre，place。

3. 近代英国散文（1500 年—18 世纪初）

近代散文经历了文艺复兴、伊丽莎白、王朝复辟等重要时期。阿农曾说："诗歌是古时的黄昏，散文则是近代的黎明。"表明近代是散文发展的一个重要时期。在此期间，经过 16 世纪体式的确立到 17 世纪小品文的诞生，散文经过磨炼和实验，最终以成熟的文体出现在英国文学之中。

4. 现代英国散文（18 世纪—1954 年）

（1）新古典主义时期的散文。18 世纪被称为英国文学史的"散文世纪"，散文在这个时代是如此优美，以至于遮盖了诗歌的光芒。众多的散文大师诞生在这个时代，散文也得到了广泛的运用，而且各类散文作品竞相发展：报刊中有艾蒂生和斯梯尔，文学批评中有约翰逊，传记中有鲍斯威尔，哲学中有休谟，政治中有伯克，历史中有吉本，美学中有雷诺兹，经济学中有史密斯。

（2）启蒙主义时期的散文。启蒙是 18 世纪欧洲的一种影响极大的进步思潮。由于资产阶级取得政权后，需要对旧时代过来的人民进行教育，使之足以胜任历史所赋予的使命，这样，散文的发展成了时代的需要。除此之外，由于启蒙主义者崇尚理性，理性成了一切的标准，所以这是一个缺乏激情的时代，不是产生伟大的诗篇而是诱发以说理为主的散文的时代。而读者也似乎更喜欢散文，因为它比诗更能全面地反映时代的风貌。启蒙运动带来了英国散文的新发展，散文家们表现出了启蒙主义精神，他们既推进了散文艺术又开拓了散文创作新领域。

（3）工业革命时期的散文。英国资产阶级革命胜利后，原始资本积累更加迅速。18 世纪下半叶，在工业生产中出现并开始使用机器，标志着工业革命的开始。工业化的大生产给大自然和农村的传统生活带来了破坏，也带来了人际关系上的冷酷和丑恶，这便导致散文创作中感伤主义抬头，接替古典主义的散文创作。感伤主义是一种情感气氛，其核心便是一种悲天悯人的同情心。感伤主义在文学的题材、体裁和艺术手段等方面开拓了新的天地，创造了建立在人的个人家庭和生活的冲突上的心理小说和"流泪喜剧"等文学样式，并将日记、自白、书简、游记、回忆录等形式运用于小说创作。代表作家有斯特恩、汤姆逊、扬格、葛等。政治与经济哲学上有休谟、斯密和穆勒。他们的理论体文章包括哲学、科学、美学、政治学、经济学之类文章，被称为"知识分子散文"。

（4）浪漫主义时期的散文。19 世纪是英国散文发展的新阶段，也是英国散文发展的一个关键时期，无数影响世界的散文大家成长在这个时代之中。浪漫主义是大异于 18 世纪的优雅含蓄的一种新文风，其散文多注重文笔的优雅，把散文推向"美文"的境界。华兹华斯和柯尔律治发表《抒情歌谣集》再版序言，作为浪漫主义宣言标志着浪漫主义的诞生，他们也写下了杰出的散文，如《华兹华斯诗歌的缺点》（Defects of Wordsworth's Poetry）。

（5）维多利亚（1819 年—1901 年）时期的散文。19 世纪 50—70 年代，是英国自由贸易资本主义发展的鼎盛时期，更是大英帝国高峰时期，英国率先完成工业革命，科学、文化、艺术出现繁荣的局面。维多利亚时代的散文读起来极具美感，因为 19 世纪正是英国散文大家的时代。在散文创作上，有吉辛和布莱克默等。

（6）现实主义散文。在现实主义注重再现客观现实图景所遵循的艺术原则下，散文提倡客观地观察现实生活，按照生活的本来面貌精确地创作。

（7）批判现实主义散文。批判现实主义是欧洲19世纪文学艺术领域占主导地位的文艺思潮。代表作家有狄更斯，他的作品关心社会上的重大问题，笔调幽默风趣，真实的细节与诗意的气氛相结合，加上他对语言的莎士比亚式的运用，使其作品为英国散文艺术做出了独特的贡献。另有萨克雷，他以文雅的笔法讽刺上层社会的贪婪和欺诈。马克思论英国的狄更斯、萨克雷等批判现实主义小说家时说："他们用逼真而动人的文笔，揭露出政治和社会上的真相；一切政治家、政论家、道德家所揭露的加在一起，还不如他们揭露的多。"并称当代欧洲作家里萨克雷是第一流的大天才。

（8）写实主义散文。写实散文偏重于描绘客观现实生活的精确的图画，而不是直接抒发自己的主观理想和情感；同时，也注重在深入细致地观察、体验现实生活的基础上，对客观事物加以典型化，强调从人物和环境的联系中塑造典型性格。代表作家有本涅特、威尔斯、高尔斯华绥、萨基等。

（9）多元风格的散文创作。19世纪末英国散文创作异彩纷呈，现实主义与实验主义交错重叠，妇女作家和少数外籍作家异军突起，使英国散文艺术呈现出多元化发展的趋势。如散文家和文艺批评家布罗克著有《现代散文集》。

（10）现代主义（1918年—1945年）散文。英国散文创作自20世纪始进入了现代主义时期。现代派在描写现代人的心理方面有自己的独到之处，并在表现手法上确有不少重大突破。吴尔芙在《对当代文学的印象》谈到20世纪文学创作时，指出由于社会生活和文学观念的变化，在20世纪对新出现的作品往往难以做出准确估价，甚至褒贬之间差距很大，这是20世纪文学中的特殊问题。她认为由于20世纪文学创作处于试验阶段，不可能出现纪念碑式的鸿篇巨制，只有一些精彩的"断章残篇"能够流传后世，但它们可以起到一种铺垫作用，为未来的杰作做出准备。

5. 当代英国散文（1960年—）

毛姆是20世纪英国最伟大的作家之一，其创作丰富，题材多样，作品受法国自然主义影响，著名的有自传体小说《人类枷锁》、长篇小说《月亮和六便士》，散文作品有回忆录《总结》《作家笔记》和《回顾》等，都以其清新的风格和优美流畅的文字著称。毛姆论散文与风格的文字，本身也是优美的散文。毛姆对文风有着深刻的认识，他在《清楚·简洁·和谐》（Lucidity Simplicity Euphony）一文中对风格作了精辟的阐述，许多思想和观点很有价值。他认为："你要是能写得清楚、简洁、和谐而又生动，那就到了炉火纯青的地步，可以与伏尔泰相媲美了。"

(二)美国散文发展历史

1. 近代美国散文(1500年—18世纪)

美国散文诞生于英属北美殖民地时期。1608年,史密斯(Captain John Smith,1580—1631)借用书信的形式,发表了一篇关于新大陆的报告,实为报告文学散文,题目为《新英格兰记》,其大部分内容为"殖民地第一次在弗吉尼亚开拓以来发生的各种事件的真实介绍"。他在描写美国的作品中囊括了主题、事件、人物、地点、神话传说和想象等,这一切构成了美国文学的基本要素。这部书被称为是第一部用英语写作的美国文学作品,被很多人如饥似渴地阅读,史密斯也因此成了第一位美国作家。1612年,史密斯又写了《弗吉尼亚——一个乡村的描述》。此后他一共出版了8部作品,多是描述新英格兰的。当时的读者多是清教徒,他们能够接受书中真实事实的部分,而对书中过于花哨和浮夸的描述极为反感。认为史密斯对事实缺乏成熟的思考,似乎只是神话和历史。史密斯之后,在南部和中部殖民地区也涌现出了一批新的作家,他们为18世纪的美国文学做出了伟大的贡献,形成了美国文学的理性时期和革命时期。其中,包括科顿(John Cotton.1585—1652),他所写的数部有力的清教徒理论书籍,反映了清教徒关注权利和威信胜于民主;还有威廉姆斯(Roger Williams,1603—1683)写有《开启美国语言的钥匙》一书,内容是研究印第安语言的。

在北美殖民地人民争取独立的岁月里,政治成为社会生活的中心舞台,使得散文发挥了它应有的作用,也促进了散文创作。比如爱德华兹著有《自述》和《神圣事物的形影》(Images or Shadows of Divine Things),这些著作传达了他的信仰,那就是,上帝通过把自身扩散到时间和空间中而创造了世界;山石、树木花草、飞禽走兽以及人,都是上帝自身的体现;人作为上帝的一部分而具有神圣性质;在人的灵魂和大自然中,神圣的上帝无处不在、无所不容;世间的一切都是精神的体现。而随着1781年独立革命战争的结束,美国散文创作发生了重大变化。自19世纪初的100余年间,美国文学蓬勃发展,经历了浪漫主义、现实主义和自然主义等几个明显的阶段,散文也清晰地走着这条道路

(1)早期浪漫主义散文。伴随着政治上的独立,文化开始独立,民族文学开始诞生。这一时期涌现出富兰克林(Benjamin Franklin,1706—1790年)、亨利(Henry,1736—1799年)、潘恩(Thomas Paine,1737—1809)、杰弗逊(Thomas Jefferson,1743—1826年)、弗瑞诺(Philip Freneau,1752—1832年)、坡(Edgar Allan Poe,1809—1849)、库珀(James Fenimore Cooper,1789—1851)、欧文(Washington Irving,1783—1859)等一大批优秀的创作者。他们的文章行文质朴无华却字字击中要害,都为战斗的需要锻炼了自己的语言艺术。虽然这些有影响的散文写作者不是专业作家,而是独立革命的战士和参加者,但作为革命文人仍然写出了激励人民热情的散文杰作。这便造就了美国头一批重要的散文家。

富兰克林是美国第一位重要的散文作家。这时期他的重要作品是《自传》，书中详细地叙述了自己的奋斗历程，记载了他自己严格要求自己的事迹。富兰克林的经历是典型的"美国成功故事"，是"美国梦想"实现的雄辩证明。他用清晰、幽默的文体传播科学文化，激发自力更生的精神，他的爱国热忱和关于自学、创业的言论，对于美国人民的人生观、事业观和道德观产生了深远的影响。富兰克林的作品体现了一个启蒙主义者的思想观点，显示了一个新兴资产阶级代表的立场、学识和风度，不少人把他视为实现"美国梦"的楷模。他的散文流畅清晰、言简意赅、朴素精妙，很明显是受到18世纪英国散文家艾迪生（Addison）和斯迪尔（Steele）的影响。

美利坚合众国建立后的第一个美国职业作家欧文就是一位著名的散文家。在他的《睡谷传说》（The Legend of Sleepy Hollow）中的一段：

It was, as I have said, a fine autumnal day; the sky was clear and serene, and nature wore that rich and golden livery which we always associate with the idea of abundance. The forests had put on their sober brown and yellow, while some trees of the tenderer kind had been nipped by the frosts into brilliant dyes of orange, purple, and scarlet. Streaming files of wild ducks began to make their appearance high in the air; the bark of the squirrel might be heard from the groves of beech and hickory nuts, and the pensive whistle of the quail at intervals from the neighbouring stubble—field.

林纾的译文是：

时为萧晨，秋色爽目：沕蓼苍苍，四面黄绿，曲绘丰稔之状。林叶既赭，时亦成丹，夜来霜气浓也。夜鹜作群，横亘天际而飞；松鼠盘枝，啧啧作声。金橘之根，鹌鹑呼偶，时时趋出树外。

对照译文，林以亮在《翻译的理论与实践》中做了这样的评价："这不是'意译'与'直译'的问题，这更不是'信、达、雅'的问题，而是翻译者的人生观和对文学的境界的体会和理解力的问题。"从人生观和文学修养上评价译文，本是不错。不过文字的雅洁流畅和简练缜密确能从林纾重雅驯的桐城笔调中露出不少消息。

（2）中期浪漫主义散文。南北冲突时期，散文依然是最重要的创作形式。这时期的代表作就是布莱特利（John H. Bradey, 1815—1870）的散文集《幸福时光》（Hour in the Sun）。

2. 现代美国散文（18世纪—1960年）

现代散文最大的变化是改变了写作方式。莱维（Matthew Levy）在《消费性写作》中反对传统的生产性写作（productive writing），即所有的写作都有一个共同的过程，有一种千篇一律的"产品"。而"消费性写作"不讲究写作过程，觅材取材也不受限制，注重读者的感受，具有"消费观点"，读者需要什么就写什么。这种写作有点像超现实主义，不需要有经历或体验方面的常规，它讲究的是接受理论，注重读和写的关系。这种模式的倡导者认为，写作是一种神秘的和美学的文本消费，而不是一种肮脏的工业生产过程。

3. 当代美国散文（1960年—）

散文创作的当代性既体现在风格、语言、形式上的原创，也包括思想和精神的价值。具体地说，就是用作品对历史和现实的社会文化问题、对人的生存状态进行深刻的反思。在风格上，散文的现代性既有反传统、语言转型、情感的直接流露一面，更有社会改革的宏大背景，体现当代散文的后现代主义风格。这样的风格既有西方现代艺术的目标，又有"后殖民"的国际文化语境。主要作家有梅勒（Norman Mailer）、凯勒（Helen Keller）、卡森（R. Carson）、波兰德（Hal Borland）、怀特（Edward Brooks White）、萨尔顿（May Sarton）等等。主要作品有兰瑟姆的批评著作《新批评》《世界的躯体》；卡森的《海风下》《寂静的春天》《海之边》；波兰德的《大解冻》；萨尔顿的自画像文集《我认识的一只凤凰》、回忆录《梦幻的作物》以及日记等。

怀特是当代美国最优秀的散文作家，有散文集《天天都是星期六》《这儿就是纽约》《我罗盘上的方位》以及《散文选》等多部。怀特的散文有描写乡村生活，再现田园景色和自然风光，抒情真挚，夹叙夹议，文笔优美。比如他的《再度游湖》（Once More to the Lake）写得情景交融，意境优美。《散文与散文家》是其《散文选》的前言，以风趣的语言阐述了他对散文的看法。

二、"散文"的英语表达

"散文"在英语中有两个词可以表达：一个是"prose"，一个是"essay"。"prose"指广义的散文，相对韵文（verse）或诗歌（poetry）等讲究韵律的文体而言，包括文学体裁中的艺术散文和非文学体裁中的实用散文，除诗歌之外的一切非韵文体裁诸如小说、戏剧、传记、政论、文学批评、随笔、演说、游记、日记、书信等等。可见，prose作为范围更加宽泛的散文，包括了小说性散文（fictional prose）和非小说性散文（nonfictional prose），自然也包括essay。黑格尔《美学》及苏联什克洛夫斯基的《散文理论》中所论散文即如此。从这个意义上看，"prose"是自有书面语创作以来始终不间断的语言活动，历史悠久，成就斐然；而"essay"指的是较狭义的散文，它在内容上指那些由一件小事生发开去，信笔写来，意到笔随，揭示出内中微言大义的文章，也指议论时政、评价文学现象的气势恢宏、洋洋洒洒的政论和文论。这些文字大多以严肃的论题，犀利的笔触和雄辩的论证为其特点，一般译为"随笔"。随笔散文历史较短，虽然西方随笔的起源，在古希腊和罗马时代即以正式和非正式的作品形式存在，像那些反对偶像崇拜和抨击教条的作品都是，但直到法国蒙田赋予这一名称，且以深沉、直率和恳切的文章为私人随笔创立了标准，才确立了这一文体。

三、散文的特征

所谓特征，指的是一事物区别于其同类事物的质的规定性，是共性与个性的统一。散文作为一种独立的文学体裁，作为一个集合概念，一方面，其特征应是所有的散文个体所共有的，具有普遍性；另一方面，应是其他文学品类所没有的，具有独特性。

（一）散文的文体特征

散文的特性主要表现在以下两个方面：

1. 讲究真情实感

散文的传统一般是说真话，叙事实，写实物、实情。因此，散文多写真人真事，真景真物，而且是有感而发，有为而作。"真挚地表现出自己对整个世界独特的体验与感受，这确实是散文创作的基石。"散文中抒写最多的是作者的亲身经历，表达的是作者所见所闻，所感所触，富有个性与风采的生命体验与人生情怀。散文是作者发自内心的真情倾诉，是作者与读者之间一种推心置腹的交谈。

2. 选材广泛

散文选择题材有广泛的自由。生活中的某个细节、片断、某个侧面均可拿来抒写作者特定的感受与境遇，而且凡是与某一主题相关的材料，也均可拿来使用，因此，散文所表现出来的内容是异常丰富多彩的。与其他文学体裁相比，散文选择题材几乎不受什么限制。比如，缺乏集中矛盾冲突的题材难以进入戏剧，缺乏比较完整的生活事件与人物形象的题材难以进入小说，而散文则不受这些方面的约束。事无巨细，上至天文地理，下至社会人生，小到花鸟虫鱼、身边琐事，大到民族命运、历史巨变，均可作为散文题材。但是，散文的题材广泛是从总体而言的，具体到一篇散文来说它的内容却是一定的、单一的，并不表现为"形散"。

3. 文体结构自由

一切文体都是没有固定章法的，而是贵在创新。开头结尾，层次段落，过渡照应，这些东西如果一味追求章法，就毫无艺术可言。散文的创作更是如此，散文的创作不像小说创作那样，要塑造人物形象，设计故事情节，安排叙事结构，也不像戏剧创作那样要突出矛盾冲突，要讲求表演的动作性。散文可描写，可议论，可抒情，灵活、随意是它最为鲜明的长处。不过，散文的结构尽管没有严格的限制和固定的模式，但其创作上的灵活、随意并不意味着散乱无序，其选择题材与抒情表意需紧紧围绕一根主线展开，这便是人们常说的散文需"形散而神不散"。也就是说，运笔自如，不拘成法，散而有序，散而有凝。

（二）散文的语言特征

与其他文学样式相比，散文没有太多的技巧可以凭借，因此，在艺术表现形式上，主要依靠语言本身的特点。散文语言的特点主要体现在以下几个方面。

1. 节奏感强

散文向来讲究节奏感，在语音上表现为声调的平仄或抑扬相配，无韵有韵的交融，词义停顿与音节停顿的融合。在句式上表现为整散交错，长短结合，奇偶相谐。整句结构整饬，使语义表达层次分明，通顺畅达；散句结构参差不齐，使语义表达显得松散、自然。长句结构复杂，速度缓慢，可以把思想、概念表达得精密细致；短句结构简单，速度迅捷，可以把激烈活泼的情感表现得尤为生动。并且，奇偶相谐则使整散句式、长短句式经过调配后在行文结构上显得错落有致，在表情达意上显得跌宕起伏。

2. 简洁练达

林语堂曾说过："简练是中文的最大特色。也就是中国文人的最大束缚。"简洁的散文语言一方面可以传达出作者所要表达的内容，另一方面还能高效地传递出作者对待人情物事的情感与态度。它不是作者雕饰苛求的结果，而是作者平易、质朴、纯真情感的自然流露。散文语言的练达既指措辞用语运笔如风，不拘成法，随意挥洒，又指作者情感表达的自由自在，酣畅自如。学者林非论及散文语言时指出："如果认为它也需要高度的艺术技巧的话，那主要是指必须花费毕生艰巨的精力，做到纯熟地掌握一种清澈流畅而又蕴藏着感情浓度和思想力度的语言。"因此说，简洁与练达相辅相成，共同构建出散文语言艺术的生命线。

3. 口语化与文采化

散文一般多是写作者的亲身经历与感受，作者用自己的姿态、声音、风格说话，向读者倾诉，与读者恳谈，从而彰显出娓娓道来的谈话风格与个性鲜明的口语化特征。"口语体"的散文语言因其平易质朴而显得自然，因其便于交流而显得亲切，因其富于个性化而显得真实。但是"口语体"的散文语言并非意味着没有文采，不讲文采，它往往有"至巧近拙"的文采。散文家徐迟认为："写得华丽并不容易，写得朴素更难。也只有写得朴素了，才能显出真正的文采来。……越是大作家，越到成熟之时，越是写得朴素。而文采闪烁在朴素的篇页之上。"

四、散文的类别分析

依据英语散文发展的脉络，散文通常被分为正式散文和非正式散文两大类。现代散文题材广泛，内容涉猎市井生活、社会历史、政治斗争、人物速写、绘景议事等方方面面。表现形式不拘一格，可为杂文、小品文，亦可为随笔或报告文学等。而散文主要具有记叙、描写、说明、议论四大功能。

（一）记述

记叙文，顾名思义，记述本人的亲身经历或作者所见所闻的奇闻轶事，所记之事或为新近的事，或为陈年旧事。同时，包括何时、何地、何人、何事等要素，但记叙文并非单纯地讲故事，而是通过叙述故事将自己的感受与体验传达给读者，使其如临其境，在不知不觉中体味其甘苦，接受作者对人生乃至对社会的见解。翻译时一定要译出原作的笔调和作者的个性。如史蒂文森的《骑驴旅行》（Travels with a Donkey），叙述自己一段亲身经历，记叙中流露出自己对世界、对人生以致对政治的看法，描述的虽是细微的事物，却反映了深刻的社会现象。我们以其中的一段为例：

In a little place called Le Monastier, in a pleasant highland valley fifteen miles from LePuy, I spent about a month of fine days. Monastier is notable for the making of lace, for drunkenness, for freedom of language, and for unparalleled political dissension.There areadherents of each of the four French parties—Legitimists, Orleanists, Imperialists, and Republicans—in this little mountain—town; and they all hate, loathe, decry, and calumniate each other. Except for business purposes, or to give each other the lie in a tavern brawl, they have laid aside even the civility of speech. This a mere mountain Poland. In the midst of this Babylon I found myself arallying—point; every one was anxious to be kind and helpful to the stranger. This was not merely from the natural hospitality of mountain people, nor even from the surprise with which I was regarded as a man living of his own free will in Le Monastier, when he might just as well have lived anywhere else in this big world; it arose a good deal from my projected excursion southward through the Cevennes.A traveler of my sort was a thing hitherto unheard of in that district. I was looked upon with contempt, like a man who should project a journey to the moon, but yet with a respectful interest, like one setting forth for the inclement Pole. All were ready to help in my preparations; a crowd of sympathizers supported me at the critical moment of a bargain; not a step was taken but was heralded by glasses round and celebrated by a dinner or a breakfast.

译文：在位于中央山脉 15 英里以外的风景宜人的高原山谷中，有一个名叫蒙纳斯梯尔的小地方。我在那里消磨了大约一个月的晴朗日子。蒙纳斯梯尔以生产花边、酗酒无度、口无遮拦和空前绝后的政治纷争而闻名于世。在这个山区小镇里，法国四大党——正统派、奥尔良党、帝制党与共和党——都各有党徒。他们相互仇恨，厌恶，攻击，诽谤。除了谈生意，或者在酒馆的口角中互相指责对方说谎之外，他们说起话来一点不讲文明。这里简直是个山里的波兰。在这个巴比伦似的文明之都，我却成了一个团结的中心。所有人都急切地想对我这个陌生人表示友善，愿意帮忙。这倒不仅是出于山区人民的天然好客精神，也不是因为大家惊奇地把我看成是一个本可以住在这一大世界的任何一个地方，却偏偏自愿选中蒙纳斯梯尔的人。这在很大程度上因为我计划好了要向南穿过塞文山脉旅行。像我这样的旅行家在全区内简直是一个从未听说过的怪物。大家都对我不屑一顾，好像一个人计划要到月球旅行似的，不过又带有一丝敬重和兴趣，就像我是一个将出发到严寒的北极去冒险的人。大家都愿意帮助我做各种准备；在讨价还价的关键时候，一大群同情者都支持我。在采取任何步骤之前都要先喝一顿酒，完了之后还要吃一顿晚饭或早饭。

（二）描写

在散文构建中，描写是一种将感知转变成言语的艺术。所有的描写都涉及两大要素：一是，所见所闻之景物是何模样；二是，所言之人的举止言行、外貌形象。在描写过程中，抒情浓烈，一切被描写的对象都是作者情怀的外在体现。作品写景为的是创造气氛，寄托作者的心境，抒发作者的情怀，写物为的是托物言志，寄寓自己的精神与志趣，写人为的是凸显形象，表达作者对生活的感受和认识。

比如高尔斯华绥的《开满鲜花的荒野》（The Flowering Wildness）:

She looked swiftly round the twilit room. His gun and sword lay ready on a chair ! One supported disarmament, and armed children to the teeth ! His other toys, mostly mechanized, would be in the schoolroom.No; there on the window still was the boat he had sailed with Ding, its sails still set; and there on a cushion in the corner was "the silver dog", aware of her but too lazy to get up.

原文的细节描写就是为了揭示女主人公观察事物细致入微的性格。"No"后面用两个"there"引导的分句，说明女主人公视线的转换。

（三）说明

说明文具有很强的实用性，在散文中占有很大比重。说明文通常直接或间接地回答 How（如何）和 Why（为何）两类问题。因此，主题的展开靠的是逻辑分析而非时空铺陈。说明的主题可以是人、事、物或某种观点概念，无论是什么内容，作者需要的是思考、阐释、分析、说理。并且为了将问题说明并使人信服，作者通常采用比较、对照、类比、分析、假设、推断、阐述因果等手法谋篇布局。故此，说明文通常结构严谨、措辞精当、逻辑缜密。这是译者必须关注的重点。

说明笔法就某一主题阐述和发挥，其结构严整，逻辑力强，文字精确。如纽曼主教的《绅士的界说》（Definition of a Gentleman）:

Hence it is that it is almost a definition of a gentleman to say he is not who never inflicts pain. This description is both refined and, as far as it goes, accurate. He is mainly occupied in merely removing the obstacles which hinder the free and unembarrassed action of those about him; and he concurs with their movements rather than takes the initiative himself. His benefits may be considered as paralleled to what are called comforts or conveniences in arrangements of a personal nature; like an easy chair or a good fire, which do their part in dispelling cold and fatigue, though nature provides both means of rest and animal heat without them. The true gentleman in like manner carefully avoids whatever my cause a jar or a jolt in the minds of those whom he is cast—all clashing of opinion, or collision of feeling, all restraint, or suspicion, or gloom, or resentment, his great concern being to make every one at their ease and at home. He has his eyes on all his company; he is tender towards the bashful, gentle towards the distant, and merciful towards the absurd; he can recollect to whom he is speaking; he guards against unseasonable allusions, or topics which may irritate; he he is seldom prominent in conversation, and never wearisome. He makes light of favors while he does them, and seems to be receiving when he is conferring. He never speaks of himself except when compelled, never defends himself by a mere retort; he has ears for slander or gossip, is scrupulous in imputing motives to those who interfere with him, and believe everything for the best. He is never mean or little in his diputes, never takes unfair advantage, never mistakes personalities or sharp sayings for arguments, or insinuates evil which he dare not say out.

显而易见，这是一篇典型的说明文。在这篇文章中既为绅士下了一个简短、精练的定义，又从各个具体方面来列举其表现，并且二者密切呼应。

（四）议论

议论文与说明文的相同之处在于两者都含分析推理，但最大的不同也在于推理，说明文中的推理是为了阐释说明主题，而议论文中的推理则是为了得出结论，为说服他人或读者。因此，议论文中的核心部分——推理由演绎和归纳两部分构成。总体而言，演绎是由普通到特殊案例的推演，由此得出特殊结论；而归纳则是由特殊案例总结归纳出普遍规律。

两者的结合通常可收到较为理想的效果。比如，英国哲学家罗素的名篇《老之将至》（How to Grow Old）写道：

Some old people are oppressed by the fear of death. In the young there is a justification for this feeling. Young men who have reason to fear that they will be killed in battle may justifiably feel bitter in the thought that they have been cheated of the best things that life has to offer. But in an old man who has known human joys and sorrows, and has achieved whatever work it was in him to do, the fear of death is somewhat abject and ignoble. The best way to overcome it—so at least it seems to me—is to make your interests gradually wider and more impersonal, until bit by bit the walls of the ego recede, and your life becomes increasingly merged in the universal life. An individual human existence should like a river—small at first, narrowly contained within its banks, and rushing passionately past boulders and over waterfalls. Gradually the river grows wider, the bank recede, the waters flow more quietly, and in the end, without any visible break, they become merged in the sea, and painlessly lose their individual being. The man who, in old age, can see his life in this way, will not suffer from the fear of death, since the things he cares for will continue. And if, with the decay of vitality, weariness increase, the thought of rest will be not unwelcome. I should wish to die while still at work, knowing that others will carry on what I can no longer do, and content in the thought that what was possible has been done.

罗素劝导老年人不要害怕死亡，以自己为例，提出个人的感受："知道别人会继续我未尽的事业，再想到我已竭尽了所能，也就感到心满意足了。"这样用自己的心愿来打动读者，亲切感人，寓情于理，更具说服力。

第二节　散文翻译原则

散文又称美文，其文之美美在语言，美在意境。前者"质实"则便于分析和把握，后者"空灵"则能够建构和想象。由"质实"走向"空灵"是审美层次的提升，由"空灵"返照"质实"是审美蕴涵的丰富与拓展。吴伯萧先生在《多写些散文》中指出："作为精神食粮，散文是谷类；作为战斗武器，散文是步枪。我们生活里也常用散文，在文艺园地里，散文也应当是万紫千红繁茂的花枝。"散文的影响，尤其在西方，虽然不如诗歌、小说和戏剧，但其作用与功能却是不容置疑的。因此，可以说，散文翻译是文学翻译的基础，具有重要意义。

一、注重散文形式

在所有的文学体裁中，若论形式自由，结构灵活，非散文莫属。散文，其形式不像诗歌那样格律工整，其内容不像小说那样情节繁复，其结构不像戏剧那样严谨。恰恰是结构的灵活多变，篇幅的可长可短，形式的不拘一格构成了散文的特点，这些特点也正是译者关注的焦点。

二、声响与节奏

翻译理论家奈达说："好的散文，同好诗一样，应该有语音和语义的跌宕起伏，以使读者阅读时能感受到节奏上的张弛。"散文的声响与节奏往往是内在的，不像诗歌那么明显，那么规则，那么富有音乐性，但其声响与节奏并不是散乱无序、毫无审美目的性的。相反，它们有效地表征着行文中律动的情感，应和着其间特有的情趣，而且显得更为灵活、自然，更为客观、真实。所以在散文翻译中，一方面，要认识到散文声响与节奏的重要价值与意义；另一方面，若要再现原文的字神句韵，译者可从行文文字的抑扬高下、回环映衬的声响中充分体验其间所蕴含的情趣，可从句子的长短整散、语速的快慢疾徐中充分感悟其间律动的情感与节奏。

三、坚持内容忠实

翻译是语际间的信息传递，文学文本的信息包括语义信息、语法信息、文化信息、结构信息、修辞信息、风格信息、语用信息和审美信息。并且在所有信息中，语义信息是构成文学作品全部信息的最基础部分，也是散文内容的核心。因此，准确再现原文的语义，即核心内容，是散文翻译的核心原则。内容忠实主要指内容与形式的契合，在客观上要求译文反映原作的社会、历史文化背景，再现原作的时代风貌，在微观上要求译作从字、词、句的篇章结构准确再现原作之意。

四、坚持情趣统一

"形散而神不散"是人们常常用来衡量散文作品的标尺。所谓"形散"，是就散文的结构和语言来说的；所谓"神不散"，主要是指"散文内在的凝聚力，即情趣的统一性"。"内在的统一可以使外在的不统一化为统一。"散文情趣的统一性，体现在丰富多样的语言表意方式及其结构上，也体现在作者创造的形象或情景中，其实现过程是一个由表及里，由实到虚，逐层推进，不断升华的过程。在翻译实践中，从原文情趣的统一性来返照译文选词用字、谋篇布局等审美重构，有利于保存与再现原文整体审美倾向性题旨，从而使译文取得和原文类似的审美韵味。

第三节 散文翻译风格

风格，与其对应的英文单词是 style。英文 style 源于拉丁语的 stilus，原意为古人在蜡版上写字的工具——尖笔，后引申为多义词，先多用于表示文学作品、绘画、音乐、建筑等因人、因地或因不同的历史时代而形成的独特的文体、语体、格调和式样等。因此，英文中的 style 一词内涵相当宽泛，它既涉及作家的创作个性、作品的格调风貌，也反映时代印记、民族色彩、地域习俗和文体特征。

"风格是诗的灵魂"，这是伐摩那的名言，强调了风格的重要性。作品的风格指的是其所表现的主要的思想和艺术特点，尤其是语言特点的综合表现，是作家的创作个性在文学作品的有机整体和言语结构中所显示出来的、能引起读者持久的审美享受的艺术独创性。《写作大辞典》对风格的定义是："文学创作中从整体上表现出来的一种独特而鲜明的审美特征。它受作家主观因素及作品的题材、体裁、艺术手段、语言表达方式及创作的时代、民族、地域、阶级条件等客观因素的影响而产生，并在一系列作品中作为一个基本特征得以体现。"简言之，风格就是作家创作时的艺术特色，是某一作家的作品之所以不同于其他作家的表征和审美个性。艺术的生命在于独创性，作家永恒的艺术生命就在于独具的风格。古今中外，在文坛上闪耀着光芒的，唯有那些独具风格的艺术家。

一、散文风格的影响因素

影响和制约的风格因素是多种多样的，可以分为主观和客观两大因素。主观因素主要就是作者；而客观因素包括文体、时代、诗学、语言、地域等，这些因素直接影响和制约风格的面貌。

（一）作者对风格的影响

文学作品是社会生活在作家头脑中反映的产物。作家个人的世界观、艺术观、审美情趣、艺术修养及气质作为一种稳定的个性特征必然贯穿其作品始终，并制约和影响文学作品风格的形成和显示。因此可以说，文学风格就是作家在其作品所反映的创作个性与稳定的整体话语特色。法国博物学家、文物家布丰的"风格即人"和钱钟书的"文如其人"实际上就是指的作家的创作个性。

所谓个人风格是指运用语言的个人所独有语言特点的综合表现。使用语言的每一个人都有可能形成自己独特的语言风格，正是这种不同于他人的区别性特征形成了风格。正是由于作者都各有自己的笔法和语言特色，才形成了不同作者特有的，或首创的语言习惯，特别是某一作家对常规用法的变异。风格永远是属于个人的，源于个人资质，这是风格的根本，它可以超越时空的限制。个人是作品基本面貌的直接塑造者，他的学养情趣、文学思想、审美趣味、价值观念、心理感受、情感活动、思维方式、心理特征、美学追求、创作技巧、精神气质、才能禀赋、生活经历以及精神面貌等主观因素，都直接影响作品的风貌，形成各自不同的风格。可以说，风格的灵魂是作者的个性。个人对风格的塑造，直接而明显。有什么样的作者，就有什么样的风格。无论是詹姆斯的高雅细腻精妙，莫里斯的古朴新鲜，吉卜林的活泼和嘲讽，福克纳的细节展示，还是雪莱的奔放，海明威的粗犷，乃至现代派的"意象""荒诞"，都无不以其独具的风格，留下那永恒的魅力和无穷的韵味，都是偏离他人的个人风格的显现。并且每一个形成了自己特有的语言风格的个人，都一定有自己特有的语言表现和言语特点，即使属于同一类型个人风格的不同的个人，其表现也绝不会相同。因此，同在浪漫主义风格之中，兰姆亲切而文雅，海什力特细腻而优美，德·昆西庄重而富诗意，亨特缜密而兼豪放。在《论〈麦克白〉剧中的敲门声》（On the Knocking at the Gate in Maspeth）中，德·昆西用 sympathy 来定义观众对谋杀邓肯的凶手麦克白夫妇的理解。为说明 sympathy 与平常意义的不同之处。他曾经解释说："of course I mean a sympathy of comprehension, a sympathy by which we enter into his feelings, and are made to understand them not a sympathy of pity our approbation"。这些个性化的用词和独特的修辞运用，就是作者的风格表现。

（二）诗学及意识形态对风格的影响

诗学包括美学与文论、创作方法与技巧等，是对诗的本体进行研究的理论，它是哲学的一个分支，是美学的一种特殊形态，它一方面与历代诗人的创作实践有密切的联系，是诗人创作经验的归纳、总结和升华；另一方面，它又与哲学气脉相通，受到每个时代哲学思想的鼓动和制约。诗学理论的深浅，往往表现其哲学底蕴的厚薄，因此，诗学直接影响一个时代的文学状况，制约文人创作的风格面貌。公元前四世纪，希腊学者亚里士多德就写出了欧洲美学史和文学艺术理论史上第一部《诗学》，这是一部关于史诗和悲剧、戏剧的美学著作。《诗学》对诗的本体展开研究，以"模仿"说和"再现"说为其理论基点，讨论了关于诗的艺术本身，艺术的种类，各种类的特殊功能及成分，各艺术种类的性质等。亚里士多德的理论体系为后来西方世界各种文体和艺术样式共同遵守，直到现代主义的文学艺术崛起才开始动摇。意识形态包括一定时代的文化风尚和政治思潮等，这些因素对风格的影响甚为深刻。比如一定时代的美学思想必然制约作者的艺术追求，一定时期的文学理论也会影响作者的创作选材，制约作者的构思谋篇甚至修改润色。

意识形态对翻译的影响是多方面的，会影响到翻译的选材、翻译策略的抉择等，同时，也会影响到译者的翻译风格。陈良廷是有名的翻译家，其从事翻译工作已有50多年。他的主要作品包括《教父》《乱世佳人》《海明威短篇小说全集》等等。20世纪70年代后期，他开始致力于中美关系的研究，并研究了埃德加·斯诺的传记。1990年，陈良廷与他的伙伴合作，开始重译Gone with the Wind。在他的译本里，他补充翻译了傅东华译本里的所有删节部分，并以该书中文电影版本的名字命名他的译本，与傅东华的版本比较，陈良廷的译本在语言表达风格上相对较为正式，其特色表现为用词正规、语句较长、句子结构复杂。比如：

Between the hounds and the horses and the twins there was a kinship deeper than that of their constant companionship.

这些狗、马、和他哥儿俩之间，仿佛存在着一种血统关系，比他们的交情还要来得深。在猎狗、马和哥儿俩之间有一层亲属似的密切关系，比他们那种持久的伙伴关系更深。另外，陈良廷翻译是以原文本为中心的，在读者面前展现的是一种异类的风格。譬如，陈良廷译文中所有人物的名字都根据英文实际发音采取音译法逐字翻译而傅东华却根据英文谐音给他的小说人物每人一个动听的中国化名字，像用"郝思嘉'命名"Scarlet O'Hara"，用"白瑞德"表示"Rhett Butler"。

我们一般认为，陈良廷译文中所展现出来的不同风格是因受不同的意识形态的操纵而造成的。因为陈良廷主要是成长生活在新中国成立之后，他的思想意识成长、成熟过程融合了中国改革开放精神的成分。除此之外，他也受过良好的教育，作为现代学者，他在思想上要开放爽朗的多，没有太多傅东华守旧过时的封建残余思想，从而使得陈良廷在翻译该小说时几乎没有什么思想和意识形态方面的顾虑和限制。因为在当代中国，任何言论或文字出版等只要是合法的都是允许的，有发表的自由。在这种意识形态的武装下，他采用异化的策略对原小说进行了一次详尽而精确的翻译，他会将一些过去被认为政治上或道德上敏感的字句或描写等一字不漏地都翻译出来，竭尽全力地展现作品的原貌。

（三）文体对风格的影响

文体不同，风格必然有差异，如诗、戏剧、散文的风格等等。黑格尔明确指出："我们无须把风格这个名词只限于感性材料这一方面，还可以把它推广，用它来指艺术表现的一些定性和规律，即对象所借以表现的那门艺术特性所产生的定性和规律。"这里所说的"那门艺术"，即指文学艺术种类，所谓"定性和规律"，就是指文艺种类的风格特征。黑格尔进一步指出：根据这个意义，人们在音乐中区分教堂音乐风格和歌剧音乐风格，在绘画中区分历史画风格和风俗画风格。依这样看，风格就是服从所用材料的各种条件的一种表现方式，"而且它还要适应一定艺术种类的要求和从主题概念生出的规律"。这就是说，风格必须取决于客观艺术种类的特征，而不可能完全随心所欲，否则就会取得相反的效果。"由于主观任意，不肯符合规律，只听任个人的癖好"，就会"用一种坏的作风来代替了真正的风格"。威克纳格将文学种类风格与"智力""想象""情感"三种风格模式联系起来看，认为诗属于想象的风格、散文属于智力的风格、而抒情诗与演讲则属于感情的风格。"一般的诗人风格和特定的史诗诗人或戏剧诗人的风格，都严格地属于想象的风格。既然散文，如教诲文和记叙文，属于教导的形式，因而它宜于采取智力的风格，并首先要求表述的清晰"。

（四）语言对风格的影响

语言是变化的，与语言的变化密切相关的是风格的变化。因为语言往往能直接塑造风格的面貌。语言的面貌不同，直接赋予作品的面貌。语言的演变发展，都会在作品中留下痕迹。在同一个时期，既有各种各样的风格并存，也有一种或两种占主导地位的风格。英语的发展经历了从古英语到中古英语再到现代英语的历程，在新旧交替的时期，还有语言的过渡阶段。每一时代的英语，在词汇、语音和语法上都有不同特点，因此，作品的形式特点也相应一致。不同类型的语言，风格更是大相径庭，如英语和汉语就各有不同风格。因为英汉两种语言在音形义、声韵调、词汇、句法、篇章、修辞及语法构造系统上的差异，语义体系、思维方式、情感意义及文化色彩的不对应，使得译文难以尽传原文风格。因此，翻译应根据每个时期语言的不同特点，采用相应风格的语言，以便能较为忠实地传达原作风格。

（五）历史文化对风格的影响

　　历史文化情境包括社会变迁在内的意识形态、时代背景、政治经济、哲学思潮、学术思想、权利话语、时代风尚、社会面貌、文学状况、宗教意识、科学研究、艺术发展、审美风貌、文化交流、文人政策及文人的社会地位等。这种种因素影响作者的文学观念，进而制约作者的创作，形成时代风格。时代风格是作品在总体特色上所具有的特定时代的特征，是时代的精神特点、审美要求和审美理想在作品中的表现。时代背景不同，使文学作品风格打上时代烙印，形成各个历史阶段的时代风格与流派风格。比如，汉献帝刘协时代的文学作品所洋溢的悲愤慷慨激情展现的是"建安风骨"；20世纪80年代的文学作品处处可见"文革"的伤痕。"文学家是自己时代的儿子"。任何创作个性和风格都毫无例外地要受到他所在的社会的政治、经济、哲学、文化等等的制约和影响。这些影响是复杂的，多方面的，既影响世界观和人生态度，也影响其文化心理和情感意绪。D.H.劳伦斯的"狄俄尼索斯"（Dionysus）精神，鲁迅"横眉冷对千夫指，俯首甘为孺子牛"的情感与犀利冷峻的文风，无不与各自所处的社会历史背景密切相关。就像英国文学，莎士比亚文学创作的早期（1590—1600），正值英国战胜西班牙"无敌舰队"，取得海上霸权之后，全国上下，群情振奋，民族情绪高涨，国民对本国历史兴趣大增。为配合当时的国情，莎士比亚创作了9部历史剧，通过两组4部曲，批判了一系列封建专制的昏君和暴政，谴责封建内讧，反映出一统王权终将取代封建割据的总趋势，表明了人文主义者反对封建割据，拥护中央集权的政治观；中期（1601—1608）正值伊丽莎白女王统治末期和詹姆斯一世即位初期，女王的宠臣弄权，詹姆斯一世独断专行，致使各种社会矛盾激化，爱尔兰人和各地农民暴动，当局下令关闭了两家剧院，使莎翁亲身感受到了时代风暴的冲击，清晰地看到了生活的严峻面。故此，这时期创作的7部悲剧，从各个不同侧面反映了人文主义的理想与丑恶的现实之间的深刻矛盾；到了晚期（1609—1613）作家的思想更加成熟、沉静，虽然这一时期创作的《辛伯林》《冬天的故事》《暴风雨》3部传奇剧和《亨利八世（1613）》1部历史剧仍带有人文主义的信念，充满乌托邦式的幻想，但作家已发觉人文主义的理想与现实的距离越来越远，故此，在剧中把目光转向了未来，使晚期的作品常有几分喜剧和传奇色彩。因此，这些时代特色都是译者应该关注的。

　　西方的艺术风格论，对时代风格有着深刻而全面的认识。泰纳就明确指出"时代"对文学的制约，使作品带有时代气息和时代性。波兰思想史家符·塔达基维奇指出："这些风格并不是从一代人向又一代人过渡着的，它们是与生活与文化一道在生活因素、经济因素与心理因素的影响下发生着变化、并成为时代的表现。这些风格的变化时常是急剧的，时常是从一个极端转变到另一个极端。"（《西方美学概念史》，学苑出版社）这正是"文变染乎世情，兴废系乎时序"，这一点，可以说是中西相通的文艺规律。

（六）地域对风格的影响

大千世界，国与国之间地理位置千差万别，自然环境各不相同，民俗风情的区别也常会反映在文学作品中，使之形成独特的地域风格。中国人认为日归于西，启明于东，故东土为上，是主位。《辞海》对"东风"的释义是"春风"。儒家经典之一《礼记·月令》中有"孟春之月……东风解冻"的佳句。文人墨客笔下的"东风"不胜枚举："东风吹我过湖船，杨柳丝丝拂面"（张予祥：《西江月》）写的是春景；"东风渐绿西湖柳，雁已还，人未南归"（周密：《高阳台·送陈君横被召》）传的春思；"小楼昨夜又东风，故国不堪回首月明中"（李煜：《虞美人》）哀的是春叹；"东风荡轻云楼，时送萧萧雨"（陈亮：《虞美人》）倾诉的是春愁。中国人不管惜春、怨春，还是哀春、叹春，似乎总和东风有不解之缘。其实为地理因素所致。中国的地理位置使之春天盛行东风，故《辞海》将其释义为春风。然而，为不列颠人带来春天的却是西风。故此，Zephyrus 被英国人奉为西风之神，有"微风""和风"之意。之所以如此，也是英国的地理位置使然。在翻译实践中，不管 Zephyrus 还是 West Wind，都应考虑其地域特色。

地域性自然环境加上人文因素，可以形成特殊的人文地理，影响其中的文化环境和文人创作风格，形成民族的、国家的，方言或流派的风格。从而使在一国之内，不同的地理环境也产生不同的艺术风格。同是英语散文，英国作家与美国作家的风格就各不相同，而在美国本土，南方与北方或东部也有不同风格。

西方的理论家们也认识到了地域风格与民族风格这种"客观风格"。欧洲启蒙运动的领袖伏尔泰便已明确论述这个问题。在《论史诗》中，伏尔泰指出"谁要是考察一下所有其他各种艺术，他就可以发现每种艺术都具有某种标志着产生这种艺术的国家的特殊气质"。伏尔泰曾举例说明，从写作的风格来认出一个意大利人、一个法国人、一个英国人或一个西班牙人，就像从他面孔的轮廓，他的发音和他的行动举止认出他的国籍一样容易。意大利语的柔和和甜蜜在不知不觉中渗入到意大利作家的资质中去。辞藻的华丽，隐喻的运用、风格的庄严，通常标志着西班牙作家的特点。而对于英国人来说，他们更加讲究作品的力量、活力和雄浑，他们爱讽喻和明喻甚于一切。法国人则具有明彻、严密和幽雅的风格。因此，"要看出各相邻民族鉴赏趣味的差别，你必须考虑到他们不同的风格。……如果我们要透彻地理解艺术，首先必须了解艺术在不同国家的发展方式"（《西方文论选》上）。

二、风格再现的可译性

风格一词没有特定的、公认的某个定义。它似乎无所不容，从大的方面来看，民族的风格、有时代的风格、阶级的风格等；而从小的方面看，作家笔下的一个音节、一个词或一个句式结构，都标志着风格的特征。语言是风格翻译的基础，既然语言的可译性是不容置疑的，那么风格也是可译的。当然，由于语言文化的差异，以及译者的文学素养与原作者存在差异，百分之百地再现原作的风格是不可能的，因此，说风格的可译性只能是一个相对的概念，译者的责任在于尽量减少翻译过程中对原作风格的扭曲和破坏，尽可能地贴近原作的风格。

（一）可译性与不可译性的理论依据

西方当代翻译理论家大都从语言学来审视翻译，认为翻译是可行的，语言具有"可译性"，如费道罗夫、雅各布逊和奈达。他们认为，可译性的存在基础是语言的共性和进行有效表达的潜能。费道罗夫认为，任何一种高度发达的语言都是一种强有力的手段，足以传达用另一种语言的手段表达的与形式相统一的内容。雅各布逊认为，所有认知经验和经验类型在任何现存的语言中都是可以进行传递的。奈达在与塔伯合著的《翻译理论与实践》一书中也持有相同的观点，认为用一种语言所表述的内容也可以用另一种语言来进行表述。因此，语言共性论是可译性存在的基础，为了证明这一点，奈达还进一步从核心句层面，分析了语言之间存在的语义和句法结构的相似性。并且奈达通过大量调查研究获得的材料充分证实了他的信念，即一种语言能说的话在另一种语言中也能相对精确地表达出来。既然语言是一个民族用来表达思想和感情的、由词汇组成的特定体系，各种语言之间必定具有某种通约性，也就构成了民族间交流的可能性，因此，从这种角度来看，语言之间的转换还是可能的，且是一定的。

德国语言哲学家威廉·洪堡特从语言学的角度对可译性和不可译性做了较为全面的论述。在洪堡特看来，一种语言的作用以及构成这种语言的词汇是生活现实在语言中的反映，其反映方式是讲该语言的民族所特有的。词语不再像传统符号理论所认为的那样，只是思想观念的索引，而被认为能直接构成思想观念和文化。语言之间的区别并不是"声音与符号上的区别，而是世界观上的区别"。语言可以说是各个民族的心灵的外壳，各种民族的语言是各民族的心灵，他们的心灵也就是他们的语言。这表明了洪堡特的语言决定思想和文化的观点。这就是他论述不可译性的前提。他的语言理论的哲学基础是建立在思想意识在客观现实之上，否认超出单个语言范畴的概念体系和支配超语言现实的普遍法则的客观存在。他提出，每一种语言都有一种与之相关的世界观，而由于各个民族的世界观千差万别，语言和语言之间便存在实质性的区别。而这种区别支配着翻译中的可译性与不可译性问题。在他看来，"翻译只不过是试图完成一项无法完成的任务。任何译者都注定会被两块绊脚石中的任何一块所绊倒：要么贴原作太近而牺牲本民族的语言风格，要么就是靠本族语太近而牺牲原作特色，介于两者之间的中间路线不是难于找到而是根本不可能找到"。两种语言之间的巨大差异造成不可译性的存在。换言之，根据洪堡特的观点，支配人类语言的法则是，各语言之间没有共性，原作和译作之间不可能存在融洽的关系。因此，译者要么必须倾向原作，要么必须倾向译作。不论偏向哪一方，不论怎么处理翻译中的问题，所译出来的东西本质上都会与原作有区别。

沃尔特·本雅明在《译者的任务》中对"可译性"和"不可译性"做了有益的探讨。他通过对传统翻译观的解构，力求为"翻译"寻找"新生"，即为翻译寻求理论上的可能性。他认为"翻译是一种样式。把它理解为样式，人们就得返诸原作，因为这包含了支配翻译的法则'可译性'""如果其本质在于求得原著的类似，任何翻译均是不可能的。"当然，如果从理论上主张绝对的不可译，那么谈论翻译或翻译理论就毫无意义。因此，此处的"不可能"主要是指追求与原著相似、复制原著。在他看来，翻译的"可译性"或"可能性"应取决于两个方面：一方面是要有称职的译者；另一方面是原著的本质不仅可译，而且需要翻译。后者似乎是具有决定作用的。这种可译需要翻译，为原著的"来生"提供了可能性："译文标志着作品生命的延续。"本雅明指出，语言作品的可译性即使在人确实无法翻译的时候也应该给予考虑。严格来讲，任何作品在某种程度上都是无法翻译的。"我们应该在这个意义上问，一部文学作品是不是在召唤翻译。因为这种想法是正确的：如果翻译是一种样式，可译性必须是特定作品的本质特征。"本雅明进一步指出，可译性是特定作品的一个基本特征，原作的某些内在特殊意蕴通过译作而显露出来。无论多么完美的译作都无法取代原作，不过原作可以通过可译性而同译作紧密地联系起来。一部译作与这种模式的本质保持一致取决于原作的可译性。

德国文学家和翻译理论家认为各语言形态之间存在着一种相互交织的关系，不同的语言在其意思和音韵的传译方面有着彼此相通的共性，这就构成了文学作品的可译性。用现代术语来讲，歌德强调语言之间的共性或普遍性，主张人类语言之间，即使各自的形态不同，也不会影响相互交流，隐喻语言所表达意思是普遍存在的。

毋庸置疑，语言共性是可译性存在的一个重要前提，但这不是唯一的前提或条件。西奥多·赛弗里认为：由于思维相同，翻译才有可能，而产生这种相同思维的原因，则是各民族都属于同一种类。我国翻译理论家刘宓庆从思维形式同一性的角度探讨了可译性存在的理论基础。他认为，物质基础的统一性生成思维的同一性，不同语言的人可以有着相同或相似的思维活动形式，即分析、综合与概括，还拥有相似的思维逻辑形式，即概念、判断与推理，这些都构成了语际转换的可能性。然后，刘宓庆进一步举例说明，讲汉语的人运用英语的语法概念，从演绎推理将某个句子判断为"简单句"，这个结论与讲英语的人运用英语语法概念以演绎推理形式对同一例句做出的判断是不会互相抵触的，因为他们的思维逻辑形式相同。因此，不可否认，思维共性也是可译性存在的另一个重要前提。

（二）可译性的转换

通过观察整个人类历史的发展，翻译总的来说是可能的，毕竟人类之间进行了广泛而深厚的交流。更何况现在整个世界经济如此繁荣，文明如此发达。就某一具体文本而言，的确存在一些不可译因素，但是这些因素毕竟是独立的个体，我们不能因此否认整体可译性的存在。同时，如果译者将来能够理解和转化这些不可译因素，不可译性将不会再是一个静止和确定的概念。因此，我们必须要用辩证的眼光来审视翻译中的可译性和不可译性，并且用最佳的方式来转换文本中的不可能性因素，使之在"形貌"与"神韵"更大程度上与源文本相近，使文本读者最大限度地感知由此而产生的审美效果。

英国翻译理论家卡特福德将不可译性根据其产生的原因分为语言不可译性和文化不可译性。就翻译现实而言，译者面对的是活生生的语言，因此，文本中的不可译性往往表现为一些特别的修辞手段如双关、回文、歇后语等，还有如汉语中的楹联，都是让译者难以下手的"不可译"对象。事实上，文本的艺术性或审美性恰好就是这些特殊的表现手段，没有了"形貌""神韵"难以或无以呈现。语言的不可译性可以分为词汇的不可译、句法层面的不可译以及风格层面的不可译等。至于文化上的不可译性，就属于比较宏观的，如从理论层面探讨，可以借助文化学、社会学等交叉学科中的一些原理来分析；就具体的翻译实践而言，可以就词汇层面和一些特有的文化现象进行分析。通常情况下，处理特别修辞手段，有两种方式：一是对原文形式的复制（当然不是机械地复制）；二是对"不可译"的部分实行转化或"变形"，实现再创造，进而求得审美效果。比如：Able was I ere I saw Elba.

据说当年拿破仑被流放到地中海的一座孤岛，就是句中的 Elba（厄尔巴岛）。此句由此产生，这句话的精妙之处就在于独特的"形貌"，因从左至右和从右到左，英文字母的排列顺序完全一致，这种修辞格在中文里被称为同文句,类似于英语中的 palindrome。对此，我国翻译者各显神通，纷纷给出自己的译文。其中钱歌川的译文为："我在看到厄尔巴岛之前我曾是有力的"，译文完全失去了原句的韵味和特别的拼写与置放形式，就是我们常说的"形失神散"。为此，钱先生认为该句属于"不可译句"。就连特别注重"形美"再现或再造的许渊冲先生，都认为"这种形美，很不容易甚至是不可能翻译的。至于意美，那却可以模仿汉语'不见棺材不掉泪'，把这句译成：'不到俄岛我不倒'。'岛'和'倒'同韵，'到'和'倒'、'我'和'俄'音似、形似，加上'不'字重复，可以说是用音美来译形美了"。译者利用音、形的部分相似来传递原文的意蕴，而形美却并未因此完全再现，源文神韵自然也就无法充分体现。马红军对原文的形式做了缜密的思考并研究了已有的译文之后，尝试提供了两个译文：

1.落败孤岛孤败落。

2.若非孤岛孤非弱。

第一个译文没有将 Elba 直接译为"厄尔巴"而是转译为"孤岛"，较符合这样的语境，也体现了当时拿破仑"落寞"的处境。不仅如此，句中第一个"孤"与后面的"孤"相照应，后者按照中国传统指皇帝自称为"孤"。句首的"落败"恰好指拿破仑兵败滑铁卢后被囚禁于该岛之意，句末的"败落"表明拿破仑不再强大，而是极为落魄。译文前后读起来顺序完全相同，字也完全一样，是一个地道的回文。这译文应该说非常完整地体现了原文特殊的排列方式，恰当地传达了原文的神韵。第二个译文，字面上构成回文，但是由于"若"与"弱"同音不同形，在形式上无法构成真正的回文句，审美效果略逊于第一个译文。因此，原文看似不可译，但是随着译者的审美认知能力的提高，不可能也就在译者的模仿加创造的情况下变为可能，不可译的形式通过转换变成可译。由此可见，"不可译性"和"可译性"的确不是绝对的、静止的，而是一个动态的、辩证的组合体。

总而言之，任何文本都是可译的，但这种"可译性"会受到内因（译者的审美认知能力、文本的解读能力）和外因（社会文化、意识形态等外部要素）的制约。如果条件发生变化，绝对性就转变为相对性，"不可译性"也就转化为"可译性"。

三、散文翻译的风格再现

散文创作的生命在于风格的鲜明，散文翻译的关键在于风格的再现。在一定程度上来看，再现原文的风格，就是保存了原文的生命；反之则如同切断其生命的源头。

（一）句法

句子是语言运用的基本单位，是表达完整语义的，并由一定词或词组、一定的语法结构和一定的语调语气构成的，能独立运用而且句法成分完整的语义单位。因此，要充分完整地表达思想，就得依靠句子。句法研究是处于修辞和篇章之间的过渡，只有把这三者结合起来，才能真正具备翻译的较高素质。刘勰在《文心雕龙·章句》中说："人之立言，因字而生句，积句而成章，积章则成篇。"这一观点和我们今天对语言的运用与表达的观点是一致的。《章句》又说："篇之彪炳，章无疵也；章之明靡，句无玷也；句之清英，字不妄也。振本而末从，知一而万毕矣。"《炼字》中说："自晋来用字，率从简易，时并习易，人谁取难。"《熔裁》中说："句有可削，足见其疏；字不得减，乃知其密。"

从翻译的角度论句法，目的在于强调译文忠实传达原文的句法结构，同时，也正确认识译句的合格度。关于前者，我们可以举出英语中的圆周句为例。在英语中，一些最突出、最重要的内容和信息通常都位于句尾，尤其是一些复杂的限定结构。关于后者，关键在于把握句子的合格度。句子的合格度涉及句型、句类和句模。历来对译句的衡量只注意句法平面的"句型"，而没有进入语用平面的"句类"，更未进入语义平面的"句模"。句型是根据句法平面的句法结构的格局而言的，如把句子分为主谓句和非主谓句等；句模是句子的语义结构模式，是根据语义平面的语义结构的模式而言的，如把句子分为动核＋主事句或动核＋主事＋客事句等；句类是根据句子的语用平面的语用价值或表达用途而言的，如把句子分为陈述句、疑问句、祈使句、感叹句等。这三个平面既相对独立，又相互交叉直至不一致。如相同的句型可以属于不同的句模，或相同的句型可以属于不同的句类等。由此可见，分清句型、句模和句类，不仅有助于正确运用语句，而且有利于科学评价译句。

散文创作中的语言选择取向是决定散文风格的关键，是散文风格形成的基础。英语句法是典型的形合结构，其语法结构严密，逻辑性很强。但是翻译过程中如若过分拘泥于原句句型，则会减弱译文的可读性和接受度。汉语是典型的意合结构。形合将词句间的组合关系（如因果、条件、让步、假设等）通过相关连词呈现给读者，而意合则需读者自己依据词句间的内部逻辑推敲揣摩出其中的组合关系。"I came, I saw, I conquered"句中的组合关系并不明了,如果将其改写为:"Since it was I who arrived, and l who saw how the land lay, the victory followed as a matter of course",其间的句法组合关系便十分清楚。因此,翻译时必须充分考虑到中英文语言的差异,重组句型,进而采取符合英文表达习惯的句式结构。

(二)词语

在英美散文翻译过程中,为了忠实地译出原文词语蕴含的正确含义,译者就需要结合具体的语境进行选词。译者有必要辨别单一词语承载的概念意义之外的其他意义。因此,为了再现原文的风格,译者必须选择恰当的词语。

语词错位是散文翻译中最常见的错误之一,它们的出现极易对散文的审美接受形成障碍,造成读者思维非艺术性的跳跃,从而使读者阅读时思路中断,对于前后内容在接受时形成不同程度的落差。绝大多数词语都是多义的,在某个特定的语境中,该词的意义是比较明确的,翻译中如果不分析具体的上下文,不进行认真选择,用错了相关义项,就会造成语义错位;有时虽然语义没有选错,但是两个词搭配在一起不符合译文语言习惯,这时就要考虑变更,否则就会造成搭配错位。我国著名作家老舍先生曾经说过:"普通的话,在适当的时间、地点、情景中说出来,就能变成有文艺性的话了。"而与此相反,某个词、某个句子如果被用到了不该用的语境中,就会造成语用错位。并且文学作品中的语言都包含有一定的感情信息,喜怒哀乐、褒贬善恶等等,翻译中如果不注意词语或句子的感情色彩,就会造成译文语言情感信息的错位,而这些形形色色的错位埋伏在译文中,就像是一道道无形的坎儿,时刻都有可能成为译文读者审美接受中的阻力。

(三)意境

从我国古典美学传统看,意境是我们民族基本的审美趣味与审美理想。古典写作往往通过借景言情,寓情于景,而使作品诗情画意高度融合,从而在艺术上表现为含蓄蕴藉,诗味浓郁,使人读之,悠然神远。尽管西方没有意境的概念,但康德的审美意象、黑格尔的"美就是理念的感性显现"等类理论却与之有很多相通的地方,因为它们都重视托物言志,借景抒情以及象征手法的运用。作者所欲表达的思想感情不直接道出,而是借用其他事物来间接暗示,这样做,就势必能够突破那种平铺直叙所带来的表达意向的过分确定、局限和直露,从而使其表达的意向与内涵趋于广阔、丰富和含蓄,读者的想象活动也会变得活跃,获得更多的审美趣味。

散文既是修辞的艺术,又是诗意美的艺术。散文的诗意美,突出表现在意境的营造方面,使其散文意象空灵幽雅、意境清新婉丽,具有兴象玲珑、含蓄蕴藉的独特风格。无论是何种题材的散文,都重意境,都有诗意。抒情散文,直抒胸臆,自然感人;议论散文,其哲理意味蕴含于优美而富有韵味的文字中,以诗的意韵浸润而成,它的诗意铸造于文字中，细加品味咀嚼，又深含智性，是诗意与哲理的契合。散文或借景言情，或寓情于景，其中所写景物，不只对作者所抒之情起着规范作用，也显示着作者思想感情的趋向，使作者内在的，乃至抽象的情感外化、客观化和对象化。从而加强作品的形象性，具体性、生动性，而且"情融乎内而深且长""寓情于景而情愈深"，更加强了作品的美感，而耐人寻味。总之，情景交融的散文，使人感同身受。散文意境的特征首先在于写景抒情。作者在写作过程中，将感情融入景观当中，因而读者所看到的虽然全都是景，但所感受到的却处处都是情。中国传统的美学观念中有一个显著特色，即认为世界万物具有类似人的精神、意识、性情的表现。因此，作者往往追求一种"山情即我情，山性即我性"的理想艺术境界，物我同一，浑然无迹。其次，情景交融的散文艺术境界，应当是一个有机的生命的整体。用有机的生命整体来解释艺术的，西方大有其人。亚里士多德和黑格尔，都把艺术之所以美的一个重要原因，看成是有机的生命整体。中国的意境，更多地从作者的主观感受出发。作者在兴发感应的基础上，移情入景，化景为情，然后创造出一个独立自主的、生机盎然的世界。最后，散文意境的美，注重韵外之致味外之旨。这种"韵外之致，味外之旨"，虽然不可言说，但却可以意会。实际上，这种意会本是通过已经言说的达到的。因此，归根到底，它又是可以言说的。只不过它不是通过言语直接讲出来，而是通过形象的描绘，来启示，来渲染。

王国维提出过意境"深浅"说，宗白华有意境"境层"论，他们的意境内涵结构包括：情景交融、象外言外和"进乎道"三个层次。情景交融是意境内涵结构的基础层次，象外言外为第二层次，最高层次为"进乎道"。在这一最高层次，文学艺术意境之道与哲学之道相通为一，从而文学与哲学也相通为一。这三个层次既表现为不同作品意境创造上存在的横的关系，又表现为一个逐级升华的纵的完整的审美过程。而依据意境理论的层次，译者在翻译时，必须给这表层意境赋予深一层的思想内容，让读者通过译文文字之表，进一步感受到深层的内容。翻译的过程是一个理解原文和表达译文的过程，意境的层次理论提示译者需要注意这样几个方面：第一，要深刻把握原文的意蕴，进入原文的深层意境。要求译者完全沉浸到原作艺术意境中去，化入对象之中，与原作者达到心灵上的契合与审美上的共鸣；第二，准确理解原文的词语，感受原文的表层意境；第三，将原作的艺术意境化为我有。从"化入对象之中"到"化为我有"的转换中，译者凭借自己的知识储备，把原作的审美意境熔化在自己的大脑中，并重新转换为与原作大致一致的意境，将自己心中的审美意境与原作的艺术意境统一起来，建立起可感、可触的形象生动、感情浓烈、意境优美的艺术画面。第四，运用原文同样的笔调，传达原文的意境。

（四）修辞

修辞在西方始于古希腊罗马时期。希腊哲人亚里士多德的经典著作《修辞学》标志着西方古典修辞学已走向成熟，因为在理论上它已形成一套较为完备的体系。亚里士多德在书中开宗明义地指出："修辞学与辩证法匹配……所有的人几乎都要用到它们，因为每个人都要试图讨论问题，确立主张，保护自己，驳倒他人。"其实，这里亚氏已将修辞学的目的说得非常明确，即"讨论问题，确立主张，保护自己，驳倒他人"。由此看来，西方古典修辞学与演说术有着致密的关系。事实正是如此，西方修辞学首先是一种劝说性演说的艺术。在当时的西方劝说或演说术的成功运用不仅在民事纷争中能起到息事宁人的作用，而且对君主的授权、制定和决策往往也能起到重要作用。其实我国古代的修辞学与演说术也有密切的关系。我国春秋战国时期，论辩和游说君主之风甚威，知识阶层的一批"士"，欲想谋得一官半职，没有悬河之口，利剑之舌是难以成功的。只不过当时没有给这种辩说术发明一个专用之名，其实同古希腊的修辞术并无本质区别。

中西修辞学的渊源如此相似，目的完全一致，可以肯定的是这与修辞的功能与作用密切相关。中外学者为修辞所下的定义不下几十种，众说纷纭，各有所异，但有一点是相同的，即大家都承认修辞的目的在于美化言辞、锤炼篇章、突出人物个性、增强作品表现力。语言大师王力在其力作《汉语语法纲要》中指出："若拿医学来做比喻，语法好比解剖学，逻辑好比卫生学，修辞好比美容术。修辞属于艺术的部门。"意大利哲学家克罗齐在《美学的历史》中指出："造句法只注重语言的正确无误，修辞学和诗学却研究表明美和贴切；造句法只有语法规则，修辞学和诗学还应研究语言之外的东西。"同古典修辞学相比，现代修辞学已远远超出辩术的范畴，其目的也不仅仅是为了劝说或演说成功。谭永祥先生在其《现代汉语修辞美学》中将现代修辞的多种功能概括为：助考证、注释、校勘一臂之力；给语法、逻辑、词汇排忧解难；使阅读、欣赏、表达层楼更上。

修辞的特性有三点：一是综合性，即修辞现象不只表现在语言的某一个方面，而是表现在语音、文字、词汇、语法各个方面；二是具体性，即与思想内容有着具体的、直接的关系；三是文学性，即文学是语言的艺术，就算是非文学作品，也要讲究语言的艺术；这种语言的艺术集中表现在修辞的文学性上。《现代修辞学——人与人的世界对话·导言》里曾这样阐述"修辞"：作为一种语言艺术，修辞不仅仅是一种语言文学的剪裁配置，排列组合的符号运动，而是语言交际主体的"修"和客体的"辞"双重叠合的结晶……"修"与"辞"的组合而成的修辞，实际就是主客融合的流动过程，是人们心灵的观照（修）而物化（辞）的结果。细心品味此番话，不难发现修辞过程与文学创作过程相同的机理：两者的目的都是在追求美，创造美。前者追求的美与后者创造的美相得益彰，成为后者不可或缺的部分，有时甚至形成某种文体的独特风格。因此，翻译中修辞信息的传递，直接影响到原文风格的再现。在散文翻译时，译者要紧紧抓住原文的具体意境，通过形象生动的语言传递原文的内涵，再现原文的风格。比如：

A. 原文：Icy distancing with Yuri Andropov would probably play better with the Reagan constituency.（Philip Geylin）

译文：同尤里·安德罗波夫拉开一段冰冷的距离会有利于里根在选区的竞选。

B. 原文：Grey peace pervaded the wilderness—ringed Argentia Bay in Newfoundland, where the American ships anchored to await the arrival of Winston Churchill. Haze and mist blended all into grey: grey water, grey sky, grey air, grey hills with a tint of green.（Herman Wouk, The Winds of War）

译文：灰色的宁静笼罩着四周一片荒凉的纽芬兰阿根夏湾。美国舰只停泊在这里等候温斯顿·丘吉尔到来。雾霭将一切都给调和成了灰色：灰色的海水，灰色的天空，灰色的大气和略带几分绿意的灰色山岗。

分析：A 中的 icy distancing 直译为"拉开一段冰冷的距离"不仅可以表明美苏两国当时相互对峙的冷战状态，而且可以反映两国相互的对外政策；B 中的 grey peace 直译成"灰色的宁静"与下文的海水、天空、大气、山岗色调完全一致，相互映衬，浑然一体，恰到好处地渲染了周围的环境气氛。与原文相比，译文的表现力与感染力毫无逊色，修辞格信息的保真度极高。

由此可见，"移就"无论在英语中还是在汉语中都是一种很具表现力的修辞手法。翻译中对这种修辞的处理首先应考虑直译法，尽可能选用与原文修辞结构相同、形式一致的对应词语，以保持原文的修辞手法和深层内涵的保真。如若直译显得牵强，甚至有损原文内涵，则应考虑改变原修辞格，更换比喻形象，力求在准确传递原文修辞信息的前提下，尽可能照顾到译入语的表达习惯，保留原文修辞格的艺术感染力。因为，修辞格的功能能否在译文中再现直接影响到译作对原作信息的保真度。英汉互缺修辞格虽然无法实现语际间的直接转换，但其语法功能的再现却是可行的，因此，应被看作翻译的要点。

第五章　英美小说翻译研究

小说是以刻画人物形象为中心，通过完整的故事情节和环境描写来反映社会生活的一种文学体裁。小说通常包括人物、情节、环境三个要素。

第一节　小说文体概述

一、小说发展历程

（一）中国小说发展历程

关于中国小说的起源，众说纷纭、莫衷一是，至今仍然没有定论。中国古代文艺理论史中，关于小说的认识经过几个典型的发展阶段。代表性的有这样几种：《庄子·外物篇》中最早出现"小说"一词，"饰小说以干县令，其于大达亦远矣。"此处的"小说"与"大达"相对，指的是琐屑的言谈、无关政教的小道理。东汉班固的《汉书·艺文志》中认为："小说家者流，盖出于稗官，街谈巷语、道听途说者之所造也。"这种观点认为：古代皇帝为了解民情风俗，让稗官在民间收集各种故事或传说，并在途中问清楚这些传言的褒贬倾向，稗官将这些"街谈巷语""道听途说"的民间故事和传说记录下来，并整理成书面文字，呈给上级，这就是最初的小说。班固关于小说的记载影响了后世很多人，但是班固所记载的"小说"侧重于"稗官"对故事或传说的记载，并没有准确反映出小说的概念。唐代著名史学家刘知几在其《史通·杂述》中提出小说是"史氏流别"的观点，同时，他认为《吕氏春秋》《淮南子》《晏子春秋》《抱朴子》等散文多以叙事为宗，认为这些诸子散文含有小说因素。鲁迅在《中国小说史略》中则提出中国小说起源于神话，鲁迅这一论断在学术界极具权威性和影响力，很长时间以来，在小说起源问题上都是一种占主导地位的观点。也许是因为鲁迅在文学上的地位很高，鲁迅提出这个观点后，一般文学史、相关小说史论著等等都采用这个观点。比如70年代北京大学中文系编写的《中国小说史》认为中国小说最早的起源，是"上古时代的，神话传说"。另外，关于小说的起源，也有学者认为，中国的小说起源于中国的史传。中国小说的正式形成应该是在唐代（公元618—907），其标志就是唐传奇的出现。唐传奇在情节结构、人物刻画方面更为成熟，是中国小说成熟的标志。在唐朝以前的小说形态也不可忽略，其主要有以下几种形态。

1. 古代的神话

女娲造人、神农氏尝百草、夸父逐日等，这些神话有的与中国历史的起源发展相联系，有的展示出古代中国人与自然做斗争的面貌，含有很大虚构和幻想成分。

2. 诸子散文和史传

春秋战国时期的诸子散文中有很多情节完整的故事，并初步刻画了一些人物形象。最后是汉代的史传文学。比如创作于西汉时期的《战国策》在记载战国时的政治局面中，穿插了"画蛇添足""南辕北辙"等现在仍广为流传的寓言故事。

3. 志怪小说

魏晋南北朝时期的志人志怪小说，这段时期的志人志怪小说不仅记载了当时奇闻轶事，对后世小说产生重要影响，如明朝小说家罗贯中的《三国演义》就受到志人志怪小说的影响。

4. 宋元话本

宋代话本反映的主要是市民的意识形态，说话的底本自然是书面的，捏合"随意点染"等都是有意识地创作虚构。宋元话本是当时的"说话"（讲故事）人演讲说故事所用的底本，分为短篇"小说"和"长篇讲史"两种。这些话本多用接近口语的白话写成；发扬了志怪、传奇等古代小说的优良传统，在思想性和艺术性上都有突出成就；作品的描写对象扩大到社会各阶层。宋元话本是在唐宋说话艺术的基础上形成的最早的白话小说，它的产生是中国小说史上的一件大事，标志着中国小说进入了一个崭新的发展阶段，对明清章回小说的发展有重要影响。

到明清时期，中国的古典小说发展到顶峰，出现了四大名著：《红楼梦》《三国演义》《水浒传》《西游记》。近代后，中国的小说在西方影响下，艺术手法多种多样，题材也逐渐丰富。

（二）西方小说的历史渊源

西方文学受古希腊神话的巨大影响，几乎各个文学形式都可以追溯到希腊神话。希腊神话中的故事不仅情节完备，还有生动逼真的人物形象。《荷马史诗》中也有大量故事存在，比如赫拉克勒斯建立了十二件大功的故事，伊阿宋夺取金羊毛的故事等等。公元前6世纪的寓言故事和历史散文都对西方小说的形成有重要影响，如《伊索寓言》《希腊波斯战争史》等。除此之外，这个时期还有长篇小说的雏形，即以古罗马作家阿普列尤斯的《金驴记》为代表的小说。在此之后，欧洲小说的发展趋于缓慢，直到14世纪文艺复兴兴起后，西方小说正式形成，并且快速发展起来。

14世纪前期，薄伽丘的《十日谈》采用了框架结构和短篇小说的形式，掀起短篇小说创作的高潮。西班牙文艺复兴小说的顶峰塞万提斯的《堂吉诃德》是一部现实主义巨作，对西方后来的现实主义创作有重大影响。经过文艺复兴的召唤，西方的文学进入一个新的发展时期，此后，出现了风格多样的创作流派，有些流派的创作风格影响很大。虽然17世纪和古典主义时期主要成就是戏剧，但仍有著名的小说创作：德国作家格里美尔豪森的《痴儿西木传》，班扬的寓意小说《天路历程》等等。18世纪文学和启蒙运动中的冒险游历小说作品很多，比如丹尼尔·笛福的《鲁滨逊漂流记》、斯威夫特的《格列佛游记》等，之后19世纪出现了浪漫主义小说、批判现实主义小说，20世纪的现实主义小说，现代主义小说等，涌现了大批的著名作家和具有世界影响的小说作品。

综上所述，中西方小说的源头都可以追溯到神话传说，并且在后来的发展中逐渐完善。中国小说发源早，但在后来的发展中，在艺术手法方面没有重大突破，而西方小说在创作方面不断标新立异。所以中西方在19世纪末、20世纪初开始频繁交流后，中国在西方的影响下，在小说创作方面积极吸取西方的创作手法，尤其是1978年中国实行改革开放政策后的小说，极为丰富多样，出现了各种形式的小说，比如"寻根小说""新历史小说""意识流小说"等。

二、小说的类别

"小说"一词最早见于《庄子·外物》："夫揭竿累，趣灌渎，守鲵鲋，其于得大鱼难矣，饰小说以干县令，其于大达亦远矣。"但鲁迅认为《庄子》所用的"小说"一词指"琐屑之言，非道术之所在，与后来的小说固不同"。东汉初年，桓谭在《新论》中提及小说："小说家合丛残小语，近取譬论，以作短书，治身理家，有可观之辞。"桓谭此语为小说下了定义，并承认其是一种文体，但与今天"小说"的定义存在一定的差异：一种叙事性的文学体裁，通过人物的塑造和情节、环境的描述来概括地表现社会生活。一般分为长篇小说，中篇小说和短篇小说。所谓长篇、中篇和短篇是就篇幅而言的。小说除了可以按照篇幅来分类，还可以按照文艺流派和题材进行分类。

就文艺流派而言，小说又可分为现实主义小说、浪漫主义小说、意识流小说和哥特式小说等不同流派。但不管是哪类小说，通常都具备"情节""人物"和"场景"三大要素。长篇小说因容量大、情节比较复杂，通常涉及开端、发展、高潮、逆转和结局五个阶段。复杂的情节自然会涉及众多的人物，因此，不同人物的语言特色也千差万别。就其话语的语体等级而言，可以是高等级，亦可以是低等级的。也就是说，可以是高雅华美的语言（如李汝珍的《镜花缘》），也可以是朴实无华的语言，（如以赵树理为代表的山药蛋派的作品）；而就其话语多样性而言，小说令其他文学体裁难以望其项背。

如果就题材而言，小说则是通常分为历史小说，社会小说和传记小说。历史小说的中心人物、事件和背景都源于历史，有程度很高的史学性，如司各特的《艾凡赫》（Ivanhoe），狄更斯的《双城记》（A Tale of Two Cities），罗贯中的《三国演义》等。社会小说强调社会和经济状况对人物和事件的影响。社会小说时常蕴含显性或隐性的社会变革的主题，如 H.B. 斯托夫人的《汤姆叔叔的小屋》(Uncle Tom's Cabin)，斯坦培克的《愤怒的葡萄》(The Grapes of Wrath)，吴敬梓的《儒林外史》等。传记小说系指记载演义真实人物事迹的小说，比如罗马尼亚作家雷安格的小说《童年的回忆》，D.H 劳伦斯的小说《儿子与情人》(Sons and Lovers)，金敬迈的小说《欧阳海之歌》等。

对于长篇小说而言，其可以包括所有其他文学体裁的话语形式，而其他题材则不可能使用小说的所有表现形式。以长篇小说《红楼梦》为例，其中不仅有叙述、对话，而且还有散文、戏曲，还包括了诗、词、曲、赋等多种表现形式。

因此，小说的翻译对译者提出了极高的要求：小说翻译要求译者不仅能译散文、对话，而且能译诗、词、曲、赋，不仅能赏识典雅华美之辞，而且能辨析粗俗龌龊之言。不同等级的词语在塑造小说人物形象时有不同的功能与作用，这一点对小说作者固然重要，但对小说译者更为重要。

三、小说的特征

小说讲究相对完整的故事情节，注重刻画人物形象，常用背景交代和环境描写来反映社会现实，表达作者的思想感情。

（一）小说文体特征

小说与情节叙述、人物刻画、环境描写紧密相连。这里就从这几方面分析一下小说的基本特征。

1. 情节完整连贯

情节"是一种把事件设计成一个真正的故事的方法。"情节是按照因果关系组织起来的一系列事件。情节也是小说生动性的集中体现。与戏剧情节、叙事诗与叙事散文的情节相比，小说因其篇幅长、容量大，不受相对固定的时空限制，可以全方位地描绘社会人生、矛盾冲突、人物性格，其情节表现出连贯性、完整性、复杂性与丰富性的鲜明特点。

2. 人物刻画细致入微

人物描写是小说的显著特征，也是小说的灵魂。诗歌、散文可以写人物也可以不写人物，但小说必须写人物。着重刻画人物形象是小说走向成熟的标志。小说的容量较大，描写人物不像剧本那样受舞台时空的限制，也不像诗歌那样受篇幅的局限，更不像报告文学那样受真人真事的约束，它可以运用各种艺术手段，立体地、无限地、自由地对人物进行多角度、多侧面与多层次的刻画。小说可以具体地描写人物的音容笑貌，也可以展示人物的心理状态，还可以通过对话、行动以及环境气氛的烘托等多种手段来刻画人物。

3. 环境描写充分具体

小说中的环境主要包括人物活动的历史背景、社会背景、自然环境和具体生活场所。小说中的环境描写具有多方面的功能：它可以烘托人物形象，突出人物性格，通过环境描写，可以交代人物身份，暗示人物性格，洞察人物心理；它有助于展示故事情节，通过环境描写，可以随时变换场景，为故事情节的展开提供自由灵活的时空范围；它可以奠定作品的情感基调，具有象征等功能，比如，灰暗或明亮的环境描写可营构出作品沉闷压抑或欢快舒畅的情感基调。小说享有的篇幅与时空自由，使其可以充分发挥环境描写的艺术功能。

（二）小说的语言特征

在所有文学体裁中，小说的语言是最为接近大众语言，但又有区别于大众语言的方面，它是在大众语言基础上的审美艺术升华。其特点主要体现在这样几个方面。

1. 叙述视角

小说，通俗地说就是讲故事，因而小说语言就是一种叙述故事的语言。传统的小说理论注重小说的内容，最关心"讲述的是什么故事"，主要研究小说中故事的构成要素，即情节、人物、环境。现代的小说理论则关心"怎样讲述故事"，研究的重心转向小说的叙事规则和方法及叙事话语的结构和特点。一般而言，小说中的"叙述者"可以采用第一人称，也可以采用第三人称。19世纪及其以前的传统小说基本上采取两种叙述视角：一种为作者无所不知式的叙述；另一种为自传体第一人称式的叙述，即用第一人称按"我"的观察进行叙述。现代小说创造了从作品中某一人物的视角叙述故事的技巧，即让作品的一切叙述描写都从这个角色的观察和认识出发。不同的叙述视角会产生不同的审美艺术效果。

2. 形象与象征

小说语言通常不是通过抽象议论或直述其事来表达内容，而是通过使用意象、象征等方法来形象地说明事理，表达思想观点和情感。小说语言利用形象的表达方式对关键场景、事件以及人物等进行具体、细致、深入的描绘，给读者以身临其境的感受，让读者从中去感知、体会与领悟。小说描绘具体的人物与有形的事物，在语言的运用上往往以具象表现抽象，以有形表现无形，从而让读者在潜移默化中受到感染。小说中经常用到象征这一文学手段。象征可以说是小说的灵魂所在，它并不明确或绝对地代表某一观念或思想，而是以启发、暗示的方式激发读者的想象来表情达意，其语言上的特点是以有限的语言表达丰富的言外之意与弦外之音。

小说通过运用形象和象征来启迪暗示，来表情达意，大大增强了小说语言的文学性与艺术感染力，这也就成为小说语言的一大特点。

3. 讽刺与幽默

"形象和象征启发读者沿着字面意义所指的方向去寻找更丰富、更深入的含义，讽刺则诱使读者从字面意义的反面去领会作者的意图。"讽刺是指字面意义与含蓄意义的对立，善意的讽刺，通常会产生幽默的效果。讽刺可以强化语篇的道德、伦理等教育意义，而幽默则有助于增强语篇的趣味性，两者在功能上虽有差异，但又可融为一体，合二而一。讽刺与幽默可以通过语气、音调、语义、句法等各种手段加以实现，其产生的审美效应主要由作者所创造的情景语境来决定。小说语言中讽刺与幽默的表现形式多种多样，它们是表现作品思想内容的重要技巧，也是构成小说语言风格的重要因素。

4. 词汇与句式

小说语言中的词汇选择与句式安排是作家揭示主题和追求某种艺术效果的主要手段。小说语言中的词汇在叙述和引语中有不同的特点。叙述中所用的词汇通常趋于正式、文雅，有着较强的书卷味。引语来自一般对话，但又有别于一般对话，它承载着一定的文学审美价值。小说中的引语：首先要剔除一般对话中开头错、说漏嘴、由思考和搜索要讲的话所引起的重复等所用词汇和语法特征。小说语言中的句式一方面具有模式化的特点，如排比、对称、反衬等，另一方面，有些句式又会与常用句式"失协"。不同的句式会产生不同的审美艺术效果，作家正是通过创造性地运用不同的句式，来实现其创作意图的。比如，运用圆周句可以创造出悬念的氛围；而运用松散句可以取得幽默、讽刺或戏剧性等各种效果；运用一连串并列的短句可以显示一个连续而急速的过程；运用长句可以表现一个徐缓而沉思的过程，等等。与其他文学题材相比，小说受到的篇幅限制较小，因而享有更为充分的自由来选择与调配各种句式，为艺术地表情达意服务。

第二节 小说翻译原则

翻译实践虽然已跨越近3000多年悠久的历史，但我国近代小说的翻译却还不足200年。小说翻译历史虽短，但其社会效应不可小觑。

一、英语小说汉译简史

英语小说汉译是近一个多世纪中国近现代翻译实践的主流。

1872年4月15至18日，《申报》刊登了中国近代第一部翻译小说《谈瀛小录》（英国作家斯威夫特《格列佛游记》中的小人国部分）约五千字，紧接着4月22日《申报》刊出《一睡七十年》（美国作家华盛顿·欧文的《瑞普·凡·温克尔》Rip Van Winkle），约一千余字。自此之后，英语小说汉译正式拉开序幕。

在19世纪初晚清特殊的文化政治环境里，翻译的政治性得到了最大限度的凸显。梁启超在其1896年所著的《自然论译书》中，论述了他对翻译的深刻理解和重视，提出"欲新一国之民，不可不先新一国之小说"。因此，外国小说的译介受到关注。在当时的维新人士梁启超等人看来，小说这一体裁尤为重要，而论及社会效果，小说中又以政治小说与社会联系最为密切。作为中国近代著名的思想家、文学家、翻译家的梁启超，提倡小说界革命，极力强调外国政治小说对开启民智的重要性，他倡导的"小说兴国"理论被顺利接受。此后，小说翻译进入一个新时期。1901年，林纾翻译了美国斯托夫人的《黑奴吁天录》，并引起广泛影响。因为小说译作出版的当年，正值美国迫害中国旅美华工，一些有识之士把美国黑奴的遭遇与当时中国人所处的被奴役地位相联系，加以宣传以促进民族意识的觉醒。虽然晚清出现了大量小说作品，但大部分为翻译小说，既有长篇，也有短篇，种类则包括政治小说、侦探小说、言情小说、科幻小说。由于当时小说翻译是出于思想启蒙和政治宣传的需要，而且当时除了严复的"信达雅"论述之外，翻译理论并不发达。翻译质量也不高，述译、意译、误译、删节、改译、增添成了家常便饭，甚至为了叙述风格的中国化，外国小说常用的第一人称叙述者被改译为配角，中国小说的章回体被请进了翻译小说，外国地点也可以随意改换成中国地名。虽然有这些明显的不足，晚清小说翻译仍对中国文化史的发展做出了不可磨灭的贡献。

后来，伴随着"五四"后新文学运动的蓬勃发展，英语小说译介进入了辉煌时期。这一时期涌现了鲁迅、郭沫若、茅盾、周瘦鹃、傅东华、赵家璧等一大批一流的文学翻译家，他们不仅通晓外语，并且还有较高的文学素养和鉴赏能力。在他们的积极倡导下，作为媒介的文学翻译语言实现了"现代化"，白话文取代文言文，语言的表现力及读者的接受程度大大增强。与此同时，译界兴起"信""顺"之争。针对赵景深的"宁错而务顺"，鲁迅提出了"宁信而不顺"的翻译原则。

直至中华人民共和国成立前这段时期，中国译坛上归化法仍占主导。这一现象可以在傅东华译美国作家玛格丽特·米切尔（Margaret Mitchell）的《飘》（1940年上海龙门书局）时窥见一斑：他将小说中地名、人名、对话等大胆汉化，甚至对一些冗长描写整段删节。在翻译作品的选择上，"五四"时期之后的译家有了较明确的文学眼光，译作不多，但绝大多数是世界名著。新中国成立之后，中国翻译事业再度掀起高潮。著名文学家、翻译家茅盾先生提出了"文艺创造论性翻译"，指出传达原作的艺术意境是文学翻译的根本任务。与此同时，傅雷的"神似"说，钱钟书的"化境"说将文学翻译引入了文艺类学范畴。在此期间，译者对于英语小说翻译中原作的异域特色比较注重异化处理，但比较而言，归化翻译仍占主导。就译者而言，由于外语人才的培养成百倍千倍增长，相当一部分人加入了英语小说译介圈，并成为名家，译绩卓著。比如，陈苍多译出劳伦斯的《儿子与情人》和《恋爱中的女人》、康拉德的《黑暗的心》及《吉姆老爷》（Lord Jim）；戴镏龄译出马洛的《浮士德博士的悲剧》（The Tragedy of Dr. Faustus）；陈太先译出狄更斯的《孤星血泪》（Great Expectations 又译《远大前程》）。就美国小说译介而言，由于五六十年代中美关系的隔阂，美国小说翻译受冷落，但并未停滞，只局限于少数现实主义作家，主要是马克·吐温、德莱塞、杰克·伦敦、欧，亨利等人的作品。总体而言，这一时期的译家能够保留原作的风姿，译笔流畅，原作对人物、自然、社会的描写能在译入语中得到恰如其分的表现。

受文化全球化的历史语境的影响，现代派文学的合法性逐渐确立，更多的翻译工作者对现代派文学投入热情，正如李景端所言："在不长的时间里，世界文坛有名的现代派作品和有影响的文艺流派，诸如心理小说、黑色幽默、存在主义、新小说派、魔幻现实主义、先锋派艺术等，都陆续与中国读者见面了。"此外，随着大量西方翻译理论的引进，译界也逐渐认识到异化法与归化法并非互相排斥的对抗性概念，两种方法都能在译入语文化中完成各自的使命，因而也都有其存在的价值。因此，当今的英语小说汉译界呈现出百花齐放的繁荣景象。

二、小说翻译的问题

梁启超在1896年所著的《自然论译书》中曾极力强调小说在开启民智方面的重要性，他指出："欲新一国之民，不可不先新一国之小说。"因此，他倡导的"小说兴国"的理念得到了晚清学者的热烈响应，从此以后，小说翻译进入了高潮。以林纾等人为代表的学者翻译了大量的欧美小说，在晚清学界产生巨大反响，为国民吹来清新的异域文化之风，促进了民族意识的觉醒，成为推动晚清社会变革的无形的力量。

不过，纵观晚清时的小说翻译，可以发现绝大多数翻译者的语言风格，并没有摆脱"桐城派"的影响。桐城学派是中国古代文学史上最具影响力的学派之一，历史绵延长达两百多年，几乎伴随整个清朝的兴衰。由于该学派的先驱戴名世、开创者方苞、推动者刘大、集大成者姚鼐，以及后来的传播者姚莹、吴汝纶、姚永朴均为安徽桐城人，桐城派便由此得名。尽管各有所长，但桐城派的艺术风格却是这些文学名家所共享的。首先，他们强调思想和艺术或内容与形式的高度统一。方苞之"义法"作为该学派的基本准则之一，追求的是言之有物、言之有序。其二，崇尚"雅洁"即以精准的词语表达丰富的内容。其三，推崇"雅正"，即指文字的优雅、华丽和自然。以姚鼐的"八字标准"给桐城学派的诗学之风作总结最为恰当，即：神、理、气、味、格、律、声、色。具体而论：神，是指作者的精神以及作品的神韵；理，是指内容的真实性和逻辑性；气，是指作品的气势和力量；味，是指作品的持久魅力；格，是指风格和结构的多样性；律，是指作品内在具体的规则；声，是指音调的抑扬顿挫；色，是指作品的文学色彩。

"桐城派"的影响反映在翻译策略上就是"归化"占主导地位。这一现象延续了相当长时间，以致引发了后来的"信""顺"之争：以赵景深为代表的学者主张"宁错而务顺"，而鲁迅则针锋相对地指出"宁信而不顺"的翻译原则。"归化""异化"的区别不仅仅在于翻译策略，更不是具体方法的差异。而在于文化取向不同，在于文化伦理相左，因此，是翻译原则的差异。异化翻译是不透明的，它避免流畅，倾向于在译文中融入异质性话语，而归化则恰好相反，它强调流畅、通顺、透明。它从目的语中预先存在的价值观、信仰、表达法重构原文，而这种重构总是在主流与边缘的等级系统中进行，它始终决定着文本的产生、流通和接受。翻译强行地将原文的语言文化差异替换为一种能够为目的语言所理解的文本。翻译的目的是带回一个同样的，可以认知的，甚至是熟悉的文化他者；而这一目的始终有将原文全盘归化的风险，这种归化经常出现在具有高度自我意识的翻译项目中，这种翻译挪用外国文化为本国文化、经济和政治服务。归化所导致的这种现象在中文小说英译和欧美小说汉译中均有表现。

三、小说翻译原则

在经济与文化全球化的当今世界，过度的归化和绝对异化都是不可取的，也是不可行的。因此，小说的翻译应当遵循以下原则。

（一）再现人物形象

人物形象塑造是小说创作的主要任务，其塑造过程往往呈现出多角度同向审美感受的特点。具体来说，人物形象塑造不仅体现在人物语言的言说个性中，也体现在叙述者对人物肖像、行动、心理等的多维描写中，还体现在叙述者的讲述中，不同角度的不同表现方式共同塑造出一个个形貌各异、多姿多彩、生动鲜活的人物形象。翻译实践中，再现人物形象主要表现在两大方面：一是再现人物描写中生动逼真的细节，使"译文中的生活映像的细节和原作中的生活映像的细节，是同一的东西"；二是再现不同社会文化语境下人物不同的时代烙印，使译文保持着原文所具有的历史性。前者是从微观着眼，后者则从宏观审视，两者相互作用，相互影响，共同构建着译文中人物形象的艺术再现。

（二）突出人物语言个性

小说中的人物语言是塑造人物个性化性格的主要手段，也是参与展开故事情节、塑造人物形象和表现艺术主题的重要因素。作家笔下的人物语言往往具有"神肖之美"的特点，通俗地说，就是不同的人物以各自不同的方式说着各自的话，而且还能使读者由说话看出人来。翻译实践中，再现人物语言的"神肖之美"，需考虑到以下几个方面的因素：一是人物语言要切合人物自己的社会地位、职业、修养、性别、年龄等身份特征，符合其性格特点与思想观点；二是在特定环境下人物语言要表现人物特定的心理状态与个性特点。也就是说，既要关注人物语言个性的"常态"，也要注意到不同于"常态"的"变异"表现；三是人物对话要彰显人物各自独特的表达方式和语气、语调，避免"千人一腔"。翻译实践中人物说话简洁的，译文需还以简洁，啰唆的还应该啰唆，语无伦次的需译出语无伦次，井井有条的要译得井井有条，真正做到"一样的人，便还他一样说话。"

（三）注重叙事策略

叙事是叙述者讲述事件或故事，进一步说，是叙述者艺术性地讲述事件或故事。不同的叙述者站在不同的视角讲述故事,最终产生的审美艺术效果会大不一样。选用第一人称叙述故事,往往会给读者感同身受的亲切感并激发其情感上的共鸣;选用第二人称叙述故事,常常会给读者邀请对话、进行规劝、提出建议的印象;选用第三人称,就会予人客观纪实、拉开心理距离之感;而选用这三种人称交错叙述故事,则会使表现的生活显得富有立体感、真实感,同时,还具有变化之美、多样之美。除了叙述视角之外,叙事策略还包括叙述时间(与故事发生的物理时间可以相同,也可以不同)、叙述节奏(调控故事的发展节奏,使故事情节灵活多变)、叙述速度(依据故事叙述的要求,采取快叙、慢叙、平叙等不同方式)等方面的内容。叙事策略与小说的诗意美学表现紧密相连。因此,进行小说翻译,在注重小说叙述内容的翻译之时,更需注重小说叙述视角、节奏、速度等及其变化的翻译。

第三节 小说翻译技巧

一、小说名称的翻译技巧

一部或一篇作品的标题,往往是作者经过深思熟虑、反复推敲后选定的关键词,具有重要的表意功能,不仅是作品的品牌标识,更是主题旨趣的指示牌。有时候,作者的标题可以被视为读者进入作品的"钥匙",甚至是解读作品的"密码"。名称是指代人或物品的符号。不过,小说名称与一般人名、物品名称不同,它是文学艺术符号,其不仅蕴含着审美信息,而且凝结主题内涵。有些小说可以通过书名悟出小说的大致情节内容,有些小说名称为读者留下广阔的想象空间。一般情况下前者的表现手法为显性,后者为隐性。而何谓"隐性"?刘勰在《文心雕龙》中指出:"隐者也,文外之重皆者也……夫隐之为体,义生文外,秘响旁通,伏采潜发,譬爻象之变互体,川渎之韫珠玉也。"由此可见,隐是指言辞的直接意义之外,尚含有其他意义,隐之主旨在于文采潜伏在暗处发光,恰如川流中蕴藏着无价之珠玉。隐性小说名称的妙处在于为读者留下审美空间,诱发读者去联想,联想不是凭空的,是基于对小说的品读,在品读中联想。于是,读者的审美想象被激活,小说名称的审美效应得以实现。

小说名称的翻译对于提炼和照应小说主题至关重要。小说名称翻译的总体原则是:显性小说名称通常采用直译法,尽量保留原作的显性特征。比如:

Tess of the D'Urbervilles——《德伯家的苔丝》;

A Passage to India——《印度之旅》;

Jane Eyre——《简·爱》;

Gimpel, the Fool——《傻瓜吉姆佩尔》;

Lady Chatterley's Lover——《查太莱夫人的情人》；

Women in Love——《恋爱中的女人》；

Sons and Lovers——《儿子与情人》；

A Tale of Two Cities——《双城记》；

Treasure Island——《宝岛》或《金银岛》。

隐性小说名称的目的在于留下文学空白，形成审美距离，对读者产生审美召唤。因此，不管采用直译、意译、还是变通手法，都应该尽可能地保留其隐性特征，从而实现其审美效应。比如：

The Scarlet Letter——《红字》；

Catch—22——《第二十二条军规》；

Vanity Fair——《名利场》；

The Rainbow——《虹》；

Gone with the Wind——《飘》；

The Grapes of Wrath——《愤怒的葡萄》。

有许多小说常被改编成电影，但其电影名称与原作名称有时并不一致，如 Gone with the Wind 最初是由上海电影制片厂译为《随风而去》，后来改译为《乱世佳人》，作为小说名称，傅东华将其译为《飘》。电影与小说虽然故事情节相同，但审美题材有别，前者的审美题材是影片，有其特定的审美场合——电影院，而后者的载体是文字文本。除了审美效应之外，前者还必须考虑与票房价值相关的观众接受度，而后者则更关注隐性手法所产生的审美效应。此外，不同译者的不同审美角度和不同审美认知水平也会导致同一部小说不同的译名。

二、小说修辞的翻译

小说是语言的艺术，小说家要提高语言技巧，创造神韵皆备的语言艺术，自然离不开修辞。对小说家而言，具备敏锐的语感、扎实的修辞功底可谓创作的必备要素。在小说的翻译中，修辞手段的翻译意义重大。从理论上讲，小说修辞翻译不仅仅应当译出原作文本的意义，更要传达出原作的韵味，使译文与原作形神毕肖。修辞是一种言语的艺术、美的艺术，小说修辞的翻译是小说译文对最佳修辞效果的追求。译者常常需要对源语文本刻苦钻研，以求"情欲信，辞欲巧"（孔子语，意为既求真求善，又求美）。

（一）明喻与 Simile

英语中的 Simile 一词相当于汉语中的明喻。Simile 源于拉丁语的 Similar，意思是"like"。英国著名词典学家塞缪尔·约翰逊（Samuel Johnson，1709—1784）指出："A simile, to be prefect, must both illustrate and ennoble the subject, must show it to the understanding in a clearer view and display it to the fancy with greater dignity." 约翰逊的定义现在看来不够严谨。相比之下，A New Book of Knowledge 为 simile 下的定义还是比较严谨的：A simile is a Figure of speech in which two quite different things are compared because they appear to be similar in at least one characteristic…Similes are as a rule introduced by "like" or "as"。这一定义与《汉语修辞艺术大辞典》对明喻的定义相同，强调本体与喻体本质的不同，但其也存在相似之处。以上英文定义提到本体与喻体两者间的相似之处通常由 like 或 as 相连。其实，除了 like 和 as 之外，英语中词语可用作比喻词的有很多，比如：can be likened to，be comparable to，akin to，similar to，be analogous to，may be compared to 等。

明喻可根据其不同的侧重点分为描述性和说明性两种。描述性明喻侧重于通过鲜明的形象、洗练的词语生动地描述人物、事件。比如：

Autumn sunsets have come to me at the bend of a road in the lonely waste, like a bride raising her veil to accept her lover.（R. Tagore，The Crescent Moon）

【译文】黄昏，荒野异常寂静，大陆的转变处，秋阳朝我走来，宛若一位新娘正在揭去头盖迎接她的新郎。

而说明性比喻是通过简单而具体的形象、事实或规律说明抽象的概念、复杂的哲理或过程。比如：

The pen is to a writer what the gun is to a fighter.

【译文】作家的笔犹如战士的枪。

说明性明喻本体和喻体通常是两种关系不是两物或两词。如，例句中的本体是"The pen is to a writer"，喻体是"the gun is to a fighter"，通过战士之于枪的关系将作家之于笔的关系和重要性说得非常明了。

（二）隐喻（metaphor）的翻译

《文学术语词典》（A Dictionary of Literary Terms）将 metaphor 定义为：A figure of speech in which one thing is described in terms of another. The basic figure in poetry. A comparison is usually implicit; where as in simile it is explicit。由此可见，隐喻不用任何比喻词，有些英语修辞学家称之为"浓缩的明喻"（a condensed simile），两种事物间的共同点也不直接点明，比喻关系不像明喻那么明显，比较隐含，故此称隐喻，也称暗喻。

例如：Passion was to go to sleep in the presence of Mrs. General and blood was to change to milk and water.（Charles Dickens，Little Dorrit）

【译文】在杰纳勒夫人跟前，一个人的激情会变得麻木不仁，热血也会变成掺了水的牛奶。

这句属判断型隐喻，在表层结构上没有点明其中的比喻关系而将其暗含句中，从而更突出本体和喻体之间的神似。因此，在翻译时一方面须从上下文理解中得出其真正寓意所在，另一方面保留形象并不重要，关键在于把握比拟的精神实质。因为根据符号学和语义学原理，在比喻喻体和喻义两者之间，喻义处于首位，其次才是喻体。在任何情况下，喻义都应当保证首先传译，如有可能，译者应设法保留原喻体形象。

（三）象征（symbol）的翻译

小说中，象征是与隐喻同样重要的一种微观修辞。尤其是现代小说，当作者直接的修辞性介入被取消后，象征就被用来替代传统小说中作者直接介入的说服性修辞。正如韦恩·布斯（Wayne C. Booth）在《小说修辞学》（The Rhetoric of Fiction）中提出的，现代小说中用来代替议论的象征，其实和最直接的议论一样，是充分介入的。例如，哈代小说《苔丝》中"火"这一意象，出现的章节顺序如下：

Tess, her cheeks on fire, moved away furtively, as if hardly moving at all.（Chapter XIX）

【译文】苔丝像被火烤一样满脸通红，好像根本无法移动一步，就悄悄躲在一边。

The pair were, in truth, but the ashes of their former fires...it seemed as if nothing could kindle either of them to fervour of sensation any more.（Chapter XXXVI）

【译文】说实在的，他们两个人先前像一团烈火，现在只剩下一堆灰烬了……他们两个人的热烈感情，似乎再也没有什么东西能够把它们重新点燃了。

His fire, the tumultuous ring of his eloquence, seemed to go out of him.（Chapter XLV）

【译文】他的火一样的热情和滔滔不绝的辩词似乎从他身上消失了。

通过联系上下文语境，不难发现，"火"的意象指向情感。同是"fire"，译者却巧妙地运用不同的字眼来处理："火烤""烈火""火一样的热情"。这些隐喻意象的反复出现、次第变化，形成一种特定的象征，象征着主人公内心情感的变化过程，此译文准确、贴切、传神。

（四）典故的翻译

典故是文学殿堂里一颗璀璨的明珠，古往今来，多少文人墨客的宝典中都闪烁着它的熠熠光辉。典故是一段历史的浓缩，承载着过往的历史，同时，也凝结着本民族人们的聪明智慧。典故折射着民族曾经的光辉历史，是民族文化的一座宝藏。秦汉唐宋，希腊罗马；孔孟李杜，荷马莎翁，其文史典册中的典故俯拾皆是。莎士比亚作品中典故达数百条，《圣经》中仅收入辞典的典故就达700余条，而我国《全唐诗》中用典多达6000余条。不仅经典名著中有，即便是在一般作家的诗文中用典之处也比比皆是。

1. 典故的概述

《汉英双语·现代汉语词典》中对典故的定义是"诗文里引用的古书中的故事或词句"。典故，不论是英语还是汉语多为形象生动的故事浓缩而成，或为一词，或为一短语。因寥寥数字内涵精深，外延悠远。因此，典故往往都具有浓郁的民族色彩，而且内容丰富。典故是人们在认识世界的过程中形成的一种语言形式，与特定的历史文化语境密切相关，体现了不同文化背景下人们的思想观念、价值取向、思维方式和道德意识。

典故出现在诗文中会使文句显得含蓄、隽永、凝练、深邃，令人联想，耐人寻味。如"Of course Monsignor Montanelli will give himself airs; he was quiet enough under His Holiness the late Pope, but he's cock of the walk now.（E. Voynich. The Gadfly）一个鸡舍里若有两只公鸡，定会拼得你死我活，直到一只公鸡最终取得至高无上的霸主地位方才罢休。此典喻指在小天地里称王的土霸王，作者借用此意刻画了蒙泰尼里主教在前任主教去世之后，自鸣得意、不可一世的形象，一副自命不凡、神气十足的神态跃然纸上。真可谓画龙点睛一语中的，一典既出满篇生辉，典故之奇妙功能表现得淋漓尽致。无论是西方典故还是汉语典故，贵在含而不露，妙在意在言外，功在寓意深邃，余音绕梁。典故的使用主要是为了美化言辞，锤炼篇章。

典故具有民族性。英汉民族在历史、地理、宗教、风俗习惯等方面的差别，使得各自的语言文化带有显著的民族色彩。而作为民族文化的缩影，典故所体现的民族文化特色更是十分明显。比如，英语中的 paint the lily 和汉语中的"画蛇添足"就体现了各自的民族色彩。西方人认为 lily（百合花）象征着"清白"与"贞洁"，高贵而美丽。因此，为百合花饰粉抹彩自然也就是多此一举，徒劳无益。而"画蛇添足"的典故中，"蛇本无足，添足非成其为蛇"，先画成蛇的人却因添足而未能赢得酒。出自莎士比亚《约翰王》（King John）的 paint the lily 与出自《战国策·齐策二》的"画蛇添足"典故在表达"多此一举"这层意义上有异曲同工之妙。显然，paint the lily 具有鲜明的民族特色。并且在汉语中，有出自《淮南子·说林训》的一句话："骨肉相爱，谗贼间之，而父子相危。夫所以养而害其所养，譬犹削足适履，杀头而便冠。"其主要意思是"脚大鞋小，把脚犹削去一部分以适合鞋的大小"，比喻勉强求合或不合理迁就现成的条件。由此演变而来的一个成语就是"削足适履"，它与英语中的 stretch on the Procrustean bed 所表达的意思就十分相近。词组 stretch on the Procrustean bed 来源于希腊神话。相传普罗克鲁斯是雅典的一个大盗，经常把俘虏绑在一张铁床上，如果身体比床长，便斩其脚，如没有床长，便硬将其身子拉长。"削足适履"和 stretch on the Procrustean bed 的寓意虽然一样，都表达了"强求一致，不合理地要求按照同一标准办事，不合理地迁就现成条件"的意思，表意生动形象，但是都具有各自的民族特色，而且给人的联想意义也不一样。此外，还有一个典型的例子。汉语中有"情人眼里出西施"这一典故，句中的"西施"是美女的代表，具有鲜明的汉民族文化色彩。在英语中，有两种说法与之对应，一是出自卢·华莱士（Lew Wallace）的《印度王子》（The Prince of India）里的 Beauty is in the eye of the beholder; 二是出自莎士比亚《威尼斯商人》里的 Love is blind。在这两个英语成语中，前者清晰地表达了"出西施"的意思，但却未能传达出"情人"的意思。它表达的主要意思是："美"是因人而异，强调主观性，所以与"情人眼里出西施"并不十分对应；而第二种则恰恰相反，体现了"情人"的意思，却未能传达出"出西施"的意思。相较于 Beauty is in the eye of the beholder，成语 Love is blind 更具有民族色彩，它含有爱神丘比特（Cupid）是瞎眼的，他射出的"爱之箭"是盲目的，恋爱者因而也是盲目的。这就是西方的民族文化色彩。

2. 英汉典故的对比

英语典故和汉语典故既有相似之处，也有不同之处，且不同之处占多。英汉典故在设喻比较方面颇为相似，但在典故结构形式和典故来源方面有诸多不同。英汉典故在设喻比较方面颇有相似之处。英语典故以人设喻者有之，如"Shylock"，"Hamlet"；以事物设喻者有之，如"kick the bucket""skeleton in the cupboard"；以地名设喻者亦有之，如"Carry coals to Newcastle"。汉语典故也是如此，如"太公钓鱼""王祥卧冰"（以人设喻）"三顾茅庐""四面楚歌"（以事设喻）、"东山再起""垓下闻歌"（以地名设喻）。有的英语典故不仅设喻形式与汉语典故相同、喻体一样，而且寓意也完全一样，如 Burn one's boat 与"破釜沉舟"，Hang by a hair 与"千钧一发"等。然而，这种形式和语义性对应的英汉典故为数并不多，多数典故都是不对应的，有些只能说是部分对应或基本对应，如 walls have ears 与"隔墙有耳"，kill the goose 与"杀鸡取卵"（竭泽而渔），Meet one's Waterloo 与"败走麦城"等虽然寓意相同，但在喻体、设喻形式及使用方面总有相异之处。这主要是由不同的历史渊源及相异的民族文化特色所致。

中英两种文化在历史、地理、宗教、风俗习惯等方面的差别致使各自的语言文化带有显著的民族色彩。比如，英语中有一句成语是 one's hair stands on end，许多人将其翻译成汉语中的"怒发冲冠"，如果他们知道这句成语的来源，就会知道其实这种翻译是错误的。"怒发冲冠"一词出自《史记·廉颇蔺相如列传》，讲的是赵国大臣蔺相如带和氏璧去秦国换十五座城，献璧时秦王拒不给城，"相如因持璧却立，倚柱，怒发冲冠"。"怒发冲冠"因此就用来形容某人的头发竖立，表示非常愤怒之意。one's hair stands on end 最初是描述犯人的表情的。1825 年英国一个名叫普·罗波特（Robert）的偷马贼被处以死刑，目击他上绞刑架的人说，犯人由于恐惧而毛发竖立。因此，英语中 make one's hair stand on end 其实相当于汉语中的"令人毛骨悚然"之意。由此可见，虽然英语和汉语中的某些词语的形象大致相同，但是它们的意义却相去甚远。这种差别形成的主要原因就是因为各自的历史背景不一样。总而言之，典故源自于民族文化，与本民族的生活息息相关，是社会遗产沉淀所形成的文化，具有浓厚的民族特色。

3. 典故翻译的技巧

典故承载着厚重的民族历史，凝结着独特的民族智慧，大都形象而生动，词约而义丰。因此，在翻译英美文学中的典故时，既要保证意义传递的真实性，同时，还要尽量考虑使其保持原来的民族性、形象性。在对英美文学的典故进行翻译时，主要采取以下方法。

（1）直译加解释法。有些英语典故并不适合直译，如果生硬地直译过来，就会使我国读者很难完全理解其中的寓意。如果改为意译，又很难做到保持原有的形象和风格。这时，就可以采用直译加解释法来对其进行翻译，这样不仅可以保持其原有的形象和风格，还可以让读者理解其潜在的意义。比如：

An old dog will learn no new tricks (you cannot teach old dogs new tricks).

【译文】老狗学不出新把戏。（老顽固不能学新事物）

There is no rose without a thorn.

【译文】没有不带刺的玫瑰。（世上没有十全的幸福；有乐必有苦）

（2）直译联想法。在英汉两种语言中，有许多典故的含义或比喻意义基本相同，但是表达方法却差异很大，这是由于英汉两个民族的文化差异所造成的。对于这种情况，就可以使用直译联想法进行处理。所谓直译联想法，是指直译原文而得出的译文容易使译文读者联想到他们所熟悉的典故。比如：

He who laughs at crooked men should walk very straight.

【译文】笑别人驼背的人得自己首先把身子挺直。（联想：己不正人）

It's a long lane that has no turning.

【译文】路必有弯；世上没有直路。（联想：事必有变；瓦片也有翻身日）

（3）等值互借法。对于英汉语言中一些在意义、形象或风格上都比较相似或近似的典故，就可以采取等值互借法。例如，"man is king."就可以借助汉语谚语把它译成"山中无老虎，猴子称霸王。"这样既能忠实于原义、原有形象及风格，又符合汉语的谚语结构和习惯。

（4）意译法。意译往往使原典故的文化特质在译文中流失，进而导致原典的民族色彩被过滤掉。文化特质的唯一性和民族色彩厚重使这类典故的本体和寓体无法直接在译语文化中形成互文性，因而也就无法在译文读者中引发联想意义，故此，直译也就失去了意义。不得已而为之的意译至少可传递原典的寓意。比如：

He will have no choice but to dine again with Duke Hemphrey. (C. Dickens: Martin Chuzzlewit)

【译文】无奈，他只好再次忍饥挨饿。（《英语典故词典》）

You seem almost like a coquette, upon my life, you do...They blow hot and blow cold, just as you do...(T. Hardy: Tess of the D'Urbervilles)

【译文】你几乎像一个卖弄风情的女子，说真的你就像。……他们与你几乎一样，也总是反复无常……（《英语典故词典》）

（5）对联增字法。汉语中经常可以发现以对联形式构成的谚语，对联的上联描绘形象，下联陈述意义，如"棋逢对手，将遇良才""路遥知马力，日久见人心"等。在对某些英语谚语进行翻译的过程中，如果无法用少量汉字将其含义准确完整地表达出来，就可以采用对联加字的手段处理，将会收到较好的效果。例如，"Great men are not always wise."的直译是"伟人也不总是聪明的"，其实它的含义是"再聪明的人也有糊涂的时候"。如果采用对联增字法翻译，效果可能会更好，可译为"人有失手日，马有失蹄时"或"老虎也会打盹，好马也会失蹄"或"智者千虑，必有一失"。

三、小说个性化语言翻译技巧

　　小说作为文学文本，是一种特殊的艺术形式。俗话说："言由心生。"交际者的意图，不管是有意还是无意，总是要反映在其话语之中，不管话语的表现形式是陈述、指令，还是承诺，只要参与者结合交际场合，听其言，观其行，分析言者的语调、语气、表情、手势等，就不难辨析其喜、怒、哀、乐，从中获取必要的交际信息。在小说中，人物的个性是诱发或制约人物语言风格变异的重要因素。言为心声，言如其人，人物的语言对话无疑是对自身形象的最佳诠释。言为心声，指的就是通过人物对话，可以展现人物的思想动态，传达人物的心情，反映人物的心理；言如其人，就意味着对话描写可以揭示人物的性格、本质。在翻译对话时，译者就应该细细品味原作字里行间的信息，最大限度地准确再现原作的原汁原味。人物对话是小说风格的重要标志之一。通常情况下，作家们为了塑造典型人物，通常运用个性化的语言突出角色的与众不同之处。《艰难时世》中的 Mrs. Sleary 中的咬舌音；《苔丝》中的小贩杰克·德贝菲尔言语中常见的语法错误等个性化的言语所产生的喜剧效应对刻画典型人物的性格起到了特殊作用。对话是典型人物个性化语言的集中体现，也是反映小说翻译技巧与水准的焦点。因此，一部译作只有译出人物语言的个性化风格，才能阐释出丰富的人物内心和微妙的人物关系，进而成功塑造出人物形象，使读者体会到作品的风格神韵和艺术价值。

　　小说对话是作者为了刻画人物，传达某种意义而创作的，因此，翻译就是翻译意义。意义是多层次的，对此符号学提供了最全面的意义理论：作为一种符号系统，语言有三种意义：指称意义、言内意义和语用意义。指称意义是语言符号和它们所指对象之间的关系。语言的指称对象可以是具体的事物，也可以是抽象的概念；言内意义指同一语言系统的语言符号之间的关系。任何语言符号都不能孤立存在，它总是与同一语言系统的其他语言符号紧密相连；语用意义指符号和其使用者的关系，语言的语用意义即是语言和其使用者的关系。一般来讲，指称意义的所指若在两种语言文化中都存在，就不会导致翻译障碍，但是是否准确传译将直接影响原作的审美再现。比如，以简·奥斯汀的《傲慢与偏见》一组对话为例：

　　"O Mr. Bennet，you are wanted immediately. We are all in uproar..."
　　Elizabeth replied that it was.
　　"Very well—and this offer of marriage you have refused?"
　　"I have，sir."
　　"Very well. We come to the point. Your mother insists upon your accepting it. Is it not so，Mrs.Bennet?"

　　以上对话是班纳特夫妇和女儿讨论她的婚姻大事时的一段针锋相对、互不退让的对话。班纳特太太一心企盼女儿嫁入豪门；班纳特先生对她的浅薄见识冷嘲热讽；伊丽莎白个性独立，反对父母自作主张。三人意见的严重分歧体现在称呼对方时直呼其姓并郑重其事地在姓氏前冠以 Mr. 或 Mrs.。王科一先生将 Mr. Bennet，Mrs. Bannet 译作"我的好老爷""我的好太太"，如果单从字面意义来讲既忠实又通顺，读者也可以接收到大致相同的语义信息，不过这仅是小说翻译中的"假象等值"。如果改译为"班纳特先生""班纳特太太"，或许更能入木三分地反映人物心情，传达丰富的审美信息。

小说对话的意义主要在于我们从中可推断出人物的性格、处境以及人物之间的态度。这些推断常常含在对话的语用意义中。在英美小说作品中，人物语言既有"阳春白雪"，也有"下里巴人"，在语言学家看来只是不同变体而已，不存在贵贱之分。但两种变体能体现讲话人的性格、身份，译者需译得恰当，否则译文将失去美感。比如：

Evidently she knew who I was. She took a look at me and said，"Look who's here！He's come，the drip. Grab a seat."

I told her all：I denied nothing. "Tell me the truth，"I said，"are you really a virgin，and is that mischievous Yechiel actually your little brother? Don't be deceitful with me, for I'm an orphan."

"I'm an orphan myself，" she answered，"and whoever tries to twist you up，may the end of his nose take at wist. But don't let them think they can take advantage of me. I want a dowry of fifty guilders，and let them take up a collection besides .Otherwise they can kiss my you—know—what." She was very plainspoken. I said，"It's the bride and not the groom who gives a dowry." Then she said，"Don't bargain with me. Either a fiat yes or a flat no. Go back where you came from."（I.B. Singer，Gimpel the Fool）

【译文】不用说，她晓得俺是谁。她朝俺瞟了一眼，说："瞧，这位是谁！来了个呆头鹅。找个地方坐吧。"

俺把该说的全部对她说了，啥都没瞒。"说真的"，俺问她，你真的还是黄花闺女吗？那个捣蛋的叶切尔到底是不是你弟弟？可别哄俺，俺可是没爹没娘，没人疼的。"俺也是孤儿"，她答道，"谁要是哄骗你，谁就不得好死。不过，那伙人可别以为他们能占到俺的便宜。姑奶奶我要的五十盾的嫁妆，外加一份彩礼。要是拿不出来，他们只能舔姑奶奶的屁股。"她说得倒轻快。我说："嫁妆应该是新娘家陪送的，哪有新郎家出的。"她一听不容分说道："别给我讲价钱，干脆点，'行'，还是'不行'，要不然，从哪来还滚哪去。"

在辛格的小说 Gimpel the Fool 有两个主人公，男主人公是 Gimpel，女主人公是 Elka。从上例可知，主人公 Gimpel 正如小说名称所言确实有点憨傻，初次相亲就实话实说，而且还问出了"Are you really a virgin?"之类的令人惊诧的问题，女主人公的回答也毫不示弱，只此一句"Otherwise they can kiss my you—know—what"便知她也绝不是一盏省油的灯。所有这些都引起了译者的密切关注，译文力求通过个性化的语言使胸无点墨、憨傻率直的 Gimpel 和泼辣放荡、口无遮拦的 Elka 的形象呈现给译文读者。

四、小说人物塑造与翻译

小说的一个重要特点就是塑造大量栩栩如生、风姿各异的人物形象。小说人物是指小说中的角色。小说，尤其是长篇小说，通常塑造众多性格迥异、栩栩如生的人物形象；其中，既有英勇伟岸的时代英豪，也有平庸无奇的市井小人；既有浓施粉黛的大家闺秀，亦有秀色可餐的小家碧玉。这些形象不但启发、感动读者，同时，将读者引入诗意般的境界之中，使他们获得极丰富的审美体验。小说语言在文学语言中最为灵动，其中，塑造人物的语言更是异彩纷呈。

小说人物就其在作品中的地位与作用而言分为主要人物和次要人物，若从道德价值观判断，可分为正面人物和反面人物。然而，现代小说叙事学通常采用英国作家、评论家福斯特的"扁型人物"和"圆型人物"的分类法。所谓"扁型人物"是性格缺少变化，个性单一的模式化人物，比如懒散的丈夫，暴戾的妻子，极端的自我主义者，奸诈缺德之徒，吝啬鬼，流浪汉，愚昧无知乡野穷汉等等；而"圆型人物"则是具有多重个性特点，内心世界复杂，情感多变的人。福斯特认为，狄更斯小说《大卫·科波菲尔》中的希波和莎士比亚剧作《哈姆雷特》中的哈姆雷特就是典型的"圆型人物"；而华盛顿欧文的小说《睡谷的传说》中的那位自负虚荣的小学教师克莱恩便是典型的"扁型人物"。作家在塑造不同类型人物时使用的是不同风格的语言刻画其人物形象，展现其精神风貌（状态），揭示其内心世界。就要求首先了解不同民族审美观的差异，进而定酌翻译的策略，以求原著完美再现。

小说翻译不同于小说创作：创作是从生活到艺术，即表象—语言；而翻译则是两种语言间的转换，即语言—语言，其实质是两种语言间的形象转换。因此，小说人物塑造的翻译必须甄别附加在词汇本身概念之上的联想意义。中、英两种语言体系相异，中、西文化传统也不同，东西方人之间的思维习惯和方式也多有差异。要以一种完全不同的语言再现另一种语言创造的艺术品，实属不易。鉴于此，国内已有学者提出在译文中忠实重塑人物形象须采用等值原则。奈达1964年发表《翻译科学探索》，提出"动态对等"的翻译标准，即源语与译入语之间最贴切、最自然的对等。动态对等的核心在于找出译入语的各种有效表达手段，以最自然的方式表达原作的对等信息。翻译等值概念的出现，促使小说人物塑造的翻译走出直译和意译两个极端，从而获取更新、更全面的研究角度。英美小说中的人物塑造经常运用的方法是心理描写、肖像描写和行动描写。

（一）心理描写

运用心理描写来塑造小说人物是西方作家所偏爱的一种方式。作家通过对所塑造的人物作内心世界的描述，能直接叙写人物的情感起伏，展示人物的心灵和性格特征。心理描写的方式多种多样却殊途同归，都是以清晰的条理、有逻辑且规范的语言让读者看到人物的理性的精神世界。在翻译的过程中要注意叙述主体的身份与个性，以适当的语气语调来真实传译人物的心理状况。这里以钱歌川和施咸荣翻译美国作家塞林格的《麦田里的守望者》的片断为例：

I didn't give a damn how I looked. Nobody was around anyway. Everybody was in the sack…If I am on a train at night I can usually even read one of those dumb stories in a magazine without puking. You know, One of those stories with a lot of phony, lean—jawed guys named Linda or Marcia that are always lighting all the goddam David's pipes for them.

钱歌川的翻译版本：至于我变成一个什么样的怪相我一点也不管。好在附近没有人。所有的人都睡到床上去了……如果我是在夜间坐车，我通常都能读完一篇这种杂志上面的低级故事而不作呕的。你知道的，这样的故事，有一篇其中出现不少名叫大卫的尖下巴的骗子，还有一些名叫林达或玛莎的女骗子，她们老是去替那些混账东西的大卫们点他们的烟斗。施咸荣的翻译版本：我他妈的才不在乎什么不好看哩。可是路上没有一个人。谁都上床啦。……我要在晚上坐火车，通常还能看完杂志里某个无聊的故事而不至于作呕。你知道的那故事。有一大堆叫大卫的瘦下巴的假惺惺的家伙，还有一大堆叫林达或玛莎的假惺惺的姑娘，老是给大卫们点混账的烟斗。

这是主人公 Holden 的第一人称内心独白，他是一个自嘲自讽、满口脏话的中学生，一个不满现实的小痞子。文中 damn, goddamn, phony, guy 等粗俗的俚语意在塑造他的桀骜不驯。通过比较上面两个翻译版本，我们可以看出钱歌川的译文不大符合一个逃学在外的少年的口吻，而施咸荣翻译的版本可以更好地融入叙述主体的话语之中，保留了俗语的情趣，再现了 Holden 的真实心理。

（二）肖像描写

所谓的肖像描写是通过描写人物的容貌、衣饰、姿态等外部特征刻画人物形象，形神兼备地揭示人物思想性格的一种方法。小说人物的描写并不求其全，而贵在表现人物的精神意态，具体到一颦一笑、一举手一投足。翻译时，要特别注意这些起关键作用的细节描写，通过不同的翻译策略，出神入化地在译文中再现具有异域风情的人物形象之美。

One day she was pink and flawless; another pale and tragical. When she was pink she was felling less than when pale; her more perfect beauty accorded with her less elevated mood, her more intense mood with her less perfect beauty.

【译文】有的时候，她就娇妍、完美；另有的时候，她就灰白、凄楚。她脸上娇妍的时候，就不像她脸上灰白的时候那样多愁善感；她更完美的美丽，和她较为轻松的心情互相协调；她更紧张的心情，和她比较稍差的美丽互相融洽。（张谷若译）

【译文】今天光艳照人，白玉无瑕；明天却又沮丧苍白，满面苍凉。鲜艳往往出自于无忧；而苍白，却总是由于多愁。胸中没了思虑她便美丽无瑕，一旦烦愁涌起，便又容色憔悴。（孙法理译）

原作多处省略主、谓语，使得叙述节奏轻盈流畅，如诗般赞美苔丝的纯洁美丽。张谷若的译文运用增词法将省略处一一补全，虽句型完整，却显得拖沓冗长，削弱了读者对苔丝肖像美的感受力；相反，孙法理的译文保留省略，简洁明快，使主人公的美更具感染力。

（三）行动描写

除了肖像描写以外，行动描写也具备塑造人物形象的功能。行为动作的描写常由动词来完成，翻译时需在译入语中找出等值的富有表现力的动词，活泼地再现人物形象，比如：

Tom raved like a madman, beat his breast, tore his hair, stamped on the ground, and vowed the utmost vengeance on all who had been concerned. He then pulled off his coat, and buttoned it round her, put his hat upon her head, wiped the blood from her face as well as he could with his handkerchief, and called out to the servant to ride as fast as possible for a side—saddle, or a pillion, that he might carry her safe home.（Henry Fielding, Tom Jones）

【译文】汤姆像个疯子一样，咆哮叫骂，捶胸薅发，顿足震地，起誓呼天，要对所有一切参与其事的人，都极尽报仇雪恨之能事。于是他把自己的褂子，从身上剥下来，围在娟丽身上，把纽扣给她系好；把自己的帽子，戴在她头上；用手绢尽其所能，把她脸上的血给她擦掉；大声吩咐仆人，叫他尽力快快骑马，取一个偏鞍或后鞍来，以便把她平平安安地送回家去。（张谷若译）

这是汤姆英雄救美的场面。其传神之处就是使用一系列动词，呈现汤姆是一个行侠仗义却有些不谙世事的单纯青年。

第六章 英美诗歌翻译理论研究

诗歌作为一种文学艺术形式，其是最古老的一种传统文学形式。古希腊的荷马史诗、中国古代的"诗三百"，英国的《贝奥武甫》（Beowulf）等，都是自己民族文学艺术的源头。诗歌艺术的繁荣在很大程度上也体现了文学艺术的繁荣，中国的《诗经》、楚辞、唐诗、宋词，英国的古典主义诗歌、浪漫主义诗歌，都是世界文学发展史上的绚丽瑰宝。诗歌翻译是文学翻译的重要方面，同时，也是世界文学艺术交流的重要途径。不过，诗歌翻译是文学翻译中比较难的。因为诗歌翻译除了要再现原作语言的意义外，还要传达出原作的形式美和意境美，以及原作的韵律美。

第一节 诗歌文体概述

一、诗歌的社会功用

诗歌，以极为凝练的语言表达人们或豪放、或细腻的感情。有些诗歌记录了人类历史发展中的重大事件，有些诗歌则是个人感情的浅浅吟唱。自古以来，无论是有着五千年灿烂文明的中国，还是历史悠久的西方，诗歌都是在人民需要的时候出现了。人类文明的起源几乎都与劳动生产密不可分，在劳动过程中人们随意表达自己的心声，而不必依靠文字记录，这就使得诗歌成为所有文学形式中起源最早、历史最悠久的一种形式。并且，诗歌作为一种最为古老的文学形式，其具有不可估量的作用。孔子作为我国杰出的思想家、教育家曾总结过诗歌的社会功用。

子曰："小子何莫学夫诗？诗可以兴，可以观，可以群，可以怨；迩之事父，远之事君；多识于鸟兽草木之名。"（《论语·阳货》）因此，兴、观、群、怨是孔子对于诗歌艺术社会功用的概述。

孔子的所谓"兴"不同于诗歌创作手法"赋""比""兴"中的"兴"。兴、观、群、怨中的"兴"读平声，"赋""比""兴"中的"兴"读去声，表达不同的概念。兴、观、群、怨中的"兴"表达的是"起"的意思，是指对道德情感的激活。《论语·泰伯》：子曰："兴于诗，立于礼，成于乐。"这里的"兴也是用'起'的义项，讲的是人格培育过程：诵习诗歌，使人奋起，产生向上的志向；熟悉和遵循礼制，使人在社会上能够安身立命；最后，在诗歌、舞蹈、音乐的结合中，在艺术与伦理、与礼仪的结合中，使人格达到成熟和完善。"在所有的艺术创作中，诗歌与音乐是最需要激情的，因此，诗人与音乐家往往会在其作品中唤起曾经体验过的情感，并将其化作诗句和旋律，用以传递这种情感，使读者和听众也能体验到相同的情感。这便是移情，艺术上也称共鸣。

对于"观"的理解，班固理解为"盖以别贤不肖而观盛衰焉"，即"了解诗者的个人之志，并进而窥察该国政治、外交等方面的治礼盛衰"。郑玄注为"观风俗之盛衰"，朱熹注为"考见得失"。可见"观"的词义是"观察""考察"。在孔子看来，诗歌、音乐等艺术不仅能够展示诗人、艺术家的心理、情感，也能反映当时群体的心理、情感，社会的风俗盛衰。这与《礼记·王制》中所说的天子"命大师陈诗以观民风"；和《汉书·艺文志》所云："故有采诗之官，王者之所以观风俗，知得失，自考正也。"完全一致。

"群"，作为动词，是合的意思。《荀子·非十二子》有"群天下之英杰"之说。孔子的"诗可以群"指的是人可以通过赋诗来交流与沟通彼此的想法，从而协调人际关系，国家内部可以团结起来，国与国之间可以联合起来。比如叔孙豹赋《鹊巢》（《召南》），奉承赵孟善于治理晋国；杜甫的《梦李白》《天末怀李白》；毛泽东的《蝶恋花·答李淑一》《七律·和柳亚子先生》等均有同声相应、同气相求的诗人之间相互了解、增进友谊之意。

"诗可以怨"意指诗歌可以用来发泄怨恨、排解忧愁。孔安国将"怨"解释为"刺上政也"，意思是说诗可以用来针砭时弊，确认了诗的批判作用。社会的不公需要批判，民众的忧烦必须舒散，否则会积淀成不稳定因素。"诗可以怨"一则是给当政者的警示；而另一方面也不失为一种统治策略，让不定因素在诗歌等文学艺术中得以释放、化解。

二、诗歌的文体特征

诗歌作为文学的一种形式，具有其他文学形式的普遍特征，都是语言的艺术，都反映人们的思想感情，都具有感染力等。但是，诗歌也有跟其他文学形式不同的地方，其主要表现在以下几个方面。

（一）形式独特

诗歌区别于其他文学形式最为显著的外部特征是分行及其构成的诗节、诗篇。诗歌的分行并非随意而为，而是颇富理据性的。一般来说，除非是散文诗，诗歌都是分行排列的。一首诗由并列的诗行组成，若干诗行组成一个诗节，若干诗节形成一个整体。传统的诗歌，在形式上要求比较严格。中国的律诗、绝句都有非常工整对仗的结构特点，每一诗行都有具体的字数规定，都有一定的韵脚安排，具有非常严整的形式结构。英国的十四行诗、英雄双韵体等，也都具有固定的形式特点，对音步的数量和格律的要求都非常严格。分行具有突显意象、创造节奏、表达情感、彰显形象、营构张力、构筑"图像"、创造诗体等多种功能。诗歌的诗行包括煞尾句诗行和待续句诗行。前者指一行诗就是一个语义完整的"句子"；后者又叫跨行，是指前一行诗语义还未完结而转入下一行表述的"句子"。诗歌最为直观而独特的外在造型美与建筑美是由这两类诗行构建而成的。

（二）格律鲜明

诗歌具有鲜明的格律要求。诗歌的格律是诗歌最显著的特点。传统诗歌，经过长期的发展，形成了形式多样的诗体形式。比如，中国有五言律诗、七言律诗，绝句和古体诗等；英国诗歌有民歌体、十四行体、英雄双韵体、斯宾塞体、颂歌体、以及自由诗等，不一而足。而在这些诗体形式中，都有一整套内在的格律。比如，莎士比亚十四行体由十四行抑扬格五音步的诗行组成，四句一个诗节，分成三个诗节，最后两句作结，一般的韵脚安排是：abab cdcd efef gg；英雄双韵体是由两句对偶的抑扬格五音步的诗行组成，适用于长篇史诗；斯宾塞体是九行一节的诗体形式，前八行为抑扬格五音步，第九行为抑扬格六音步，每节诗的韵式结构是：ababbcbcc。

（三）结构跳跃

相比较于其他的文学式样，诗歌篇幅通常相对短小，往往有字数、行数等的规定，而要想在有限的篇幅内表现无限丰富而深广的生活内容，诗歌往往摒弃日常的理性逻辑，遵循想象的逻辑与情感的逻辑。在想象与情感线索的引导下，诗歌常常由过去一跃而到未来，由此地一跃而到彼地，自由超越时间的樊篱，跨越空间的鸿沟。但是这种跳跃性并不会破坏诗歌意义的传达，相反会大大拓展诗歌的审美空间。

诗歌跳跃性结构的呈现形态，随诗人所要反应的生活和表达的思想感情变化而变化。诗歌跳跃性的结构形态多种多样，有过去、现在与未来之间的时间上的跳跃，有天南地北、海内海外空间上的跳跃，有两幅或多幅呈平行关系的图景构成的平行式跳跃，有由几种形成强烈反差的形象组成的对比式跳跃，等等。有时结构的跳跃也体现于诗人的思维空间，比如济慈（John Keats，1795—1821）的《Ode to Autumn》。

Ode to Autumn

I

Season of mists and mellow fruitfulness,

Close bosom—friend of the maturing sun;

Conspiring with him how to load and bless,

With fruit the vines that round the thatch—eaves run;

To bend with apples the moss'd cottage—trees,

And fill all fruit with ripeness to the core;

To swell the gourd, and plump the hazel shells.

With a sweet kernel; to set budding more,

And still more, later flowers for the bees,

Until they think warm days will never cease,

For Summer has o'er—brimm'd their clammy cells.

II

Who hath not seen thee oft amid thy store?

Sometimes whoever seeks abroad may find.

Thee sitting careless on a granary floor,

Thy hair sort—lifted by the winnowing wind;

Or on a half—reap'd furrow sound asleep,

Drows'd with the fume of poppies, while thy hook.

Spares the next swath and all its twined flowers.

And sometimes like a gleaner thou dost keep.

Steady thy laden head across a brook;

Or by a cyder—press, with patient look,

Thou watchest the last oozings hours by hours.

III

Where are the songs of Spring? Ay, where are they?

Think not of them, thou hast thy music too,

While barred clouds bloom the soft—dying day,

And touch the stubble—plains with rosy hue;

Then in a wailful choir the small gnats mourn.

Among the river sallows, borne aloft.

Or sinking as the light wind lives or dies;

And full—grown lambs loud bleat from hilly bourn;

Hedge—crickets sing; and now with treble soft.

The red—breast whistles from a garden—croft;

And gathering swallows twitter in the skies.

秋阳杲杲，果实累累，葡萄藤下，打谷场上，收割一半的田间，诗人的思绪正在秋天的时空里徜徉，却突然发问：春之歌在哪里？它们在何方？（Where are the songs of spring? Ay, where are they?）思维突然跨过夏天，由秋天跳回春天。自古文人多悲秋，诗人在最后一节里出现许多不祥的词语，如 barred clouds, dying day, rosy hue, wailful choir, mourn, sinking, dies 等，这或许是因为诗人预感自己来日不多的哀叹（济诗此诗作于1819年9月19日，距其逝世不足一年半时间）。

（四）注重韵律

韵律有广义和狭义之分。广义的韵律是对诗歌声音形式和拼写形式的总称，它包括节奏、押韵、韵步、诗行的划分、诗节的构成等；狭义的韵律是指诗歌某一方面的韵律，如押韵、韵步等，它们可以单独被称作韵律。狭义的韵律有助于增强诗的节奏感，它和节奏一起共同服务于诗作情感的抒发与诗意的创造。

（五）表述凝练

佳酿为五谷之精华，诗歌乃语言之结晶，诗歌的语言是日常语言的提炼和浓缩，是日常语言的创新。它要求精选生活材料，抓住感受最深、表现力最强的自然景物和生活现象，用极概括的艺术形象达到对现实的审美反映。诗歌反映生活的高度集中性，要求诗歌选词造句、谋篇布局必须极为凝练、精粹，用极少的语言或篇幅去表现最丰富而深刻的内容。名诗佳作能以只言片语容纳高山巍岳，宇宙星空，似奇特的晶体，显耀万千景象。"大漠孤烟直，长河落日圆"中的"直"与"圆"若脱离诗句，极其平常，但嵌在诗句中，极具张力，仿佛强大的电流短路，立刻放射出耀眼的火花，迅即激活读者的想象空间。这便是诗歌的魅力。诗歌的魅力凝聚于诗歌的焦点，即"诗眼"。诗眼犹如芯片和浓缩铀，具有极大的能量和信息量，通常是诗人"炼意""炼句""炼字"的结果。古人常说，"诗以一字论工拙"，如"红杏枝头春意闹"（宋祁：《玉楼春》）中的"闹"字，"春风又绿江南岸"（王安石：《泊船瓜洲》）中的"绿"字，"云破月来花弄影"（张先：《天仙子》）中的"弄"字，"穿花蛱蝶深深见，点水蜻蜓款款飞"（杜甫：《曲江二首》之二）中的"穿"字和"点"字，皆因一字而成千古名篇，为后人铭诸肺腑。炼辞得奇句，炼意得余味，"炼字""炼句""炼意"三者密不可分，诚如刘勰所言："夫人之立言，因字而生句，积句而成章，积章而成篇。篇之彪炳，章无疵也；章之明靡，句无玷也；句之清英，字不忘也"（刘勰：《文心雕龙·章句》）。无字不成句，无句难成章，文章如此，诗歌更不例外。并且，古今中外，大凡名诗佳作都经过字句的锤炼。比如，意象派诗歌的代表作庞德的《地铁车站》第一稿有30多行，最后浓缩到如下的两行：

The apparition of these faces in the crowd；

Petals on a wet，black bough.

（Ezra Pound，In a Station of the Metro）

第二节 诗歌语言特点

清人吴乔在《围炉诗话》中说："意喻之米，饭与酒之所同出，文喻之炊而为饭，诗喻之酿而为酒。"吴乔之喻恰如其分地点明了诗歌与其他文学体裁的不同：小说家、散文家和影视剧为人们提供的是"饭"，而诗人为人们奉献的则是"美酒"。

诗歌是语言的艺术。诗歌语言来自日常语言，遵循着日常语言的规范，但诗歌语言又有别于日常语言，常常偏离、突破日常语言规范，形成独特的"诗家语"。"诗家语"的特点主要体现在以下几个方面。

一、节奏感强

心脏跳动，肺腑呼吸，这是生命的节奏；冬去春来，月亮盈亏，潮水起伏，朝夕更迭，这是大自然的节奏。节奏无处不在，诗歌也不例外。并且，相比较与其他文学形式，诗歌的节奏更加强烈有序。

诗歌中的节奏指的是其中的音节停顿的长短和音调的轻重抑扬、高低起伏与回环往复。节奏具有表情寄意的作用，不过其作用往往是启示性和联想性的。在英诗中，节奏的基本单位是音步，音步的构成有抑扬格（iambus）、扬抑格（trochee）、扬抑抑格（dactyl）、抑抑扬格（anapaest）等。英诗的格律不仅规定了音步的抑扬变化，同时，也规定了每行的音步数。在汉诗里，节奏主要表现为平仄和顿。比如七律，每首八句，每句七字，共56个字。一般逢偶句押平声韵（第一句可押可不押），一韵到底。以毛泽东律诗《长征》中诗句"金沙水拍云崖暖，大渡桥横铁索寒"为例，其节奏用平仄表示则是：平平仄仄平平仄，仄仄平平仄仄平；其节奏用顿表示则是：二二二一，二二二一或二二三，二二三。

诗歌的节奏与音乐的节奏十分相似，而且作用相同。因此，我国古代诗歌大都可以入乐配唱。在音乐中，节奏是通过强音与弱音的周期性交替变化而形成的，它使乐曲产生起伏跳动、回环往复的旋律。而在诗歌中，节奏不仅使诗歌富于音乐性，使之优美动听，而且可以增强诗歌的表现力。比如格雷的《乡村挽歌》（Elegy Written in a Country Churchyard）中的第一节：

> The curfew tolls the knell of parting day,
> The lowing herd wind slowly o'er the lea,
> The plowman homeward plods his weary way,
> And leaves the world to darkness and to me.

这首诗第一节中有规律的节奏模拟了傍晚的钟声和疲倦的脚步声。第四行的末尾连续三个非重读音节(me也不应读得太重)烘托出乡村暮色中低沉、宁静的气氛。正如叶芝所言："节奏的作用是延长沉思的时间,这是睡与醒交融的时间,一边用变化来保持我们的清醒,一边用单调的感觉诱导我们到出神状态, 使我们的心智在其中从意志的压力下获得解放, 从种种象征的姿态显露出来。"平仄相对、抑扬相反、轻重起伏、不断变化，这样诗歌就产生了曲尽其妙、余音绕梁的音乐效果。

二、音韵谐美

通常情况下，我们品读诗歌会发觉其朗朗上口、和谐悦耳，让我们有这种感觉的原因主要有两个，一是因为诗的节奏明快（基本都是四步扬抑格）；二则因为它音韵和谐，每节中的单行和双行都押韵，形成规律的 abab, cdcd 韵。

英汉诗歌中押韵的形式多种多样。一般来说，英诗中押韵的单音节词应符合三个要求：第一，元音（不是字母）应相同；第二，如元音前有辅音，辅音应不相同；第三，如元音后有辅音，辅音应相同。比如，像 lie—high, stay—play, park—lark, light—height, bend—lend, first—burst. 这几对词都是押韵的。另外，如果两个音节以上的词要押韵，那么重读音节的元音和那个元音后的辅音及非重读元音（如果有的话）都应相同，比如：greet—deceit, shepherd—leopard, follow—swallow, capture—rapture, forgotten—rotten. 汉诗一般押尾韵，又叫韵脚，韵脚是诗人情感发展变化的联络员，有人甚至指出"没有韵脚（广义的韵），诗就会散架子的。"汉诗中按韵母开口度的大小，将尾韵分为洪亮、柔和和细微三级。诗歌中不同的音韵往往对应着不同诗情的表达与彰显。比如，洪亮级的尾韵（如中东韵、江阳韵等）适合于表现豪迈奔放、热情欢快、激昂慷慨的情感；柔和级的尾韵（如怀来韵、波梭韵等）适宜表现轻柔舒缓、平静悠扬的情感；细微级的尾韵（如姑苏韵、乜斜韵等）可用来表达哀怨缠绵、沉郁细腻、忧伤愁苦的情感。

三、反常化

所谓诗歌语言的反常化主要是指对语言常规的偏离和冲犯。"反常化"这一概念最早是由俄国形式主义者提出来的，这里借用来说明诗歌语言有别于日常语言规范的一面。诗歌语言的反常化是对现有标准语言与现有诗歌语言本身的变异。对前者的变异主要体现在语音、词汇、句法等方面，比如，语音上讲求韵律，突出音韵的诗性效果；词汇上打破常规，自由变化所用词语的词性或词义，甚至创造新词；句子上颠倒正常语序，也省略某些必要的句子成分。而对后者的变异主要体现在对诗歌既有成规和惯例的改革和创新，比如创造新的韵律、新的意象、新的隐喻以及新的诗体等。通常情况下，诗歌语言反常化的目的是要取得新颖、独特、贴切的表情达意效果。就像新批评派的休姆所言，诗歌"选择新鲜的形容词和新颖的隐喻，并非因为它们是新的，而对旧的我们已厌烦，而是因为旧的已不再传达一种有形的东西，而已变成抽象的号码了。"诗歌语言的反常化所造就的种种变异，是以种种正常规范为背景参照的，它们服务于诗歌内容与情感的表达。

四、意象

毫无凭借的、抽象的情感表达往往是苍白的、难以动人的，而诉诸具象的、经验的情感表述则往往能让人感同身受，体会强烈而深刻。这是诗人表情达意诉诸意象最基本的原因。所谓意象，"是寄意于象，把情感化为可以感知的形象符号，为情感找到一个客观对应物，使情成体，便于观照玩味。"例如，诗句 O, my love's like a red, red rose（Robert Burns）中，诗人对恋人热情的赞颂与深情的爱恋浓缩于意象 rose 之中，rose 的红艳象征着恋人红润靓丽的脸庞，rose 的鲜艳表征着恋人青春健康、活力四射，rose 的芬芳表征着恋人高贵的品格，典雅的仪态。

诗歌的语言更多是隐喻和象征，许多诗歌并不直接描写具体事物，而是强调抽象观念和感情的抒发。因此，在诗歌翻译中，意象的处理和象征语言的翻译是非常关键的。诗歌意象的种类很多，不同的意象种类，会引导读者从不同的视角与层面去感知与体味意象在诗作中特有的蕴义与丰富的审美内涵。比如，从心理学角度来看，意象可分为视觉的、听觉的、触觉的、嗅觉的、味觉的、动觉的、错觉的以及联觉的或称通感的意象。从具体性层次来看，可分为总称意象与特称意象。总称意象更具概括性、含糊性，也因而更具语义与空间上的张力；特称意象指向具体事物，更显清晰、明确。从存在形态来看，可分为静态与动态意象。静态意象往往具有描写性；而动态意象则常常具有叙述性。从生成角度来看，可分为原型意象、现成意象与即兴意象。诗歌表达丰富而深刻的蕴涵，除诉诸单个的意象之外，还需诉诸意象组合与系列呈示。意象组合与系列呈示构成的有机整体，既是诗歌创作的过程，也是诗作意境的呈现过程。意象组合与系列呈示的方式也多种多样，主要有并置、跳跃、相交、叠加等类别。比如，马致远的《天净沙·秋思》就会让读者产生很强烈的物移我情的美感体验。

　　枯藤老树昏鸦，
　　小桥流水人家，
　　古道西风瘦马。
　　夕阳西下，
　　断肠人在天涯。

几枝枯藤，多少昏鸦，是独木桥，还是石拱桥，又有几户人家等均是未知数，昏鸦栖于巢中，还是盘旋于树上，也不得而知，更为关键的是诗人所思何人，是亲人，还是故友，也无从知晓。凡此种种，并不是作者的疏忽大意，也非原作品的缺陷，而恰恰是作品的魅力所在，它对读者形成了强大的召唤力。清代著名学者叶燮曾经说过：诗之所至，妙在含蓄无垠，思之微妙，其寄托在可言不可言之间，其指归在可解不可解之会，言在此而意在彼，泯端倪而离形象，绝议论而穷思维，引人于冥漠恍惚之境，所以为至也。（《原诗》卷二内篇下）作为审美主体的读者，在物移我情的时候并非完全的被动，审美感觉敏锐的读者会主动地融入意境之中，将自己当下或曾经的心理、情感渗透到对自然景象的观照之中，去感知，去体验。正是因为"含蓄无垠"的诗意引读者入冥漠恍惚之境，在"可言不可言"与"可解不可解"之间寻幽探胜，翻腾跳跃，自由驰骋，不断超越，使其在诗情画意开创的艺术境界中失去重力，产生"天地入胸意，吁嗟生风雷。文章得其微，物象由我裁"（孟郊：《赠郑夫子鲂》）的游心太玄的感觉，从而完成品味、寻味、体味、玩味、回味之后仍有余味的审美体验。这便是幽远的诗歌意境所产生的审美效应。

另外，除了上述提到的诗歌语言的这些普遍特征以外，还要注意诗歌的个体语言风格。不同的诗人有不同的语言风格：有的诗人用词古雅，格律严整，意象鲜明；有的诗人用词平实，格律比较自由，思辨色彩强烈；有的诗人感情奔放，语言表达热烈激昂；有的诗人感情含蓄，语言表达婉转低沉。例如：英国古典主义诗人注重语言表达的典雅和优美，大量使用拉丁语和古希腊语，还喜欢使用典故，经常引用《圣经》或者古希腊罗马神话故事；而浪漫主义诗人，则大量采用民间语言，使用人们的日常表达方式，把民谣引入诗歌创作之中，改编民间故事，在叙事诗中抒发感情。在翻译的过程中，要对诗人个体的语言风格进行研究，掌握他的文体特点，尽量把他的诗歌风格翻译出来。

第三节　诗歌翻译理论

美国诗人罗伯特·弗罗斯特认为："诗就是在翻译中丧失掉的东西。"（Poetry is what gets lost in translation.）弗罗斯特的想法实际上代表了一部分学者的观点：诗是不可译的。索姆·詹宁斯就认为，从某种意义上说，译诗是徒劳的。这与鲁迅先生的观点不谋而合。然而，恰恰是这位诗歌不可译论者詹宁斯翻译并出版了《唐诗三百首选译》。雪莱也是一位诗歌不可译论者，可是他自己却把大量的希腊、西班牙和意大利语诗歌译为英语。William Trask 更加直白地说："不可译，正是因为不可译，我才翻译。"（Impossible, of course, that's why I do it.）毋庸置疑的事实是，迄今为止，大量的英美诗歌被译为中文。

一、英诗汉译简史

19世纪末20世纪初期，伴随着西方文化思想的传入，西方诗歌也开始传入中国。严复和辜鸿铭最早开始翻译和介绍西方诗歌，他们用中国古体诗翻译西方诗歌，用词典雅，韵律完美，完全符合古典律诗的特点。为了达到救国救民的目的，严复举起翻译的盾牌，翻译了《天演论》。虽然他们并不是专门翻译诗歌的翻译家，但他们算是开创了英诗翻译的先河。

英诗传入中国，主要以浪漫主义诗歌为主。从19世纪末期到1914年，拜伦的诗歌就出现了三个不同的中译版本，分别是：苏曼殊、马君武和胡适的版本。他们都具有深厚的中国古典文学修养，因此，他们的翻译也带有中国古典律诗的影响。他们采用中国古体诗的形式翻译拜伦的诗歌：苏曼殊采用五言诗体翻译，马君武采用七言诗体翻译，胡适采用楚辞体来翻译。总体来讲，这一时期的翻译，形式守旧，译者多依循旧的传统形式，使用文言翻译英诗，翻译也不成系统，多是片断翻译。

我国真正开始大规模翻译和介绍西方诗歌是从"五四"时期开始的。特别是胡适在1920年提出了"诗体大解放"之后，对西方诗歌译介的高潮一直持续到20世纪50年代，很多著名学者和诗人除了用白话文创作文艺作品之外，也开始用白话文翻译西方诗歌。这一时期的代表人物主要有朱生豪、郭沫若、郑振铎、成仿吾、徐志摩、闻一多、梁宗岱等人。

1922年，商务印书馆出版郑振铎翻译的泰戈尔的《飞鸟集》和《新月集》。1924年，泰东图书局出版郭沫若翻译的《鲁拜集》和《雪莱诗选》。1928年，上海创造社出版部出版郭沫若、成仿吾翻译的《德国诗选》。光华书局出版李一氓、郭沫若等译的《新俄诗选》。

译者采用白话文翻译，明白晓畅，充分反映了胡适提出的"有什么话，说什么话，话怎么说，就怎么写"的白话文运动的主张。新月派诗人徐志摩从1924年用白话文分别翻译了惠特曼、拜伦和哈代的诗歌。他在翻译实践中，在诗歌的结构形式和格律方面大力借鉴英美诗歌，提倡发掘新诗的"新形式"与"新音节"。

闻一多在中国现代诗坛上，无论是诗歌创作还是诗歌理论，都有着重要的影响。早在清华学校学习时期，闻一多就对诗歌格律进行了深入的研究，他于1921年12月在清华文学社作了《诗歌节奏研究》的报告，从现存他用英文写成的提纲"A Study of Rhythm in Poetry"看，他当时非常重视英国浪漫主义诗歌理论，可以说这对日后的中国新诗理论研究奠定了基础。他在美国留学期间，又广泛地接受了包括意象派在内的英美现代派诗歌的影响，扩展了视野，加深了他对诗歌艺术和诗学理论的认识。他在美国创作的英文诗（见前文《炽烈的爱国热情》中所引英文诗），从诗的韵式格律看，全诗共5节，每节4行；在诗的韵式上，使用AABB式，节奏是抑扬格四音步（iambic tetrameter）。这说明当时闻一多不仅对英诗格律已有相当的研究，而且还能比较熟练地运用在自己的英语诗创作中。这为他日后作为中国新诗坛"格律派"的代表，针对中国诗歌创作提出"三美理论"（音乐美，绘画美和建筑美）提供了实证，打下了基础。闻一多1925年回国后，成为徐志摩主编的《晨报副刊·诗镌》的主要撰稿人之一。此时，他致力于研究新诗格律化的理论，在其论文《诗的格律》中，他要求新诗具有"音乐的美（音美）、绘画的美（辞藻），并且还有建筑的美（节的匀称与句的均齐）"。由实践到理论为中国新诗的发展探索一条值得重视的艺术途径。闻一多基于自己深厚的国学根底和所接受的英美诗歌影响，率先在中国新诗坛上提出"格律说"。这无疑是对胡适和郭沫若等人倡导的"自由诗"的一大反动。闻一多提出的格律说，固然与中国古典诗歌（尤其是绝句和律诗）非常讲究格律的悠久传统有密切关系，但里面也明显存在着英美诗歌的影响。闻一多的重要诗学论文《诗的格律》（载《晨报副刊·诗镌》1926年5月13日）系统地提出了新诗的音乐美、绘画美和建筑美的"三美理论"，闻一多自己的诗集《死水》（1928年）就是他的"三美理论"的一个范本。以闻一多为代表的格律诗派在中国新诗史上产生了深远的影响。他把格律化的新诗创作比喻为"戴着脚镣跳舞"，而这个生动的比喻正是引自美国著名的文学编辑、评论家布里斯·培瑞（Bliss Perry, 1860—1954）关于诗歌格律的一段论述。在《诗的格律》一文中，闻一多指出，在"三美理论"之中居于首位的音乐美，即属于听觉方面的"有格式，有音尺，有平仄，有韵脚"。他进而指出，音尺排列的次序可以是不规则的，但每行诗的音尺的总数必须相等，音尺的字数构成必须一致。他说："没有格式，就没有节的匀称，没有音尺，也就没有句的均齐"，这实际上已经涉及了诗歌的"音乐美"与"建筑美"之间的关系。我们知道，英诗中的十四行诗、无韵诗、英雄偶句用的都是抑扬格五音步。如果仔细观察闻一多的诗歌理论与诗歌创作，我们可以知道，他所谓"音尺"的概念是来自英诗的"foot"或者"meter"，而他关于"节"的观念也正是来自英诗的"stanza"。他的新诗集《死水》中的许多首诗（如《死水》），都以10个音节（即10个字）左右为一行，每行由5个"音尺"（"2字尺"或"3字尺"）组成，这表示闻一多接受了英文格律诗中使用最为广泛的"抑扬格五音步"所产生的影响。另外，闻一多还有着深厚的国学根底，但是还是提倡用白话文进行创作和翻译，他翻译过阿尔弗雷德·丁尼生（Alfred Tennyson）、勃朗宁夫人（Mrs. Browning）等人的诗歌。他翻译的勃朗宁夫人的抒情诗，对于他构建新诗的"格律"具有很大的启发意义。梁宗岱用自己的"新诗体"翻译莎士比亚的十四行诗，也丰富和发展了诗歌翻译的技巧。这个阶段的诗歌翻译，基本上摆脱了中国古诗格律的束缚，开始用口头语、白话诗来翻译西方文学作品，是中国翻译史上的分水岭。反过来，这些翻译活动也影响和促进了中国新诗语言的发展，推广了白话诗歌，彻底改变了中国现代文学的面貌。

改革开放以后的八、九十年代，中国又迎来了外国诗歌翻译的一个高潮时期。诗歌翻译的作品增多，泰戈尔、莎士比亚、雪莱、惠特曼、歌德、华兹华斯、弥尔顿等诗人的作品都被翻译并出版。1978年，上海译文出版社出版了王科一翻译的雪莱长诗《伊斯兰的起义》)。1980年，人民文学出版社出版了查良铮翻译的拜伦杰作《唐璜》。1981年，湖南人民出版社出版了杨德豫翻译的《拜伦抒情诗七十首》和袁可嘉翻译的《彭斯诗抄》。1982年，查良铮翻译的《雪莱抒情诗选》和《拜伦诗选》出版。1983年，邵洵美翻译的雪莱叙事诗《解放了的普罗密修斯》和《麦布女王》出版，朱维基翻译的《济慈诗选》出版。1985年，方平翻译的莎士比亚《维纳斯与阿董尼》和朱维之翻译的弥尔顿《失乐园》出版。1986 炘年，黄杲翻译的《华兹华斯抒情诗选》出版。1988年，王佐良编译的《英国诗选》出版；钱鸿嘉翻译的《但丁抒情诗选》出版；钱春绮翻译的《歌德诗选》出版；屠岸翻译的《莎士比亚十四行诗》出版。1991年，赵萝蕤翻译的惠特曼《草叶集》全译本出版。1992年，冯象翻译的英国史诗《贝奥武甫》出版。1994年，朱维之翻译的《弥尔顿抒情诗选》出版。1999年，黄杲翻译出版《坎特伯雷故事》出版。这一时期的诗歌译作数量巨大，不是早期的片断翻译和诗歌选译，而是对西方主要诗人诗作的系统性翻译。而且，在翻译的形式和语言上，许多翻译家都有自己的独特方法，并形成了自己的翻译理论。按照卞之琳的说法，这一时期的诗歌翻译已经进入了"译诗艺术的成年"。比如，朱生豪的"神韵"。

朱生豪在中国翻译理论的发展历程中起着意义非凡的枢纽作用，对中国传统译论的形成做出了建设性的贡献。他的"神韵"理论使得翻译活动变得更为机动。在这一翻译理论指导下，译本保留了原作的"神韵"，并且更通顺，地道可读。他本人的译论和实践充分证实了抓住原作"神韵"的重要性，并对后世译家的翻译活动起到了极大的指导作用。在注重原作的"神韵"这一前提下，译者不必拘泥于原文，有了更大的发挥空间，翻译起来也更加自主灵活，由此产生的译本更加易于被译语读者所接受，与其审美趣味相符。在朱生豪的《〈莎士比亚戏剧全集〉译者自序》中有这样一段文字：

"余译此书之宗旨，第一在求于最大可能之范围内，保持原作之神韵，逼不得已而求其次，亦必以明白晓畅之字句，忠实传达原文之意趣；而于逐字逐句对照式之硬译，则未敢赞同。凡遇原文中与中国语法不合之处，往往再四咀嚼，不惜全部更易原文之结构，务使作者之命意豁然呈露，不为晦涩之字句所掩蔽。每译一段竟，必先自拟为读者，察阅译文中有无暧昧不明之处。又必自拟为舞台上之演员，审辩语调之是否顺口，音节之是否调和。一字一句之未惬，往往苦思累日。"

通过这段话，不难发现朱生豪所追求的翻译理论正是"神韵"。他认为翻译中最重要的是"保持原作之神韵""以明白流畅之字句，忠实传达原文之意趣"。为了达到再现原文神韵的目的，他是"不惜全部更易原文之结构，务使作者之命意豁然呈露，不为晦涩之字句所掩蔽"，注重"语调之是否顺口，音节之是否调和"。就形式方面而论，朱生豪使用了拟声、重复、韵律和四字格来达到音律的和谐。由于英汉句子的差异，朱生豪在他的译文中还选用了竹节句、排比结构、倒装和意合句，使他的翻译更加符合译语读者的审美观；就内容方面而论，朱生豪保留了最具舞台效果的修辞——夸张，尽可能从修辞方面再现原作的神韵，他还通过改变和扩大原作的意象来保留原作的神韵。最后，朱生豪还在他的翻译中为不同的角色选用了合适的语域，以彰显原作人物的身份地位，传达原作人物的神韵。由此可见，他的翻译观和他的翻译实践是彼此互为印证的。"神韵"观来自于中国传统文化，对中国译界也产生了深远影响。

在中国翻译理论的发展过程中，朱生豪的"神韵"理论影响了一大批包括傅雷和钱钟书在内的著名翻译家。从傅雷的翻译理论中常隐约可见朱生豪翻译理论的影子。第一，为了传达原作的神韵，傅雷认为译者必须吃透原作的精髓，了解原作的每个细节。换句话说，译者必须在着手翻译之前，把原作转化为自己的东西。傅雷曾在《论文学翻译书》中说："任何作品，不精读四、五遍决不动笔，是为译事基本法门。"在翻译之前，傅雷习惯于先反复诵读原作，正如朱生豪一样："余笃嗜莎剧，尝首尾研诵全集至十余遍。于原作精神，颇有心会。"可以看出，傅雷和朱生豪都认为在翻译之前应该通过反复朗读来抓住原作之要义；其次，朱生豪的翻译笔风流畅优雅。罗新璋曾这样评论道："朱生豪译笔流畅，文辞华赡，善于保持原作的神韵，传达莎剧的气派。"刘炳善曾称赞朱生豪的译文"用语华美浓重，效果生动。"傅雷也要求译笔须行文流畅，用字丰富，要有色彩变化；第三，朱生豪认为必要时可以改变原作的句子结构使之与译语读者的习惯相符合，这一点傅雷也赞成；最后，"神似"翻译学的理论基础是语言的不可译性。朱生豪说过最大可能地保持原作神韵，逼不得已退而求其次，也要传达原作意趣，呈现原作者的意图，间接承认了语言的不可译性。傅雷认为，即使最优秀的译文，其韵味也远不及原文，唯有尽量缩小距离而已。可见，傅雷和朱生豪都秉持语言的不可译论。钱钟书的"化境"，要求译者深刻理解原作，捕捉原作的精髓，而后呈现给译语读者。这一点，他与朱生豪相同："他（朱生豪）曾说过为了达到理想的译文，他会反复诵读原作，直到完全理解了才开始动笔。"除此之外，钱钟书与傅雷都认为好的译作应该看起来不像是译作。傅雷认为：理想的译文仿佛是原作者的中文写作。钱钟书则认为：译本对原作忠实得以至于读起来不像译本。而朱生豪的翻译本身就是忠实于原作神韵的再创造。

总之，朱生豪的"神韵"翻译理论是"神似"翻译学的一个分支，在翻译理论话语的流动过程中或者说在"案本——求信——神似——化境"的发展过程中，他继承了严复的"信、达、雅"并影响了其后包括傅雷和钱钟书在内的著名译者。

二、诗歌翻译的原则

诗歌外在形式独特，音韵节奏突出，意境生成方式多样，蕴涵丰赡。"一首诗的内容不可能与它的形式——音韵、音调、韵律——分离开来。这些形式成分并不是复写一个给予直观的纯粹外在的技巧的手段，而是艺术直观本身的基本组成部分。"因此，在诗歌翻译实践中，再现诗歌的审美艺术性，诗歌翻译必须兼顾意蕴、结构、音韵和风格。总体来讲，诗歌翻译要注意三个原则：即音美、形美和意美。

（一）音美

所谓音美，就是翻译诗歌应该具有原诗的节奏美和韵律美。诗歌最讲求音乐性。中外诗歌，无论是传统的格律体，还是现代的自由体，均对诗歌语言音韵、节奏有着自觉的追求。

格律体诗外在的音乐性更显突出，自由体诗内在的音乐性更趋自然。诗歌外在与内在的音乐性并不是刻意而为的，它们均有效地表征着诗歌的情感律动与意义传达，简言之，便是"音义合一"与"音情合一"。因此，翻译中讲求"音美"就是要忠实传达原作的音韵、节奏、格律等方面所表现的美感，使译文"有节调、押韵、顺口、好听"。

对于诗歌翻译来说，最重要的是诗歌格律的处理。格律是诗歌最显著的特点，也是诗歌结构中最重要的方面。但是，由于中西诗歌的差异，格律是诗歌翻译中最难把握的一点。格律指节奏、谐音、韵脚、韵式、诗行安排等能使诗歌具有音乐美的格式和规则。若想要翻译好英美诗歌，就要对英汉诗歌的结构加以对比。

第一，在诗歌的音节划分方面。中文诗歌一般是以字数来划分音节的，一字一音，一个字就是一个"言"。英语诗歌一般以音节来划分节奏的，一个词可能是两个音节、三个音节，甚至四个音节等。因此，中文诗歌的诗行字数统一，整齐划一，形式结构鲜明；英文诗歌的诗行则长短不一，但是音节整齐。

第二，在诗歌的节奏方面。朱光潜先生在《诗论》里曾经谈及汉诗的"顿"和英诗的

"步"。中国诗的节奏不易在四声上见出，全平全仄的诗句仍有节奏，它大半靠着顿。中文诗每顿通常含两个字音，相当于英诗的"音步"。通过分析朱光潜先生的比较，我们可以看出他并不主张以汉诗中的"字数"来划分节奏，而以"顿"来划分节奏。一般来说，两个字音为一顿，这样的划分方法，就能把汉诗中的节奏和英诗中的节奏对应起来。这种"顿"的划分方法，赋予了中文诗歌结构分析很大的灵活性。两个字可以为一顿，三个字也可以为一顿。英语诗歌中，可以是两个音节为一个音步，也可以是三个音节为一个音步。

通过这种划分方法，就把汉诗中的"顿"和英诗中的"音步"统一起来了。在诗歌节奏上，中西诗歌也有类似的特点，即"平仄"和"抑扬"的问题。中国古典诗歌是以"平仄"来划分诗歌节奏的，英语诗歌是以"抑扬"来划分节奏的。中文诗歌是根据四声相对的原理，把字音分成"平声""上声""去声"和"入声"，把"平声"作为"扬"，把其余三声作为"抑"。平声和仄声在诗中的交替、对立，使诗句的音韵灵活多变，增强了诗歌的韵律美。在翻译过程中，如果不考虑平仄交替的音律，就可能使诗句产生平淡单调的感觉。

但是，与汉语诗歌不太一样的是，英语的诗行由若干音步（foot）组成，音步是由一定数目的重读音节和非重读音节按照一定的规则排列而成。按照重读音节（平）和非重读音节（仄）的排列方式，音步可以分成不同的种类。在抒发感情上，不同的音步表达的感情是不一样的。英语诗歌中，最普遍的一种是上面提到的"抑扬格"，类似于汉语诗歌的"仄仄平"；还有"扬抑格"（即由一个重读音节和一个非重读音节构成的音步，类似于汉语诗歌的"平平仄"）；"扬抑抑格"（即由一个重读音节和两个非重读音节构成的音步，类似于汉语诗歌的"平平仄仄平"）；"抑抑扬格"（即由两个非重读音节和一个重读音节构成的音步，类似于汉语诗歌的"仄仄平平仄"）。"抑扬格"的韵律节奏是比较深情舒缓的，一般用来写作抒情诗；"扬抑格"的节奏则是铿锵有力，节奏强烈，一般用来表达激烈高昂的体裁；"扬抑抑格"类似"扬抑格"，节奏上也比较激烈高昂；"抑抑扬格"类似"抑扬格"，节奏上更显哀婉回环，比"抑扬格"更显得抒情。

第三，在音韵的安排方面，中西诗歌也存在一些类似的地方。比如，《诗经》中的"双声"的运用与古英语诗歌中的"头韵"具有相似性。汉语诗歌的押韵方式一般是以韵母押韵的为多，但是在《诗经》中有很多是声母押韵的例子。比如，"关关雎鸠"中，"关关"的声母相同，"雎鸠"的声母相同；"参差荇菜"中"参差"的声母相同。古英语诗歌中的"头韵体"即是声母押韵的典型例子。《贝奥武甫》中很多音节的第一个音节的声母和第三个音节的声母相同，第二个音节的声母和第四个音节的声母相同。但是，后来诗歌押韵的发展趋势是从声母押韵的方式发展到韵母押韵的方式。在汉语诗歌的发展中，"双声"押韵的方式慢慢弱化，渐渐变成尾韵和叠韵的方式。英文诗歌的"头韵体"也出现同样发展变化的趋势，脚韵和尾韵在十四行体和民谣体中也得到了很大的发展。

一般来说，西方诗歌的韵式结构比较多样，其中比较常见的是"交叉押韵"，也称之为"交韵"，或者是"抱韵"和"随韵"。所谓"交叉押韵"，就是单句和单句押韵（一、三、五句押韵），双句和双句押韵（二、四、六句押韵）。"抱韵"就是指第一句和第四句押韵，第二句和第三句押韵；"随韵"指的是第一句和第二句押韵，第三句和第四句押韵。而"隔句押韵"是中国古典诗歌最常见的押韵方式，近体诗如此，古体诗也一样。所谓"隔句押韵"，一般是逢双句押韵，单句不押韵，如果首句入韵，则第一、二、四句押韵，第三句不押韵。

综上所述，通过中西诗歌在结构上的分析，我们可以把中文诗歌的"言"和英文诗歌的"音节"对应起来，把"顿"和"音步"对应起来，把"平仄"和"抑扬"对应起来，把押韵方式对应起来，于是我们找到了中西诗歌音韵结构上的一些"共有文学规律"，从而可以为进一步从事诗歌翻译打下一些基础。

（二）形美

所谓形美，指的就是诗歌翻译应该保持形式的美感。诗歌的外在形式最为醒目。诗歌翻译中，形美一方面是指要保存原诗的诗体形式；另一方面是指要保持诗歌分行的艺术形式。

诗体形式有定型形式（closed form）与非定型形式（open form）之分，前者对字数或音节数、平仄或音步、行数、韵式等均有较为严格的要求，体现出鲜明的民族文化特性；后者虽不受制于一定的诗体形式，但其呈现的外在形状（shape）却表征着诗情的流动与凝定。由于汉英两种语言的不同，在用现代汉语翻译英语诗歌的时候，诗行的字数对比原诗的字数和音节数肯定是不一样的。一般来说，译诗的字数总是略多于原诗的字数，这既是现代汉语的特点，同时，也给翻译者增加了回旋的余地。这是因为：诗行越短，其回旋的余地越小，于是为适当增加回旋余地，可略略增大译文诗行字数对原作诗行音节数之比，使之由 12/10、10/8、8/6 递增为 6/4，以便于安排译文；另一方面，采用这样的方法，更有利于译诗构成整齐而美观的有规则图形，清晰地反映出译诗乃至原作的格律。

诗歌是分行的艺术，因此，在翻译的时候也要考虑分行的特点。有些诗歌翻译者主张用散文体来翻译诗歌，但是这不能反映诗歌的形式特点，所以并不可取，我们在诗歌翻译的时候最好避免这样的处理方式，尽量保持原诗的形式特点。有一些诗歌的形式特点是非常独特的，比如英国 16 世纪的玄学派诗人乔治·赫伯特（George Herbert）和罗伯特·赫里克（Robert Herrick）的一些诗歌，用诗行构图，形成一些直观的图形和图像，以增加诗歌的视觉效果。而到了现代，这种象形诗（或称为具象诗）逐渐风靡。因此，诗歌的分行也是诗歌的一种重要的表现形式，在翻译的时候，我们应该充分考虑诗歌的这种形式特点，并在译文中尽量保持。比如，拜伦的叙事长诗 The Isles of Greece 的第一节：

The isles of Greece, the isles of Greece!
Where burning Sappho loved and sung,
Where grew the arts of war and peace,
Where Delos rose, and Phoebus sprung!
Eternal summer gilds them yet,

But all, except their sun, is set.

针对这一节诗,我国学者给出了不同的翻译版本:

马君武的译文:

希腊岛,希腊岛,诗人沙孚安在哉?爱国之诗传最早。战争平和万千术,其术皆自希腊出。德娄飞步两英雄,渊源皆是希腊族。吁嗟乎!漫说年年夏日长,万般销歌剩斜阳。

梁启超的译文:

(沉醉东风)咳!希腊啊!希腊啊!你本是和平时代的爱娇,你本是战争时代的天骄!撒芷波歌声高,女诗人热情好,更有那德罗士,菲波士(两种名)荣光常照。此地是艺文旧垒,技术中潮。即今在否?算除却太阳光线,万般没了!

胡适的译文:

嗟汝希腊之群岛兮,
实文教武术之所肇始。
诗嫒沙浮尝泳歌与斯兮,
亦羲和,素娥之故里。
今惟长夏之骄阳兮,
纷灿烂其如初。
我徘徊以忧伤兮,
哀旧烈之无余!

苏曼殊的译文:

巍巍希腊都,生长奢浮好。
情文何斐斐,茶辐思灵保。
征伐和亲策,陵夷不自葆。
长夏尚滔滔,颓阳照空岛。

孙梁的译文:

希腊群岛
—乔治·戈登·拜伦
希腊群岛,希腊群岛!
无数的莎浮在此苦恋抒唱,
战争与和平的技能在此发扬;
蒂洛斯在此涌现,菲勃思茁长!
永恒的夏日仍使群岛内闪光,
但除了太阳,一切都已沦亡。

通过观察可以发现,马君武的译文是七言古诗体,梁启超的译文是元曲体,胡适则将其译为离骚体,而苏曼殊的是五言古诗体。相比之下,孙梁的译文不仅内容忠实,而且形式与原作完全对应,具有形式美感。

（三）意美

所谓意美，就是要求诗歌翻译意义表达上要通达，并且要有意境美，体现出原诗的境界和神韵。意美要求翻译的诗歌要和原诗一样能打动读者的心。意美的形成是一个作者、文本、读者共同参与的过程，也就是说，是一个作者赋意，文本传意，读者释意的共生体。英语是表音的文字，汉语是表意的文字。两种不同类型的文字的格律形式也完全不同。因此，在诗歌翻译中不太可能做到完全忠实于原作的翻译，对于格律形式的处理，对于诗歌形式的处理，就需要译者适度的把握。在翻译英语格律诗的实践中，译者大多保持或者大体保持原诗的韵式，采用"半自由体"的形式较多。有些译者考虑到中国古代诗歌隔行押韵的特点，将英语诗歌中的交韵和抱韵的格式调整为中国读者习惯的押韵方式。还有的译者，尽量模仿英语诗歌的交韵和抱韵的格式，有时候也能取得比较独特的效果。当然，英语诗歌的音韵形式除了脚韵和尾韵之外，还有头韵和行内韵等。如果译诗总体韵律上能够表现出原诗的风貌，原诗中一些独特的押韵方式在译诗中得到了一定程度的再现，那么基本上就达到了译诗的效果。

英美诗歌翻译的难点一方面表现在一些人名、地名和其他一些相关词的处理上，另一方面表现在典故和谐音的翻译上。我们知道汉语的人名和地名一般是两个字到三个字的居多。但是，英语是多音节词，它的人名和地名的音节繁多，有时可以达到四、五个音节以上。而且，现在的人名和地名的翻译一般都有定译，译者在翻译中没有多少选择的余地。因此，在翻译这类人名、地名和相关词汇的时候，处理不好，可能会破坏诗行的音节和韵律，影响诗歌翻译的音美和形美。中西的文化差异巨大，社会生活方式迥异，历史形成的很多典故难以解释清楚。这些文化典故和谐音带有一定文化意义和象征意义，是集体民族心理因素的投射。因此，在翻译中很难在有限的诗行中进行解释说明。很多诗歌翻译者在他们的诗歌译文之后都要增加详尽的注释，仔细说明诗歌行文中的文化典故。西方汉学家翟理士在翻译中国古典诗歌的时候，在他的译文之后加了详尽的注释。通过这样的注释，西方读者才能理解他所翻译的中国古典诗歌。因此，诗歌翻译还不只是翻译的问题，在翻译过程中，译者还应该查阅很多的相关资料，了解诗人的生平和相关背景，在翻译中增加说明和注释性文字。

翻译之所以成为一门艺术，就在于这种"从心所欲，不逾矩"的微妙之处，如果只要求一个整齐划一的标准和原则，那么翻译实际上就沦为了一种技术性工作了，那么对于文学翻译，特别是诗歌翻译而言，就不再具有艺术的魅力了。诗歌翻译要注意原来诗文中的精神气质，不能只顾译文的通畅流利，而损害了原来诗文的内在神韵。总而言之，诗歌在翻译的过程中会损失许多东西，而诗歌翻译的特殊性又使译者很难弥补这方面的损失。在诗歌翻译中，要想做到完全忠实的移译，显然是不太可能，我们在诗歌翻译的时候，要有所取舍，有所得失。

三、以顿代步的译法

英语诗歌与汉语诗词相比，有相通之处，也有相异之处。而其相同之处为英诗的汉译提供了某种可能。但这种可能却在很大程度上受到源语与译入语差异的制约。汉语是表意方块字，声调语言，一个字只有一个章节，并无明显的重音，因此，主要以平仄音调组成诗句。英语是抽象符号组成的拼音文字。英语中凡是两个音节以上的单词都有明显的重音，英语的格律诗以轻重（或重轻）音节相间的排列形成节奏，以音步（foot）为单位。英诗的音步有：抑扬，扬扬抑，扬抑，扬抑抑四种格式。汉诗中的平仄无法移入英诗。同样，英诗音步的四种形式也无法照搬入汉诗。但英诗音步相当于汉语新诗的顿（或节拍），两者的功能相似，都会给人以抑扬顿挫，节奏明快的音乐美。因此，有些学者尝试了以顿代步的译法，并取得了成功。

（一）杨德豫的以顿代步译法

杨德豫先生翻译的《拜伦抒情诗七十首》是以顿代步译法的典型代表之作。

She walks in beauty

She walks in beauty, like the night
Of cloudless climes and starry skies;
And all that's best of dark and bright
Meet in her aspect and her eyes:
Thus mellow'd to that tender light
Which heaven to gaudy day denies.

One shade the more, one ray the less,
Had half impair'd the nameless grace
Which waves in every raven tress,
Or softly lightens o'er her face;
Where thoughts serenely sweet express
How pure, how dear their dwelling-place.

And on that cheek, and o'er that brow,
So soft, so calm, yet eloquent,
The smiles that win, the tints that glow,
But tell of days in goodness spent,
A mind at peace with all below,
A heart whose love is innocent !

【译文】

她走在美的光影里
她走在美的光影里，好像
无云的夜空，繁星闪烁；
明与暗的最美的形象
交会于她的容颜和眼波，
融成一片恬淡的清光——
浓艳的白天得不到恩泽。
多一道阴影，少一缕光芒，
都会损坏那难言的优美：
美在她绺绺黑发上飘荡，
在她的脸颊上洒布柔辉；
愉悦的思想在那儿颂扬，
这神圣寓所的纯洁高贵。
那脸颊，那眉宇，幽娴沉静，
情意却胜似万语千言；
迷人的笑语，灼人的红晕，
显示温情伴送着芳年；
和平的，涵容一切的灵魂！
蕴蓄着纯真爱情的心田！

通过观察译文可以看出，译文每行的顿数与原诗的音步数基本一致，并在脚韵的安排上也照顾到原诗的格式。这两点对于在译诗中再现原诗的音韵节奏美起到至关重要的作用，较好地体现了原诗的风格与神韵。

（二）余光中与以顿代步译法

余光中的文学翻译涉猎广泛，其中包括诗歌翻译、戏剧翻译、小说翻译、传记翻译和自译诗，在这些翻译作品当中以诗歌翻译最为突出，其译著包括《英诗译注》《美国诗选》《英美现代诗选（上下册）》《土耳其现代诗选》等。

在余光中赴美国留学期间，曾经比较系统地接受过包括美国诗歌在内的西方文学的训练。他曾在美国依阿华大学的"依阿华作家工作坊"学习美国文学和英文创作。在美国的大学，一些有识之士试图打破长期在欧洲大陆占据统治地位的经典文学的教育模式，纷纷开设文学创作课程，鼓励富有文学才华的青年学生自由选课。通过学习和讨论，他们可以从研讨一卷诗歌或一部小说获得高学位。在美国以研习文学，培养作家诗人为目的的类似机构中，"依阿华作家工作坊"是历史最悠久也是最有成效的一所。这个文学创作班由美国著名诗人、教授安格尔（Paul Engle）在1937年创立并长期主持。这个创作班培养了一批作家和诗人，其中包括获得1960年普利策诗歌奖的诗人斯诺德格拉斯（W. D. Snodgrass）等。余光中称这种"作家工作坊"是"文学教育史上空前的创举"。余光中在这个创作班接受了比较系统的美国诗歌的训练，这为他后来致力于研究和翻译美国诗歌打下了坚实的基础。余光中翻译的大量美国诗歌比较集中地收录在《英美现代诗选》《美国诗选》和《余光中选集·译品集》等译品选集中。由于余光中对所译的美国诗人都有精深的研究，他还为翻译的美国诗人写过多篇生平和作品介绍。这些介绍以简洁明晰的文字，深入浅出地评介美国诗人，既有信息资料等内容，更有学术研究的成果，为中国读者理解和欣赏美国诗歌提供了很大的方便。

文学翻译难，诗歌翻译更难。于是翻译界主张"诗不可译"论者不在少数。然而，论者自有其理由，而译者却照样翻译诗歌，诗歌译文（其中不乏佳译）纷纷涌现，无以数计。众多读者主要是通过译文来欣赏外国诗歌的，还有种种奖项颁发给诗歌佳译。这些又似乎在宣告"诗不可译"论的谬误。余光中以著名学者和诗人的双重身份翻译美国诗歌，其译作特色显著，且成果累累，为批驳"诗不可译"论提供了强有力的实证。诗人译诗，会格外留意原诗中那些诗性特征突出的地方，并努力在自己的译文中再现这些特征。既重视原作的风韵，又考虑读者的欣赏习惯，使译文也成为好的诗作。他以自己在创作和翻译两个方面的丰富经验对"诗人译诗"和"创作与翻译"等重大课题作了精辟的阐释与归纳。

他这样总结译诗经验："严格地讲，翻译的心智活动过程之中，无法完全免于创作。例如原文之中出现了一个含义暧昧但暗示性极强的字或词。一位有修养的译者，沉吟之际，常会想到两种或更多的可能译法，其中的一种以音调胜，另一种以意象胜，而偏偏第三种译法似乎在意义上更接近于原文，可惜音调太低沉。面临这样的选择，一位译者必需斟酌上下文的需要，且依赖他敏锐的直觉。这种情形，已经颇接近创作者的处境了。"比如，余光中翻译的爱伦·坡的名作《大鸦》（Raven）的末尾一节：

And the Raven, never flitting, still is sitting, still is sitting

On the pallid bust of Pallas just above my chamber door;

And his eyes have all the seeming of a demon's that is dreaming,

And the lamp—light o'er him streaming throws his shadow on the floor;

And my soul from out that shadow that lies floating on the floor Shall be lifted—nevermore！

【译文】

而那黑鸦，始终不闪躲，依然在端坐，依然在端坐，

端坐在苍白的巴拉斯像顶，恰恰俯视着我的房门；

而他那目光简直是酷像一尊正在做梦的魔王，

而泻在他的身上的灯光，向地面投掷他的阴影；

而我的灵魂自那片阴影，自那片浮于地面的阴影；

不能再升起——永不可能！

第七章　英美戏剧与影视剧翻译理论研究

第一节　戏剧文体概述

一、戏剧的分类与性质

（一）戏剧的分类

戏剧是演员扮演角色、在舞台上当众表演故事情节的一种艺术形式。在我国，"戏剧"一词有广义和狭义之分，广义的戏剧是戏曲、话剧、歌剧的总称，狭义的戏剧专指话剧。戏剧是由古代各民族民间的歌舞、伎艺演变而来，后逐渐发展为由文学、表演、音乐、美术等各种艺术形式组成的综合艺术。戏剧按作品类型可分为悲剧、喜剧、正剧等；按题材可分为历史剧、现代剧、童话剧等；按情节的时空结构可分为多幕剧和独幕剧。

（二）戏剧的性质

现存文献在戏剧的性质上存在一定争议，具体表现为对戏剧体裁属于文学还是表演艺术的看法并不一致。学者苏姗·巴斯奈特（Bassnett）首先宣称，戏剧属于表演艺术，因为戏剧译本是为舞台演出服务的，所以在翻译过程中允许译者根据舞台演出的需求对译文进行适当的修改，无须对原文保持字斟句酌的忠实。但在后期的论著中，她放弃了原有的观点，将戏剧看作表演艺术"仅仅是译者篡改原作的理由"，认为"翻译应回到其起点，它的体裁从根本上说还是文学"。"戏剧"这个词本身就具有双重性，英语既可以用 drama 也可以用 theatre 来表示"戏剧"。drama 侧重对戏剧理论、戏剧文学和戏剧美学等的研究，而 theatre 着重有关表演理论的探讨。戏剧的双重性还在于戏剧处于文学系统和戏剧系统两个不同体系的交汇点。《四角号码新词典》中对"文学"的释义是：以语言、文字塑造形象、社会生活的艺术。基于此，在剧本创作或翻译完成的初期，戏剧就如同诗歌和小说一样，是符合文学艺术的定义的。但是，戏剧这一体裁本身具有特殊性，它的生命有两个阶段。在剧本的创作或翻译完成后，它还要走上舞台，通过演出将戏剧的情节传递给观众。

当戏剧文本走上舞台时，作者和受众的关系就发生了变化。换句话说，戏剧就是供读者阅读的文本，同时，又是供演员演出的文本，让观众通过视听来感知、了解剧情和剧中人物。戏剧剧本具有阅读文本所要求的可阅读性及表演艺术所需的可表演性。所以说，文学性与可表演性是戏剧的特征，戏剧有两个生命，起初是文学，然后是艺术。二者是一个接续的整体，不可分割。一个优秀的戏剧译本，应兼备文学性与艺术性。

二、戏剧的基本特征

戏剧作品可以供人阅读，但其更主要的价值与作用是供舞台演出。戏剧作品演出的成败得失，既与其创作质量密切相关，也与演员在舞台上的演出效果以及服装、道具、布景、灯光、音响等的设计与配置紧密相连。戏剧主要具有以下特征：

首先，戏剧是现实生活的浓缩反映。戏剧作品主要用于舞台演出，而舞台演出只能在有限的时间（一般最多三个小时）和有限的空间（舞台）内面对观众完成。为了在有限的舞台时空内表现无限丰富而深广的社会生活内容，并始终吸引着观众的审美注意，剧作家必须把生活写得高度浓缩、凝练，用较短的篇幅，较少的人物，较简省的场景，较单纯的事件，将生活内容概括地、浓缩地再现在舞台上，以达到"绘千里于尺素，窥全豹于一斑"的效果。

其次，以台词推进动作。剧本中的人物语言，即台词，是用来塑造人物形象，展示矛盾冲突的基本手段。台词包括对白（对话）、旁白和独白等基本表达形式，其中对话形式占据主导。剧本不允许作者出现，一般也不能有叙述人的语言，只能靠人物自身的语言塑造形象。离开了人物的台词，就没有了戏剧文学。这是戏剧有别于小说等艺术形式的地方。人物台词应具有引出动作和有利于动作的可能性，能够推进戏剧动作向前发展。

最后，戏剧具有紧张、冲突的情节。没有冲突就没有戏剧，构建戏剧冲突是戏剧作品的基本特征之一。所谓戏剧冲突，就是作品中所反映的矛盾和斗争，它包括人物与人物之间的冲突，人物与周围环境的冲突以及特定环境下人物自身的冲突。戏剧冲突应当集中、紧张、激烈，富有传奇性和曲折性，力求在有限的舞台时空内取得引人关注、扣人心弦、引人入胜，甚至出奇制胜的强烈艺术效果。戏剧冲突源自生活冲突与性格冲突，是对两者艺术的转化。生活冲突主要又是人的矛盾，是人的性格冲突的结果。因此，戏剧冲突既表现为外在的生活冲突，又表现为内在的性格冲突。

三、戏剧语言的特点

戏剧是一种特殊的文学形式，它的语言既有一般文学语言的共性，也有戏剧语言的特殊性。戏剧语言是戏剧的基本材料，是戏剧展开情节、刻画人物、揭示主旨的手段和工具。

戏剧是"说"与"表演"的艺术，所谓说是指演员通过台词向观众传达戏剧内容并塑造人物个性。另外，戏剧表演要求在有限的时间和空间尽可能地展现人物个性、突出矛盾冲突，因而戏剧语言必须精练。总体而言，戏剧语言具有以下特点：

（一）戏剧语言极具个性化特点

戏剧语言是塑造人物性格的重要手段，凡是性格鲜明的人物都具有个性化的语言。戏剧语言要符合人物特征。清代戏剧家李渔主张戏剧语言"语求肖似""说一人，肖一人，勿使雷同，弗使浮泛。"换而言之就是"言为心声"，人物的身份、职业、气质、性格不同，说出的话也不一样。要求人物语言要符合人物性格，要彼此各不相同。舞台上戏剧人物语言的个性化，表现在要符合其所处的时代、生活环境、身份和人生阅历，要反映他的心理活动和思想习惯，还表现在要揭示人物性格的发展变化。人物语言是个人的"口语"，而不是剧作者的代言，更不是千人一腔的模式化语言。个人的口语虽有大众化、生活化的特点，但并不会趋于简单化，均有着鲜明的个性化艺术特色。

（二）戏剧语言具有动作性特点

戏剧（drama）一词在希腊语中即表示动作（action），因此，动作性是戏剧人物语言基本的特征，是人物语言戏剧性的体现。戏剧的动作性包括两个方面：一是指与对话相伴随的动作，如表情、手势、语调、内心活动等；二是指对话引起的行为，如因争执而互相厮打，合谋共商之后采取的行动等。人物语言的动作性，除能体现人物的性格，表达人物的思想感情之外，还能推动戏剧情节的发展。戏剧语言要启发演员的表演，同演出时人物的行动相配合，暗示和引起角色的动作反应，并推动戏剧情节的发展，为演员留下表演的余地。

（三）戏剧语言具有节奏性特点

戏剧语言要想在舞台上打动观众，就必须讲究韵律和节奏，这样演员读起来才能朗朗上口、铿锵有力，观众也才能从对话中得到愉悦。戏剧的语言在听觉上要诉诸美感，起伏变化、抑扬顿挫，才能符合视听艺术的特点。比如：

Puck：How now spirit！ Whither wander you?

Fairy：Over hill, over dale,

Through bush, through brier,

Over park, over pale,

Through flood, through fire.

I do wander every where,

Swifter than the moon's sphere;

And I sever the fairy queen,

To dew her orbs upon the green.
The cowslips tall her pensioners be:
In their gold coats spots you see;
Those be rubies, fairy favours.
In those freckles live their savors:
I must go seek some dewdrops here,
And hang a pearl in every cowslips' ear.
Farewell, thou lob of spirits; I'll be gone:
Our queen and all her elves come here aron.
（William Shakespeare, A Midsummer Night's Dream）

朱生豪译文：
迫克：喂，精灵！你飘到哪儿去？
小仙：越过了溪谷和山陵，
穿过了荆棘和丛薮，
越过了围墙和园庭，
穿过了激流和爝火：
我在各地漂游流浪，
轻快得像是月光：
我给仙后奔走服务，
尊环上缀满轻轻露。
亭亭的莲馨花是她的近侍，
黄金的衣上饰着点点斑痣；
那些是仙人们投赠的红玉，
中藏着一缕缕的芳香馥郁；
我要在这儿访寻几滴露水，
给每朵花挂上珍珠的耳坠。
再会，再会吧！你粗野的精灵！
因为仙后的大驾快要来临。

通常就语言形式而言，戏剧可分为诗剧和散文剧。上述例子属于诗剧，原文节奏明快、结构工整、抑扬顿挫、音韵和谐，具有典型的诗歌语言特色，易于上口，便于与演员动作协调一致。译文对原文的戏剧语言特色给予高度关注，较好地体现了戏剧语言风格。

（四）戏剧语言具有简洁明晰的特征

戏剧作为表演艺术，有其独特的传播媒介。这个媒介不仅仅是纸张和文字，还包括舞台这一戏剧独有的场合。这就要求在演出过程中，演员必须做到在短暂的时间内对观众清楚、明白地表达剧情，所以剧本语言要简洁明晰，从而避免重复、冗赘。

（五）戏剧语言具有抒情性特征

戏剧语言是剧中人物表达思想感情的媒介。戏剧语言有两种：一种是舞台提示性语言，用于简单说明戏剧中的时间、地点、人物动作和心理等；另一种是人物语言，即台词，用于塑造人物形象，展示矛盾冲突。戏剧语言的抒情性在不同类型戏剧作品中有着不同的体现。在以诗歌体写成的戏剧中，其抒情性体现在语言的诗韵、诗味等诗性特点上，中外戏剧中都有用韵文写成的戏剧。在以散文体写成的戏剧中，其抒情性体现在具有日常口语特点，经过润色提炼的散文化语言上，近代戏剧常用散文写成。戏剧语言的抒情性有助于丰富人物形象，推动情节发展，表现戏剧作品的诗意力量，它是戏剧人物舞台魅力的重要表征。

第二节　戏剧翻译理论

一、戏剧翻译简史

伴随着中西方政治、经济、文化等交流的展开，中西方的戏剧也进行了相互交流。这些丰富的艺术形式使中西各国人民领略到戏剧的巨大魅力，又进一步促进了中西交流的展开，加大了交流的规模。

1906年冬天，中国留日学生在日本新派剧影响下成立"春柳社"，1907年在东京演出了曾孝谷翻译的法国名剧《茶花女》第三幕。这是中国传统戏剧走向现代戏剧的转折点。1908年，李曾石翻译了波兰戏剧《夜未央》和法国戏剧《鸣不平》。1920年以后，涌现出一大批优秀的戏剧翻译家，翻译了大量的外国戏剧，对中国近代戏剧翻译起了积极的推动作用。到了30年代，翻译外国戏剧作品出现了一个高潮，大量外国戏剧作品被翻译出版。梁实秋翻译了许多莎士比亚剧作，包括《丹麦王子哈姆雷特之悲剧》《李尔王》《威尼斯商人》等。英国剧作家萧伯纳、高尔斯华绥（John Galsworthy）、奥斯卡·王尔德（Oscar Wilde），美国剧作家尤金·奥尼尔（Eugene O'Neil）等人的作品也开始被译成中文介绍给中国读者。中华人民共和国成立后，外国戏剧文学作品的翻译出版进入了一个新的时期，许多外国戏剧名著得以再版或重新翻译出版。这一时期，李健吾留下了大量优秀的译作，结集出版，如《莫里哀戏剧集》《高尔基戏剧集》等。

谈到戏剧翻译不得不提到莎士比亚戏剧在中国的翻译历程。其中，最为著名的就是莎剧翻译家朱生豪。他将莎士比亚式的英语翻译成现代的白话文，使得中国观众更加容易理解和接受。他的31部莎剧译作奠定了1978年在北京出版的《莎士比亚全剧》的基础，推动了莎学在中国的飞跃性发展。

随着我国对外文化交流的拓宽，许多优秀中文戏剧也被译介给西方读者。英若诚在中外戏剧交流方面做出了巨大贡献。1979年，他将老舍名著《茶馆》舞台剧译成英文在国外出版，为《茶馆》成功地访问西欧作了准备。后来《茶馆》取得了极大的成功，全剧三幕，每一幕都代表中国历史上一个特殊时段，即清末戊戌维新失败、民国初年北洋军阀割据时期、国民党政权覆灭前夕。三个时段不同的人物纷纷登场，表现了中国历史的变迁、社会的黑暗以及人民生活的状况。1983年，他又将美国当代著名作家阿瑟·米勒的代表作《推销员之死》（Death of a Salesman）译成中文，并与米勒合作将之搬上北京人艺舞台。

总而言之，80年代以后，对国外著名剧作家的戏剧作品翻译更加系统化，除代表性作品外，这些作家的很多其他作品也得到了翻译。另外，戏剧翻译也呈现出多样化的趋势，曾经不为中国观众所熟知的一些戏剧形式和戏剧作品也被译介到中国来，比如荒诞派戏剧。

二、戏剧翻译原则

戏剧翻译主要分为供阅读的翻译和供舞台演出的翻译两种。其翻译遵循以下原则：

（一）可表演性原则

戏剧是通过表演来完成其艺术使命的。戏剧表演的特性要求其译文语言要体现出动作性，要适于演员舞台表演。不同于其他文学体裁的翻译活动，戏剧的双重性使得戏剧翻译要为两个不同的体系服务，而这两个体系对剧本的要求不同，译者所采取的翻译策略也应有所差别。以表演为目的的戏剧翻译与文学体系中的戏剧翻译相比，译者要受文本以外的因素制约，特别是演出时的直接语境的影响和时空限制。因此，戏剧翻译的评判标准不仅仅是忠实于原作，同时，也要考虑译文的可表演性。因此，在翻译戏剧时，译者面临的不仅是静态的剧本，还要考虑剧本的潜在"动态表演性"。要求译文的动作性要与人物对话的语言环环相扣，彼此推演流转，形成一个既可连续演出，同时又要推动剧情发展的动作体系。

比如：

Yank：You don't belong no more, see. You don't get de stuff. You're too old.But aw say, come up for air once in a while, can't you? See what's happened since you croaked. Say！Sure！ Sure I meant it！ What de hell—Say, let me talk！ Hey！ Hey, you old Harp！（Eugene O'Neil，The Hairy Ape）

【译文】扬克：你不再算数啦，懂吧。你没有胆子。你太老啦。不过，喂，偶尔也上去换换空气，光发牢骚不行，也要看看出了什么变化。喂！当然，我当然是那个意思！他妈的——让我说！咳！咳，你这个老爱尔兰人！

将译文与原文相对照，可以看出译文较为精准地再现了原文中不同的语气助词反映出主人公轻蔑、厌恶和激动的情绪，富含动作性，可以带动演员的表演，并隐约透露出主人公对社会的迷惘和失望。

（二）上口性原则

与戏剧的视听性和口头性相适应，戏剧翻译在斟酌译文的语义和语用功能之外，还应考虑到文本用词的语音特征。戏剧的现场表演要求演员不是"说"台词而是大声"朗读"台词，因而戏剧台词不能拗口，音调需抑扬顿挫，在翻译时要注意选择词义正确而且读出来具有一定韵律感的词汇，即我们通常讲的"上口性"。戏剧翻译中的上口性就是要求译文语言既要便于演员上口，又要有利于剧情表现与观众理解。具体地说，就是要便于演员表演时念起来抑扬顿挫，朗朗上口，观众听起来语音清晰，流畅顺耳。不仅如此，由于舞台演出的时空局限，上口性还需语言简练、鲜活。因为"一句台词稍纵即逝，不可能停下戏来加以注释、讲解。"拖泥带水、句子零乱的台词也难以取得应有的表情艺术效果。译文语言的鲜活，就是要语言生动形象，表达准确，有力度，有情趣，充满着时代气息。

> Portia：The quality of mercy is not strain'd,
> It droppeth as the gentle rain from heaven
> Upon thd place beneath：it is twice blest，—
> It blesseth him that gives，and him that takes：
> Tis mightiest in the mightiest：it becomes
> …
> But mercy is above this sceptred sway；
> It is enthroned in the hearts of kings，
> It is an attribute to God himself；
> And earthly power doth them show likest God's
> When mercy seasons justice."
> （Shakespeare，The Merchant of Venice，Act IV，Scene I）

朱生豪译文：

鲍西亚："慈悲不是出于勉强，它是像甘霖一样从天上降下凡尘；它不但给幸福于受施的人，也同样给幸福于施与的人；它有超乎一切的无上威力……慈悲的力量却高于权力之上，它深藏在帝王的内心，是一种属于上帝的德行，执法的人倘能把慈悲调剂着公道，人间的权力就和上帝的神力没有差别。"

《威尼斯商人》中鲍西亚的这番话充分体现了莎士比亚的人文主义思想。朱生豪先生的译文流畅通达，节奏舒缓，读起来朗朗上口，易于打动观众。

（三）忠实性原则

与所有的翻译活动一样，戏剧翻译也必须要遵循忠实性原则。所谓忠实性翻译是指译文不能脱离原作，要准确地将源语信息传递给观众。

（四）文化词汇的灵活翻译原则

每一种语言都有文化内涵丰富的文化词语，文化词语往往具有较为鲜明的民族特色。因此文化因素往往是造成理解障碍的主要原因，"一种文化现象在另一文化环境中属于文化空缺，因此，文化因素还具有很强的抗译性"。在戏剧翻译中，要特别注意具有文化色彩词语的翻译。具有文化色彩的词有两类，无等值物词汇与有背景意义的词。无等值物词汇是指"两种语言中的一种语言的词汇单位（词和固定词组单位）在另一种语言单位的词汇中既没有完全的等值物，也没有部分等值物"。无等值物词汇主要表现在宗教文化、文字本身、地域文化和特有事物方面。无等值物词汇的翻译一般采用变通的方式，着重实现意义的等价转换和传达。有背景意义的词是指"背景意义不完全等值的词汇"。有些词的词义包括概念意义和词汇背景意义，词汇背景意义比概念意义更反映一个民族的文化特点。在戏剧翻译中，在含有词汇背景意义的情况下，不能简单翻译概念意义，而要灵活地翻译出词汇所包含的背景意义，才能加深观众对剧本的理解。比如：

例一：

Falstaff: Let him be damned like the glutton！ Pray God his tongue be hotter！ A whoreson Achitophel, rascally yea—for—sooth knave…（W. Shakespeare, The Merry Wives of Windor）

朱生豪译文：

福斯塔夫：让他落在饿鬼的地狱里！愿他的舌头比饿鬼的舌头还要烫人！一个婊子生的叛徒！一个嘴里喊着是呀是的恶奴！

例二：

Falstaff: Hang him, poor cuckoldly knave！ I know him not：—yet I wrong him to call him poor；they say the jealous wittolly knave hath masses of money：for the which his wife seems to me well—favored. I will use her as the key of cuckoldly rogue's coffer；and there is my harvest—home.（ibid）

朱生豪译文：

福斯塔夫：哼，这个没有造化的死乌龟！谁跟这种东西认识？可是我说他"没造化"，真是委屈了他，人家说这个爱吃醋的王八倒很有钱呢，所以我才高兴地去勾搭他的老婆；我可以用她做钥匙，去打开这个王八的钱箱，这才是我的真正目的。

例一中的"Achitophel"的概念意义是基督教《圣经》中的大卫王的谋士，后与Absalom合谋叛逆大卫王，该词具有典型的基督教文化色彩，如直译为"亚希多弗"，则多数读者或观众不知所云，译者依据其引申意义，将其译为"叛徒"，传递了原文的文化内涵，易于为译文读者或观众理解、接受。例（二）中的"cuckoldly knave""wittolly knave"和"cuckoldly rogue"三个词的概念意义均为"妻子有外遇的无赖恶棍"，直译不仅缺乏通俗化和口语化，也可能口型对不上。译者分别将之译为"乌龟""王八"，不仅可以准确地向读者或观众传递了原文信息，而且符合戏剧台词通俗化、口语化的要求。

第三节　影视剧概述

影视是涵盖戏剧、文学、绘画、音乐、舞蹈、雕塑、建筑、摄影等各种艺术元素的综合艺术。影视与戏剧有众多相同之处，其不同处在于影视比戏剧更具真实性和虚构性，因为影视的时空跨度不像戏剧那样受舞台的限制，具有很大的自由度。凭借现代科技手段，影视可将声、光、电技术发挥到极致，使受众获得逼真的时空感，从而收到其他艺术形式难以企及的视听效果。

一、影视的文学性

作为一种老少皆宜、人人喜爱的艺术形式，影视作品可以向观众直观地展示一个国家或民族人民的思维方式、生活习俗、价值观念和宗教信仰，使观众能够身临其境地感受异域地貌、风土人情。影视传播具有覆盖面广、受众群多、影响力大、感染力强的优势，其音画同步、动态多维的特点更是极具强烈的视听冲击效果，令观众目不暇接，难以忘怀。

影视与文学虽然是两种独立的艺术形式，但这并不代表影视不具有文学性。

第一，影视是一门综合性艺术，文学因素是其中最活跃最重要的因素，因此，影视也必然具有一定的文学性。作为一种视听艺术，影视在表现形式上有别于文学，然而就其主题的人文性、故事的叙事模式、人物形象的塑造等方面而言，影视与文学又极为相似。我国著名影视理论家张骏祥就曾将影视的文学性解释为"影片的文学内容包括影片的思想内容、典型形象的塑造和文学的表现手段"。

第二，在影视的发展过程中，文学起着至关重要的作用。文学通过语言来塑造艺术形象，影视虽有其独特的影视语言（色彩、音响等），但对白、独白、旁白等文学语言却对人物性格的塑造起着至关重要的作用。影视与文学一样可以展示人物的内心活动，画外音与心理描写有着异曲同工之妙。影视在情节安排、叙事模式等方面也带有明显的文学色彩。

第三，浏览各国影视，不难发现，许多影片都改编自文学作品，托尔斯泰、莎士比亚、狄更斯等许多文学大师等的名著都被搬上过银幕。可以说，"文学作品，无论现代文学作品，或古典作品改编影视，不仅是世界各国影视发展中的一种正常的普遍现象，而且是一个国家影视艺术发展水平的标志。"由此可见，影视具有很强的文学性。影视的文学性主要体现在影视的故事性、内涵性和人文性上，具体而言，其主要表现在：主题的深刻性、人物形象的典型性、情节的生动性、结构的严谨性、语言生动精炼。

二、影视语言的特点

影视是现代化的大众传媒，也是一种特殊形态的商品，大众性、娱乐性、畅销性都成为衡量一部影视成功与否的重要标准。但影视首先是一门艺术，具有社会价值和审美价值，一切对于艺术的要求同样适用于影视。影视具有综合性，即影视综合了戏剧、文学、绘画、雕塑、建筑、音乐、舞蹈、摄影等各种艺术元素，将其融会吸收并纳入自身系统之中；影视具有逼真性与假定性，即影视凭借现代科学技术，可以逼真地再现视觉与听觉真实、空间与时间真实。影视画面虽然逼真却并不等同于现实，但是影视的逼真性是建立在假定性的基础之上；影视具有时间艺术与空间艺术，即影视既存在于具体的空间，又具备时间流程，它实现了时间艺术与空间艺术的有机结合，利用现实世界感官的一切属性，使客观生活呈现在影像世界中。而作为影视的一个重要组成部分，影视剧也有着自己独特的语言特点。

（一）通俗性

影视艺术是一种大众化的艺术，绝大多数影视作品是供人们观赏的。因此，影视语言应力求通俗易懂，雅俗共赏，老少皆宜。比如：

John：Miss Eyre.

Jane Eyre：John，what happened?

John：She burnt it. Set a light to it.It was terrible，Miss Eyre. She got away from Grace Poole and she climbed onto the roof and stood there shouting. Mr Rochester tried to reach her，but she jumped. She killed herself on the stone there.

Jane Eyre：And Mr Rochester?

John：The floor gave away beneath him and he fell through. He's not dead. Miss Eyre，but...

Jane Eyre：Where is he?

John：At Ferndean with Mrs Fairfax，Miss Eyre，a burning timber fell across his face. He's blind. Stone—blind.

Rochester：Who is there? Mrs Fair fax，is that you? Is anyone there? There，boy. Ah！There's no one there. Whom did you think it was? Mm? Is anyone there. I say? Who is it?

Jane Eyre：It is I.

Rochester：Jane?

Jane Eyre：Yes.

Rochester：Jane！

Jane Eyre：Yes.Yes！

Rochester：You mock me. Is that you，Jane? Is it really you? Have you come to visit me?You didn't think to find me like this, mm? What? Crying? No need for tears. How long can you stay? An hour or two? Stay a little while. Or do you have some fretting husband waiting for you?

Jane Eyre: No.

Rochester: No husband yet? Well, that's bad, Jane. You're not pretty, you know, you can't be choosy.

Jane Eyre: No, sir.

Rochester: Still, I'm surprised you have not been asked.

Jane Eyre: I didn't say I had not been asked, sir.

Rochester: I see. Yes. That's good Jane. You should be married.

Jane Eyre: Yes, sir. I think so, and so should you. You can't be choosey, sir, any more than I.

Rochester: No, perhaps not. Well, when is this wedding of you? I'll bring Adele home from school.

Jane Eyre: Wedding, sir?

Rochester: The devil take it, didn't you say you were getting married?

Jane Eyre: No, sir.

Rochester: Well, I'm sure some fool will find you soon enough.

Jane Eyre: I hope so, sir, some fool that found me once before. I've come home. Edward. Let me stay.

【参考译文】

约翰：爱小姐

简·爱：约翰，怎么回事？

约翰：是她烧的，她放的火。真怕人啊，爱小姐。她从格雷斯·泼那儿逃了出来，爬到房顶上，站在那儿大喊大叫。罗彻斯特先生想去救她，可是她一跳，摔死在那边的石头上。

简·爱：罗彻斯特先生呢？

约翰：他站的那层楼塌了，摔了下来。他没死，爱小姐，不过……

简·爱：他在哪儿？

约翰：和菲尔菲克斯太太一起住在芬丁。爱小姐，一根着了的木头砸了他的脸，他瞎了，一点也看不见了。

罗彻斯特：谁在那儿？菲尔菲克斯太太，是你吗？那儿有人吗？哦，好了，那儿没人，你怎么当有人？哎，我说，那儿有人吗？谁呀？

简·爱：是我。

罗彻斯特：简？

简·爱：是的。

罗彻斯特：简！

简·爱：是的，是的。

罗彻斯特：笑话我吧。是你，简？真的是你？你是来看我的？没想到我会这样，嗯？哦，怎么，哭了？用不着伤心。能待多久？一两个小时？别就走。还是你有个性急的丈夫在等你？

简·爱：没有。

罗彻斯特：还没结婚？呃，这可不太好，简，你长得不美，这你就不能太挑剔。

简·爱：是的，先生。

罗彻斯特：可也怪了，怎么没人向你求婚呢？

简·爱：我没有说没人向我求婚。

罗彻斯特：懂了，是啊。那好，简，你应该结婚。

简·爱：是的，先生，我也这么想。而且你也应该结婚。你也和我一样不能太挑剔。

罗彻斯特：是的，或许是这样。嗯，你什么时候结婚？我可以把阿黛尔从学校接回来。

简·爱：什么结婚，先生？

罗彻斯特：见鬼，你不是说你要结婚？

简·爱：没有，先生。

罗彻斯特：那么，早晚有个傻瓜会找到你。

简·爱：但愿这样，先生，有个傻瓜早已找过我了。我回家了爱德华，让我留下吧。

（徐黎鹃、黄群飞译：《简·爱》）

上述例子选自根据同名小说改编的电影《简·爱》。全部对话在三人间进行，主要部分在两个主人公简·爱和罗彻斯特之间进行。三人的对话总计 61 个句子，270 个单词，平均句长 4.4 个单词；其中只有两个句子超过 10 个单词；许多句子仅仅一两个单词，这远低于英语的平均句子长度。更为明显的是尽管罗彻斯特受过良好的教育，社会地位较高，其话语中的句子结构却很简单，词汇的语体级别等级较低，属于口俗语，具有典型的影视剧语言特征。

（二）无注性

电影语言是瞬间存在的，所以其不像文学作品语言那样可以让读者反复地去阅读。在一般的文学翻译中可以通过注解来翻译文化负载词，但因为电影是瞬间存在的，根本做不到用注释的方式来处理负载文化内涵的词。影视语翻译中涉及文化内涵的一些词或短语，往往采用归化策略来处理，这样便于译入语观众能在有限的时间内掌握最准确的源语信息。

（三）瞬时性

小说中人物的语言是印在纸上的，读者一遍看不懂，还可以重新再读。而影视中的语言是有声语言。转瞬即逝，若没听懂则只能放弃，不能再听一遍。因此，影视语言应当简洁明了，一听就懂。比如：

There is no such thing as coincidence, just the illusion of coincidence itself.

【译文】根本就没有巧合，巧合不过是一种幻觉罢了。

如果这句话完全按照原文翻译成"没有巧合这样的东西，有的只是巧合本身的幻觉"，就会让观众感到费解。

（四）制约性

影视艺术属于综合性艺术，既是一门画面艺术，也是一门有声艺术。剧中的音乐、其他音响效果、演员的表演与演员的对白是一个完整的统一体，前三个要素对演员的对白既有辅助作用，也具有一定的制约作用。一般而言，制约性包括口型制约性和字幕字数制约性。其中，口型制约性是影视翻译和配音的最大特点与难点。为了确保观众在欣赏影视作品过程中的真实感，配音演员的声音必须与原剧中人物的口型相符合。这意味着译文在保证生动准确的前提下，应在长短、节奏、换气、停顿乃至口型开合等方面与剧中人物说话时的表情、口吻保持高度一致。而字幕字数制约则是指译文受到影视屏幕的空间限制以及影视声画的时间限制。比如：

Cynthia: We've checked you out, Timmy Juvenile offender record as long as Constitution Avenue.（A Man Called Hawk）

【译文】辛茜亚：我们查过了，蒂米。你的犯罪记录有厚厚一大沓。（《神勇飞鹰》）

Constitution Avenue（宪法大街）是美国首都华盛顿的一条东西走向的大街。翻译中如果直译为"你的青少年犯罪记录就像华盛顿的宪法大街一样长"，那么缺乏相关文化预设的中国观众可能会感到十分费解，不知所云，并且在字幕和配音方面也很难处理。因此，最好还是意译为"你的犯罪记录有厚厚一大沓"。

（五）节奏性

影视剧与小说、散文、诗歌等文学形式的最大区别就是表演性。没有表演的影视剧本对一般的观众而言只不过是一种语言符号系统。所以只有通过演员的表演才能将语言符号激活进而化为舞台行动。因此，影视剧语言与演员的动作密切相关，其节奏性必须与演员的动作协调一致，要求其韵律和谐、节奏轻快、朗朗上口。节奏感较好的语言一方面有利于演员的宾白与动作的协调；另一方面也能使观众从中得到愉悦，从而收到理想的视听效果。

第四节　影视剧翻译原则

随着中国加入世贸组织以及改革开放进程的加快，我国与世界各国之间的文化交流日趋密切。观赏外国的影视节目，尤其是西方的影视节目如今已成为寻常百姓八小时工作时间以外休闲娱乐的一种方式。西方影视开阔了我们的视野，让我们更多地了解和认识外部世界，同时，也丰富了我们的业余文化生活。在这种跨文化影视传播的过程中，影视翻译功不可没。

一、影视剧台词的翻译

影视戏剧的脚本是一种显性语言符号，而符号是静态的。相对于影视剧文本，演员的动作、姿势、肢体语言及灯光、布景则是动态的、变化的。前者提供的是显性信息，而后者体现的是隐性信息。因此，影视剧文本除作为演出之本外，还可以作文学读物供读者鉴赏。所以，影视剧文本翻译有两种：一种是以演出为目的的译本；另一种是以文学鉴赏为目的的译本。

（一）遵循可表演性的原则

影视戏剧文本的可表演性是首要的。如果译者所面临的任务是：译本以演出为目的，那么他必须意识到影视剧文本的另一维空间，即文字文本与表演之间是有距离的。诚然，影视剧文本旨在为演出而创作，它必然具有适于演员的显著特点和结构特征。但那只是在原文语言文化语境中的状况。翻译之后，剧本便被置于新的语境之中，是否还适于演出，另当别论。因此，许多因素是译者必须考虑的。要求译者必须关注原作所涉的语言环境和副语言环境。因为，同小说、诗歌、散文等文学作品相比，影视剧文本所涉及的语言环境，尤其是副语言环境要复杂得多。另外，译者还需要关注译文是否会改变剧作者及导演的意图，是否会影响演员的动作、表情，尤其是对台词和潜台词信息的解读。同时，译者还要妥善处理的是文化异质问题。影视剧中的可表演性排除了文化负载词语的可注释性。原作中观众可以理解和接受的文化词语直译到译文中，译语观众多半难以理解，不能接受。如果出现在以文学鉴赏为目的的译本中，译者可以采取译本内释义或文本外注释的补偿办法。

但是，在以演出为目的译本中是不可能的。因为表演是短暂的，台词道出转瞬即逝，观众没有重听的机会，更不可能去查阅词典。因此，译者需要另辟蹊径，通常需要采取意译。电影台词大部分由对白构成，对白多是生活化的语言，包含许多俚语、俗语等，因而台词翻译要注意口语化、通俗化的倾向。只有消除语言障碍，在听懂、看懂的基础上才能让观众能够欣赏影片，在具体翻译过程中可适当对源语进行压缩或删减以求语言更加通俗流畅、便于表演。比如《乱世佳人》：

Scarlet：Why don't you say it, you coward? You're afraid to marry me. You'd rather live with that silly little fool Who can't open her mouth except to say "yes" "no", and raise a houseful of mealy—mouthed brats just like her!

【译文】思嘉：你这个胆小鬼，不敢娶我。你宁愿娶那个听话的傻瓜，然后生群傻孩子！翻译中选用的"胆小鬼""傻瓜"等词完全符合口语的特征，同时由于思嘉在十二橡树向阿希礼告白被拒后，非常愤怒，语速很快，画面迅速转换，翻译时译者省略了原作中一些具体的词句，只保留了基本信息，易于观众理解。

（二）审美性原则

审美性是一切文学艺术品的基本原则。爱情剧的缠绵悱恻、催人泪下是美，警匪片的跌宕起伏、扣人心弦是美，历史巨片中的旌旗猎猎、战马嘶鸣也是美。美的表现形式不同，体现在演员的台词中，或幽默诙谐，或风趣滑稽，或尖锐深刻，或潇洒自信，或含情脉脉，或回味无穷，或荡气回肠，或气贯长虹。比如，《列宁在一九一八》中的一句台词普通至极却在中国妇孺皆知"牛奶会有的，面包会有的，一切都会有的"，这句话曾激励几代人为美好的生活理想去奋斗。

（三）潜台词翻译的模糊性原则

潜台词系指台词中隐含的言外之意或留下的空白。空白和言外之意提供的信息具有模糊性和不确定性。模糊性与不确定性构成影视剧文本的召唤结构。召唤结构激发演员、读者和观众去思考、想象，演员在思考与想象中完善其表演，而读者与观众在思考与想象中完成鉴赏、审美和接受。

潜台词总是依附于台词，没有台词，便没有潜台词。莎士比亚的名剧《哈姆雷特》第一幕中哈姆雷特与其好友何瑞修和马塞勒斯相见时的对话便是一个典型的例子：

Hamlet：Would I had met my dearest foe in heaven

Or ever I had seen that day, Horatio—

My father, —methinks I see my father.

Horatio：O, where, my lord?

Hamlet：In my mind's eye, Horatio.

Horatio：I saw him once; he was a goodly king.

梁实秋译文：哈姆雷特：我宁愿在天上遇见顶刻毒的敌人，我也不愿看那天的那种情形，何瑞修！我的父亲——我仿佛看见我的父亲。

何瑞修：啊，在哪里，殿下？

哈姆雷特：在我的心眼里，何瑞修。

何瑞修：我见过他一次，他是贤明的君王。

何瑞修和马塞勒斯是哈姆雷特的好友，在与哈姆雷特相见的前几天夜里，何、马两人看到了哈姆雷特父亲的幽灵，但哈姆雷特对此全然不知。只怨恨母亲在父亲尸骨未寒之时便与叔叔成婚。显然，作者在哈姆雷特的台词"My father，—methinks I see my father"与何瑞修的台词"O，where，my lord"之间留下了"空白"。空白所蕴含的潜台词至少可这样解读：其一，"What? You see your father? But how could you，he's dead?"其二，"I know you are joking, my lord. But tell me where. Where did you see your father?"其三，"Good Lord，do you see it，too? Where?"三种解读表明何瑞修当时的三种心理反应。另外，演员可能惊恐地环顾四周，试图寻觅王子之父的幽灵。当哈姆雷特言称"In my mind's eye"时，何瑞修才反应过来，王子只是想起了父亲。这时他才镇静下来说道："Yes，once，when he was alive，I saw him too; He was an impressive—looking king."如此解读表明剧中角色何瑞修的心理反应由超自然恢复到现实的心理转换过程。这种转换过程蕴含于演员的语气、情态和肢体语言之中，并非以台词的形式说出。因此，译者的任务是保留潜台词的模糊性，为演员和导演留下足够的解读和想象空间，而不是越俎代庖。

（四）文化词语的归化翻译原则

文化词语往往具有较为鲜明的民族特色，每一种语言都有文化内涵丰富的文化词语。因此，会导致翻译中的词汇空缺或语义空缺。英汉语言中的文化词语可以分为三类：一是概念意义和文化内涵均对应的文化词语，如rose与"玫瑰"，lame与"羔羊"，fox与"狐狸"等，这类词语在中英两种语言中均是文化词语，而且其概念意义与其文化内涵也相同或基本等值。它们在源语和译语读者或观众头脑中的文化认知图式是基本相同的，所以可以采取直译法；二是概念相同，文化内涵相异的词汇。这类词语在两种语言中都能找到概念意义相同的对应词，也都属于文化词语，但其文化内涵却不相同。如"龙"与dragon，"东风"与east wind，"西风"与west wind，"花"与flower等等。这类词语各自都具有特定的民族色彩，在中英文读者头脑中的文化认知图式并不完全重合，因此不可简单地直译，要作适当的变通；三是概念意义相同、文化内涵互缺的词语。这类词语虽然在两种语言中都可找到概念意义相同的对应词，但其文化内涵在译语中是缺失的。如汉语中的"乌龟"，在英文中虽然有turtle（海龟）和tortoise（陆龟）与之相应，但"乌龟"在汉语中所特有的文化内涵在英文中却不存在。中英文语言中民族色彩浓重的人名典故和地名典故也都属于这类词语，这类词语的翻译更需要译者灵活变通。因为演出时无法注释，译者通常需作归化处理。

总而言之，台词翻译不仅仅涉及语言层面，还包括文化层面。台词翻译必须处理好源语文化与译入语文化之间的关系，尽力消除文化隔阂，促进文化交流。比如《乱世佳人》中的这样一段对话：

Brent：What do we care if we were expelled from college，Scarlett，The war is going to start any day now so we would have left college anyhow.

　　Stew：Oh，isn't it exciting. Scarlett? You know those poor Yankees actually want a war?

　　Brent：We'll show'em.

　　Scarlet：Fiddle—dee—dee. War，war，war. This war talk is spoiling all the fun at every party this spring. I get so bored I could scream. Besides，there isn't going to be any war.

　　Brent：Not going to be any war?

　　Stew：Ah，buddy.of course there's going to be a war.

　　Scarlett：If either of you boys says war just once again. I'll go in the house and slam the door.

　　Brent：But Scarlett honey...

　　Stew：Don't want us to have a war?

　　Brent.：Wait a minute，Scarlett...

　　Stew：We'll talk about this...

　　Brent：No please，we'll do anything you say...

　　Scarlett：Well...but remember I warned you.

【译文】

　　布伦特：思嘉，如果我们被赶出学校又会怎样呢？战争随时都可能爆发，不管怎样我们都要离开学校。

　　斯图：哦，那不是很刺激吗.思嘉？你知道那些可怜的北佬是真的想打一仗？布伦特：我们给他们点厉害瞧瞧。

　　思嘉：全是废话！战争，战争，战争。这个战争的话题破坏了这个春天的每次聚会的兴趣。我很烦，真想大叫。再说根本不会有任何战争。

　　布伦特：没有战争？

　　斯图：噢，哥们，当然会有战争。

　　思嘉：只要你们再提一次战争，我就要回家然后把门关上。

　　布伦特：但是，思嘉，亲爱的……

　　斯图：你不想打仗吗？

　　布伦特：等一下，思嘉……

　　斯图：我们再谈谈这个……

　　布伦特：别，请别，我们都照你说的做……

　　思嘉：好吧……但是记住，我警告过你们。

　　翻译该段对白需贴近原作的语体风格，无论是句式、句法还是词汇都应符合口语语体，同时，还应采取不同的方法让观众较为明确地知晓原作所传达的信息并体会原作的风格。译文中归化策略的运用，如将 buddy 译成"哥们"，We'll show'em 译为"给他们点厉害瞧瞧"，这样翻译不仅使译文更加口语化，而且具有明显的中国色彩，易于消除文化隔阁，拉近观众与影片的距离。

二、影视名称的翻译

《论语》中有"名不正，则言不顺；言不顺，则事不成"之说。此语虽不专指电影片名翻译，但却道出了片名翻译之重要性。与用作指代符号的人名、物品名称不同，电影片名是文学艺术符号，它不仅蕴涵美学意义，凝练主题内涵，而且还包含票房价值。有些影片仅仅从片名便可揣度出电影的剧情内容，有些则为观众留下无限的想象空间。电影片名的翻译成功与否直接关系到该影片在异域文化语境中的传播，影响其票房收入。

（一）影视名称的翻译原则

电影翻译要符合译入语的表达习惯和审美情趣，译者应该对整个电影的情节、主题、思想内涵、背景材料有较为全面透彻的理解，在翻译时尽量做到艺术性、文化性和商业性的统一。电影片名翻译需遵守以下几项原则。

1. 遵循信息价值等值原则

片名翻译要忠实传递与原片内容相关的信息，做到翻译标题与原片内容的统一，也就是实现信息价值的等值。脱离原片主题，一味追求轰动效应的片名翻译是不可取的。影片The Sun Also Rises 根据海明威的同名小说《太阳照常升起》改编而成，这是被称为"迷惘的一代"文学的开山之作，表现第一次世界大战给青年一代留下的心理创伤。影片中的主人公杰克与勃莱特真心相爱，却因为战争造成的生理和心理创伤而不能结合。杰克成为"和土地失去联系"，游走于巴黎咖啡馆的"一名流亡者"。"日头出来"在现代英语即是The sun also rises。"日头出来，日头落下"在此强调麻木的机械运动，也是主人公生活状态的象征。而"失去和土地的联系"，就意味着失去永恒、失去理想和精神支柱。片名曾被翻译成《妾似朝阳又照君》，与原意相去甚远，破坏了海明威作品的文学性，还容易误导观众，这个翻译与原片名之间就成了一种不等值的信息传递。

2. 遵循文化价值原则

中西方在社会形态、政治经济、文化渊源、价值观念、风俗习惯、伦理道德等方面存在着很大差异，翻译不仅是语际转换的过程，同时，也是两种文化交流的社会现象。电影是语言文化的一扇窗口，在片名翻译中对文化信息的处理，要根据片名的特点采用不同的翻译策略。

电影片名翻译时要尽可能考虑到译入语的文化环境，最大限度地体现其文学性，如好莱坞大片 Rebecca 如果译成《丽蓓卡》似无不妥，但与《蝴蝶梦》相比大为逊色。从字面上看，前者忠实于原作，但前者使原影片名与译名之间的距离缩短为零，从而使读者的审美空间也随之消失；后者不仅为读者留下足够的想象空间，而且以伏采潜发式的手法蕴涵影片的主题。丽蓓卡是美丽与邪恶的化身，她身患癌症不久于世，和马克西姆结婚后，她到处勾引男人以激怒马克西姆将其杀死。从此马克西姆再也摆脱不了她的阴影，而她虽死犹生，灵魂得以永远占据曼德利庄园，而马克西姆则担心"杀妻"的真相败露，终日在蝴蝶飞舞般美丽而又飘忽不定的梦魇中煎熬。庄周梦蝶之典故在我国熟为人知，《蝴蝶梦》的片名在我国读者和观众中很容易产生共鸣。因为它用典恰到好处，不仅具有艺术韵味，而且以象外之旨意影射影片的故事情节。又比如根据俄裔美国小说家纳博科夫最具争议性小说《洛丽塔》（Lolita）改编而成的电影讲述了一个中年男子与未成年少女洛丽塔之间的乱伦恋情。中文片名为《一树梨花压海棠》，这一典故出自宋代词人张先和苏东坡之间的一次文人间的调侃，原因是张先在80岁时娶了18岁的女子为妾。一次聚会上，好朋友苏东坡做了一首诗来开玩笑调侃他："十八新娘八十郎，苍苍白发对红妆。鸳鸯被里成双夜，一树梨花压海棠。"后来，"一树梨花压海棠"被用来指白发对红颜，即老夫少妻。这样的翻译在内容上忠实于原作，又符合中国的文化习俗，比直接译为《洛丽塔》更能清晰地表现影片的主题。

通常情况下，名著改编的电影一般尽量直译。例如：True Lies《真实的谎言》、Moulin Rouge《红磨房》、Air Force One《空军一号》等。影片《野性的呼唤》（The Call of the Wild）根据美国著名自然主义小说杰克·伦敦最负盛名的小说改编而成，主要叙述一只强壮勇猛的狼狗巴克从人类文明社会回到狼群原始生活的过程，有人将片名译为《血染雪山谷》，则稍显庸俗，并削弱了影片的文学性。并且，由名著改编的电影，原著有相当一部分是以地名或人名为标题，这些作品已成为耳熟能详的文学经典，标题中的人名或地名已具有某种代表意义，这种时候往往采取音译，保留原汁原味，如《简·爱》《哈姆雷特》《苔丝》《奥赛罗》《麦克白》等。另外，英汉是两个不同的民族，两种语言之间无法做到文化对等，因此，在翻译个别片名时，要根据影片内容进行处理，有些片名不能按照字面意义给出翻译，比如：将影片 The Third Man 直接译成《第三者》，会误导观众以为是婚姻伦理片，实际上是指影片中车祸事件的第三个目击证人，现在该片被译为《第三个男人》。

3. 遵循商业价值原则

电影是一门文化性和商业性兼具的艺术。片名本身就具有商业性，因此，译者在翻译时不能忽略这一原则。在实现影片的商业价值中片名的作用是能吸引更多的观众产生观看的冲动，使影片达到高票房的目的。要译出对目的语观众具有吸引力的片名，译者必须要充分了解目的语观众的审美趋向以及目的语文化的语言特征，创译出能够吸引观众并能够引起心理共鸣的电影片名，从而实现其商业价值。

4. 遵循审美价值原则

根据美学原理，任何美的事物都是形式美和内容美的辩证统一。电影片名翻译在忠实于原作的基础上，可以进行一定的艺术加工，摆脱原作的束缚，用形象生动或富有诗意的语言翻译片名，可以让观众体会到一种审美愉悦，也更符合中国人的思维方式。影片

Waterloo Bridge 讲述了在战争中一对年轻人凄婉的爱情故事，滑铁卢桥是故事开始和女主角结束生命的地方，但若直接翻译，一来过于平淡，二来容易产生误解，让观众以为该片讲的是拿破仑战争。中文译名为《魂断蓝桥》，"蓝桥"在中国民间传说中是男女为爱殉情之所，与影片内容吻合。蓝桥在我国陕西省蓝田县东南蓝溪之上。相传蓝桥附近有仙窟，唐长庆年间秀才裴航于蓝桥驿遇一织麻老妪的孙女，名云英，欲娶之，妪告之须用玉杵臼为聘，后裴航求得玉杵臼，遂娶云英，两人婚后入玉峰洞为仙，至今传为美谈。蓝桥之典本喻指"美好姻缘玉成之地。"如果 Waterloo Bridge 的主人公罗伊与麦拉也如裴航与云英那般幸运，剧情最终也便照应了典故"蓝桥"的寓意。然而，不幸的是 Bridge 以 Waterloo 命名，福地也便成了凶地。"桥"之为实，"魂"之为虚，"桥"之为"显"，"魂"之为隐，译名《魂断蓝桥》虚实相间，若隐若现，以典译典，十分贴切地传达了原名所蕴含的剧情内容，此片名翻译不但具有音韵之美，还表现出电影的爱情主题和悲剧氛围，同时，又体现了一定的文化内涵，不失为片名翻译的佳作之一。

总的来说，电影片名翻译既要忠实于原片内容，又要符合语言文化特征、审美情趣，力求达到言简意赅、文字优美，富于强烈的吸引力和感染力。

（二）影视名称翻译策略

电影片名五花八门，有直接以主人公的名字命名的，有直接用故事发生在某地的地名命名的，还有以故事发生的时间命名的，甚至有跟故事有关的典故直接命名的，所以在片名翻译上很难找到一个统一标准以及方法。一般而言，影视片名应新颖醒目，善于制造悬念、渲染气氛。但是，影视片名又由于其自身的简短性，使得其翻译既要忠实于原文、符合语言规范，又要富于艺术魅力，还要体现文化特色，从而变得困难重重。同时，影视作品面向大众，观众比读者群人数更多，文化层次更为广泛，所以片名要大众化，要言简意赅，意思要一目了然，用字要生动形象，力求产生强烈的感染力和吸引力。所以译者要根据不同观众的心理来选择合适的翻译策略，比如直译、意译、音译等。

1. 直译

一般情况下，直译片名的目的是为了忠实传达原片名的信息，保持内容和标题的统一性，比如：True Lies《真实的谎言》、Air Force One《空军一号》、Love Story《爱情故事》、Out of Africa《走出非洲》等。

2. 意译

一些外国片名直译时无法传达影片内容或者不够清楚、生动，这时就应该选用意译。比如：Sister Act《修女也疯狂》、Top Gun《壮志凌云》、The Fugitive《亡命天涯》等。

3. 音译

音译就是将源语中的单词或短语的发音直接翻译成对应的译语。一些国外电影经常把主人翁的名字或者故事发生的时间、地点作为片名，不过音译法涉及的人名、地名，一般都是具有重要的历史文化意义,并被观众所熟知的,例如:Ben Hur《宾赫传》、Titanic《泰坦尼克号》、Aladdin《阿拉丁》、Jane Eyre《简·爱》等。

4. 直译加补充

由于东西方文化的差异,单纯依靠直译有时无法提供足够的信息以起到积极的导向作用。那么在这种情况下,补偿就成为一种必不可少的翻译策略。比如:Seven《七宗罪》、Philadelphia《费城故事》、Shrek《怪物史莱克》、The Net《网络惊魂》等。

5. 直意结合

为了增强片名的感染力和艺术效果,翻译时不仅仅体现出原片名,而且用意译来增加它的内涵意义,最大限度地传递原片名所承载的信息以增强感染力。比如:Ocean's Eleven《十一罗汉》、Becoming Jane《"珍"爱来临》、Ghost《人鬼情未了》、Speed《生死时速》等。另外,由于大陆、香港和台湾两岸三地由于历史原因,社会背景不同,加上长期的隔阂,在文化上有了一些差异。电影片名的翻译结合了各自观众的欣赏需求和文化氛围,带有浓重的地方色彩,从而造成了片名翻译的不统一。

三、影视字幕的翻译

为了将引进来的英美影视作品介绍给中国观众,第一项工作就是要把这些剧本翻译成中文剧本,然后配上中文台词或打上中文字幕,最后把中文台词或中文字幕与外国影片原有的画面、音乐、效果合成到一起。就此而言,影视剧本(字幕)翻译是影视翻译的基础。字幕翻译始于1929年美国有声电影在欧洲的放映。欧洲地区语种多,语言现象复杂,经常出现多种语言之间的字幕互译。从文本类型来说,字幕翻译属于视听翻译,是译入语文化中被认为或者被呈现的录制视听材料的翻译。视听翻译涵盖面广,既包括语际翻译,又包括语内翻译。语内翻译又包括供听力障碍人士使用的字幕、新闻节目使用的同步字幕以及舞台剧、歌剧中使用的字幕;语际翻译包括字幕翻译、配音和画外音。

(一)字幕翻译的特点

由于影视作品通常反映一个国家和民族的历史和社会文化生活,字幕翻译过程中必然包含着大量的文化因素的处理。字幕翻译具有以下特点:

首先,字幕是添加在影片画面之上的,这样有助于观众将字幕与影片中的信息综合起来以更好地欣赏影片,在某种程度上弥补视听信息;

其次,字幕翻译涉及语言形式的转化,字幕翻译需要把口语转化为目标语的书面语并呈现在屏幕上,是原生口语浓缩的书面译文;

最后,字幕通常出现在屏幕下方,需要与屏幕中呈现的图像同步。通常情况下,屏幕上一次只会显示一行字幕。CCTV电影频道规定,每行汉语字幕不超过14个汉字,停留1至3秒。对于英语字幕,以1秒钟展示12个英文字母的标准,每行展示3秒来算,每行字幕不应超过 36 个字母。

（二）字幕翻译策略

对一部电影的字幕进行翻译之前，译者必须要了解导演的意图及影片的主要内容。在具体的翻译实践中，由于中外历史背景不同，国情不一样，生活方式也大相径庭，译者会遇到很多由于表达习惯的差异、文化背景的差异、思维习惯的差异所带来的翻译障碍。因此，译者可以通过不同的翻译方法来排除这些翻译障碍。电影字幕翻译，主要采取以下策略。

1. 缩减法

人们说话的语速远远快于阅读的速度。这意味着剧中人物说出一句话以后，观众需要花更多时间来读字幕。字幕翻译严格受制于时间和空间的限制。一般而言，1 秒钟的时间内，可以读一个单词；1—2 秒内，可以接受的字幕长度是 2—3 个短单词；2 秒钟以内，可以接受的长度是 26 个字母左右。因此，为了剧情的清楚以及时间的缩短，减少时间与空间的压缩，应该采取对字幕句子的压缩策略。译者要在影视剧情中经常采取缩减的相关策略，主要是在句型上的精简以及对时间、空间上的压缩等进行分析与采纳。这里节选出《乱世佳人》的一段加以分析：

Scarlett：Ashley！

Ashley：They say Abe Lincoln got his start splitting rails. Just think what heights I may climb to once get the knack.

Scarlett：Ashley，the Yankees want three hundred dollars more in taxes！ What shall we do? Ashley，what's to become of us?

Ashley：What do you think becomes of people when their civilization breaks up? Those who have brains and courage come through all right. Those who haven't are winnowed out.

Scarlett：For heaven's sake，Ashley Wilkes，don't stand there talking nonsense at me when it's us who are being winnowed out！

Ashley：You're right，Scarlet. Here I am talking tommyrot about civilization when your Tara's in danger... You've come to me for help，and I've no help to give you...Scarlet，I...I'm a coward.

Scarlett：You，Ashley? A coward? What are you afraid of?

Ashley：Oh，mostly of life becoming too real for me，I suppose. Not that I mind splitting rails. But I do mind very much losing the beauty of that...that life I loved. If the war hadn't come I'd have spent my life happily buried at Twelve Oaks. But the war did come...I saw my boyhood friends blown to bits. I saw men crumple up in agony when I shot them...And now I find myself in a world which to me is worse than death...a world in which there's no place for me！ Oh，I can never make you understand because you don't know the meaning of fear. You never mind facing realities and you never want to escape from them as I do.

Scarlett: Escape? Oh, Ashley, you're wrong! I do want to escape, too! I'm so very tired of it all. I've struggled for food and for money. I've weeded and hoed and picked cotton until I can't stand it another minute! I tell you, Ashley, the South is dead! It's dead! The Yankees and the carpetbaggers have got it and there's nothing left for us! Oh, Ashley, let's run away! ...

【译文】

思嘉希礼！

希礼：他们说亚伯·林肯是从劈木材开始走向成功的，想想一旦我掌握了诀窍，我会多么成功。

思嘉：希礼，那些北方佬要多收三百美元税！我们该怎么办？希礼，我们会怎么样呢？

希礼：当文明被打破以后，你认为人们会怎么样？那些有勇有谋的人会安然无恙。而那些愚蠢软弱的人将如秋风扫落叶般被淘汰。

思嘉：看在上帝的份上，希礼，别站在这里对我胡说八道，被淘汰出局的将是我们！

希礼：你说的对，思嘉。在你的塔拉庄园危在旦夕的时候，我却在这里谈论什么文明……你来找我帮忙，但我无法帮你……思嘉，我……我是个懦夫。

思嘉：你，希礼？懦夫？你害怕什么？

思嘉：噢，我想主要是生活对我来说变得太现实了。并不是我在乎劈木头。但我确实在乎失去我所热爱的美好生活。如果没有战争爆发，我会隐居在十二橡树幸福地度过我的一生。然而，战争降临……我看见我儿时的朋友被炸得粉身碎骨，我看见被我打中的人痛苦地扭曲着……而现在我发现我生活在一个比死亡更糟糕的世界上……一个没有属于我的地方的世界上！噢，我永远不能使你明白，因为你不懂害怕的真正意思。你不像我，你从不在乎面对现实，你也永远不希望逃避现实。

思嘉：逃避？噢，希礼，你错了！我真的也想逃避！我厌倦了所有这一切。我挣扎着去找吃的，去赚钱；我除草、锄地、摘棉花，我一刻都不能忍受了！我告诉你，希礼，南方死了！它完蛋了！那些北方佬和投机商把它占领了，我们一无所有了！噢，希礼，我们逃走吧……

字幕的翻译常常采取浓缩式方法，对原有信息进行压缩、简化，以突出最重要的信息，强调译出原作的精髓要义。该段译文大量运用了汉语中的成语，如："安然无恙""危在旦夕""粉身碎骨"，还有诸如"秋风扫落叶"等俗语，形象生动、简洁凝练，不仅符合汉语表达习惯，给观众一种亲近感，而且照顾到字幕翻译的时空限制，在有限的条件下最大限度地显现文化语境。整个译文不仅准确地传递了原作信息，而且行文流畅，不会给观众带来任何听觉上的障碍。

2. 合理断句

另外，字幕翻译中还需要注意意群的分割以及符合逻辑地断句。为了便于观众理解，在将一句完整的台词分割成两部分时,译者需要考虑到说话的节奏以及演员说话时的停顿。而且,每一帧画面上的字幕必须是意思相对完整,句子语法成分相对紧凑,冠词必须和所修饰的名词成分在一起。当一帧画面上的字幕分成两行时,上下长度需大致相当,否则会增加阅读难度。在追求两行字幕长度一致时,还要注意避免在不合理的地方断句。

3. 多选简单的句型结构和简单的词汇

影视字幕语言有口语性、通俗易懂和跨文化等特点。所以在进行影视字幕翻译时,需要针对其特点采取相应的翻译策略。针对语言的技巧要求句子句型方面主要是要选择的句子有简单、易懂、词汇精简等特点。很多句子都需要很大程度地进行简单的翻译与应用,译文的文体上的应用技巧要特别注意。在空间上,字幕是指出现在屏幕或电视荧屏下方的外文文字的译文或者注解,因此,在空间上有了限定性。字幕语言的应用在选择句型中,它的主要理论在于:字幕宜选用常用词、小词和简短的词语;句式宜简明,力戒繁复冗长,避免用过长的插入成分、分词结构和从句。

4. 释义法

考虑到源语和目的语是在不同的文化、历史背景下产生的,因此,源语中注定会有一些负载文化意义的词语是译入语观众难以理解和接受的,一旦采用直译法,可能会使观众觉得一头雾水,无法和特定的语境联系在一起,从而造成理解上的偏差,甚至有时会误导观众。这种情况下,就可以采取释义法处理。比如:

Peter:Oh? Well,I like privacy when I retire. Yes,I'm very delicate in that respect. Prying eyes annoy me. Behold the walls of Jerichho! Err,maybe not as thick as the ones that Joshua blew down with his trumpet.

彼特:这个吗?我休息的时候不想被别人干扰,在那方面我很敏感,不想被别人偷看。你看这像《圣经》中的耶利哥城墙,虽比不上以色列军长约书亚用号角吹倒的墙厚,却比它安全多了。

原句是影片《一夜风流》中的一句台词,如果按着原句的字面意思直接将 Jerichho 和 Joshua 直接翻译成"耶利亚城墙"和"约书亚",中国观众理解起来会很困难,因为这两个词都来自具有西方宗教文化特色的书《圣经》。因此,在翻译过程中译者就需要采取释义法,尽可能地将原文涉及文化的因素完整地传递给汉语观众。

第八章 结束语

翻译，是两种语言的互相转变，更是不同国家之间不同文化的一种体现。由于中国文化和西方文化之间的差异，翻译人员在对一些英美文学作品进行翻译的时候，往往不能准确表达出它们的思想内涵，因此，这就要求翻译人员在翻译过程中，不仅要对其语言进行研究，更要对西方文化进行分析研究，让翻译的作品更符合国家的文化背景。

一、对中国文化和西方文化存在的差异分析

中国文化和西方文化的差异有很多种，一般主要体现在三个方面，即价值观、风俗文化和思维方式。

（一）中国文化和西方文化在价值观方面存在的差异

在价值观方面，中西文化有着截然不同的价值取向。在西方文化中，人们是以个人为核心，在很多方面都是以自己为中心。而在中国文化中，是以群体为核心的，群体的利益高于个人利益。中国老百姓是以大局为重，集体利益和社会利益高于一切；而在西方文化中，人们往往是以个人英雄主义为核心，会认为个人利益才是最重要的。在这点上，中国和西方有着不同的价值观。

（二）中西文化在思维方式上的差异

在西方，对句子进行分析时，往往是以整个句子的主语和谓语为核心，主语和谓语在句子中是主要成分，分析思维是由主到次，形成树形的句子结构；而在中国文化中，思维是以动词为核心，注重整体句子的和谐，形成竹形的句子结构。

二、对英美文学翻译的一些对策研究

（一）中国文化和西方文化应该加强交流和研究

由于中西方在文化上存在着诸多差异，而翻译就是一种不同文化的交流活动，是一种不同文化信息的传递，因此，译者要对一些英美作品进行高质量的翻译，就要加强中西文

化之间的交流和研究。这样，译者在翻译的时候，才能把文学作品与文化背景相结合，在文学作品中融入民族文化因素，使翻译的作品更加符合当时的文化，也会让读者了解翻译作品的内涵，不会影响作者最初的思想和初衷。因此，加强中西文化的交流对作品翻译是很有必要的。

（二）在翻译时要合理运用一些翻译策略

1. 翻译中的归化策略

归化策略是指译者在翻译的过程中，要向目的语读者靠拢，采取目的语读者所习惯的目的语表达方式来转达原文的内容。让目的语读者感觉到其他文化的异曲同工之妙。归化策略主要强调的是一些不同成分的基本翻译，并且要与读者的品位相符合。

2. 翻译中的异化策略

异化策略是指译者在翻译的时候，对一些具有内涵的原文进行延伸和补充，让读者可以更好理解原来作品的内涵。这种翻译策略让读者阅读的时候，可以消除文化之间的差异，保留了作品原来的内涵和意味，还能丰富读者的想象力。这种策略可以对两种文化差异进行渗透和融合，因此，译者在翻译一些文化特点成分较强的词语时，就可以运用这种策略，很好地保留原文的意思。

综上所述，中西文化之间的差异对英美文学作品的翻译有着重要的影响，正是因为这种差异的存在，才需要我们加强中西文化之间的交流，并合理运用翻译策略，让两种文化相互融合，保留原文内涵。

参考文献

[1] 管英杰. 探究英语文学中的语言艺术 [J]. 郧阳师范高等专科学校学报，2016（04）：61-63.

[2] 周茜. 语言艺术在英语文学中的应用研究 [J]. 科教导刊—电子版（中旬），2014（09）：73-73.

[3] 刘岩，张一凡. 英语文学中的语言艺术研究 [J]. 才智，2016（08）：124-124.

[4] 金文宁. 英语文学阅读教学中的导向原则 [J]. 文学教育（上），2014（06）：70-73.

[5] 陈安定. 英汉比较与翻译 [M]. 北京：中国对外翻译出版公司，1998：30-40.

[6] 马丽群. 浅析英语文学中文化翻译差异处理的技巧 [J]. 作家，2013（18）：165-166.

[7] 于文杰. 文化学视阈下英语文学作品的翻译技巧 [J]. 芒种，2012（16）：163-164.

[8] 胡文仲. 跨文化交际与英语学习 [M]. 上海：上海译文出版社，1988：66-75.

[9] 陈安定. 英汉比较与翻译 [M]. 北京：中国对外翻译出版公司，1998.

[10] 于文杰. 文化学视阈下英语文学作品的翻译技巧 [J]. 芒种，2012（8）.

[11] 马丽群. 浅析英语文学中文化翻译差异处理的技巧 [J]. 作家，2013（18）.

[12] 胡文仲. 跨文化交际与英语学习 [M]. 上海：上海译文出版社，1988.

[13] 杜功乐. 写作借鉴辞典 [M]. 上海辞书出版社，1989.

[14] 冯翠华. 英语修辞大全 [M]. 北京：外语教学与研究出版社，1995.

[15] 侯毅凌. 英语学习 [M]. 北京：外语教学与研究出版社，2004.

[16] 卢炳群. 英汉辞格比较与唐诗英译散论 [M]. 青岛出版社，2003.

[17] 刘相东. 中国英语教学 [M]. 北京：外语教学与研究出版社，2004.

[18] 张伯香. 英美文学选读 [M]. 北京：外语教学与研究出版社，1998.

[19] 张汉熙. 高级英语（第一册第二课）[M]. 北京：外语教学与研究出版社，1997.

[20] 路清明，强琛. 英语文学作品中比喻修辞格欣赏 [J]. 石家庄职业技术学院学报，2005（5）.

[21] 邓李肇. 英语文学作品中幽默修辞的欣赏及其功能分析 [J]. 双语学习，2007，（10）.

[22] 李冀宏. 英语常用修辞入门 [M]. 世界图书出版公司，2000.